世界
性文學名著大系

總編輯：陳慶浩

小說篇
法文卷

《世界性文學名著大系》凡例

㈠原則——本叢書有系統地收集各國性文學經典著作，依其性質分篇，如小說篇、詩歌篇、戲劇篇、文獻篇和研究篇等；各篇又按語種分卷，如法文卷、英文卷、日文卷和漢文卷之類。

㈡版本——採最初版本或經專家校訂之定本；採全本而不採刪削本。書前並註明所採用之版本。

㈢翻譯——各書皆據原文，由精通中文及該文字之名家直接翻譯、絕不據第三種文字轉譯。

㈣序言及註解——各書皆由譯者或於該書研究有素之專家作序並加適量註解，以協助讀者更好了解該書。

㈤世界性文學書數量極多，涉及語種甚夥，選擇其中名著，誠非易事。編者見聞有限，如何選材，仍在探索搜尋中。然此爲開放性之叢書，可以增添新資料，修補缺漏。讀者中高人甚多，盼多批評指正，提出建議，使此大系得以提高，名副其實；則非只編者之幸，此套書之幸，亦爲社會之幸也。

《世界性文學名著大系》總序

陳慶浩

性文學是以性愛描寫爲重點或重點之一的文學。

沒有文字之初，文學是口頭流傳的，這就是我們所說的口頭文學或民間文學。未有文字民族的文學都是口頭文學；即使有了文字，教育普及，民間文學也沒有衰亡。部分情歌、笑話以及所謂葷故事，都是性文學。但由於社會禁忌，這些資料只有很少的部分記錄下來。俗文學中的性文學資料更多。畢竟文學敍寫人生，而性愛又爲人生的重要部分。在個體生存獲得保證後，種族的延續是靠性來維護的。雅文學中的豔情詩詞歌賦都是性文學，小說和戲劇，更不乏性文學的巨著。

不同的民族創造了不同的文化，不同的文化對性愛有不同的觀念。即同一文化，在不同的歷史時期，對性愛的觀念也是不同的。這種不同的觀念也影響到對性文學的態度。以西方和中國爲例。古代希臘人對性愛抱著欣賞和寬容的態度，自由地享受性的愉悅，同性戀、異性戀與雙性戀都被看成是自然的。古希臘的神話、戲劇、詩歌以及雕塑和繪畫，都充滿性愛的題材。比較其他民族，古希臘哲人更崇尚理性、追尋永恆的理念。柏拉圖認爲只有永恆不變的理念才是完善的，是具體事物的範型，而具體事物只是理念不完整的摹擬，是較低層次的。人亦如此。生理美引起的性愛只是永恆之美的理念的不完善呈現，應該加以昇華，通過文學、藝術，特別是哲學，達到更高層次。亞里斯多德認爲性愛可能導致美德，但抨擊縱慾。羅馬承繼希臘文化，對性愛也有相似的看法。古代羅馬人和希臘人一樣都有陰莖崇拜，欣賞人體美，出現了不少性愛的文藝作品，特別是春宮畫。但在這時期，也出現了極端的縱慾和禁慾的理論和生活態度。

隨著羅馬帝國衰亡，基督教興起。早期基督教重視靈魂，輕視肉體，認爲性愛使人墮落，提倡禁慾，鼓勵獨身。但性愛既屬本能，又是生殖的必要條件，因此强化一夫一妻的婚姻制度，取締一切非婚和非以生殖爲目的的性關係。通姦、手淫和同性戀等，都是罪惡的。教會全面而且持久地介入社會和家庭生活中，强烈抑制性愛，禁絕了文藝的性愛表現。這是西方延續千年的中世紀黑暗時代。接下來是文藝復興和宗教改革，個人重新發現，希臘羅馬古典文明再生，社會現世化和教會世俗化，對性愛態度相對寬容，產生了很多以性愛爲題材的文學藝術作品。但中世紀的性愛觀念已深入人們意識，成爲西方文化中不能擺脫的部分。

這個混合的性愛文化，在西方各國，不同的歷史時期有不同的表現，且隨著西方的擴張，散播到世界各地，成爲世界的主導思想。本世紀開始了對性愛的科學研究，中世紀的性愛觀念愈來愈沒落，禁忌被打破，文學藝術中以性愛爲主要題材的作品直到七十年代起才合法化；在這以前，很多作品還被以色情、妨礙善良風俗等罪名被禁止公開流通。

古代中國和其他民族一樣有生殖器崇拜，並從生殖推衍到天地萬物之源。作爲中國漢民族哲學的基礎《易經》即謂「男女構精，萬物化生」，「雲行雨施，萬物流形」，「天地感而萬物生」，「天地不感而萬物不興」云云。《易經》卦辭中有不少涉及性愛的文字。有人以爲，卦爻的陰陽，其實是男女性器官的符號。儒道兩家對性愛都採取自然和積極的態度。社會對性並沒有甚麼禁忌，可以公開談論，和古代希臘羅馬差不多，只是還未出現將肉體之快樂低於精神之快樂的學說。我們在《詩經》和其他先秦文獻中，可以找到若干性文學作品，也有一些藝術品保存下來。此時亦可能已出現房中家，專門研究性愛技巧、性健康、育嗣等問題。房中家後來被道家吸收，成爲道家一個流派，又有部分溶入醫家中。

東漢時佛教傳入中國，爲中國文化增添了新的因子。佛家以超脫生死爲宗旨，視存在爲虛無，以生即是苦，貪愛爲苦因。性愛生育，既造苦因，又結苦果，故僧尼皆獨身。佛教爲性愛定下很嚴厲的戒律，不能不影響到漢代以後中國人對性愛的態度。但佛教只是中國人衆多信仰的一支，入中國後也華化了，且佛教中也有對性愛持寬容甚至是積極態度的流派（如密宗），故明清以前，中國對性還是比較開放的；特別是唐代。這一時期出現了不少以性愛爲題材的繪畫和豐富的文學作品，亦有頗多的房中著作。宋代以後儒學復興，產生了宋明理學。宋明理學是儒學吸收佛學後形成的。理學家提倡「存天理，滅人欲」，宣稱「餓死事極小，失節事極大」。除了生育的目的，性愛自是人欲，在除滅之列的。朱熹一派的理學在元代以後被立爲官學，使這種理論成爲社會的主導思想。明清以來中國社會的性抑制、性禁錮形成的原因仍有待研究，但官學的影響是一個不能忽視的因素；專制制度强化，亦有直接的關係。不過宋元兩代性控制仍不太嚴，宋詞元曲，宋元話本等，都有以性愛爲題材的作品，政府也沒有禁止這類作品流通。

明代特別是晚明出現很奇特的現象，一方面是理學受到官方的提倡深入到社會生活的各個角落，開始禁性文學甚至一般涉及愛情的作品，並製造出大批的節婦烈女。另一方面則是上層的性放縱，和伴隨著經濟發展、都市繁榮，性文藝創作空前興盛。這時出現質量甚佳的春宮畫和數量可觀的性愛小說，還有若干性愛內容的民歌和民間故事（特別是笑話）也被記錄下來。這種盛況一直延續到清初，到清朝中晚期，開始嚴厲取締「誨淫誨盜」的圖書，才將這一熱潮平息下來。社會各階層所受性禁錮的程度各不相同，最上層宮廷和達官貴人，向來都有不受限制的特權，最低層的小民百姓，則視其所處地域之風俗習慣而異；最受影響的是中層階級，特別是知識分子。性文學在禁令下祕密流通，只是產品愈來愈粗俗而已。春宮則以辟邪和箱底畫等名義公開傳播。性愛題材的民間文學、小曲和戲劇，自然還繼續流傳。可以說在本世紀以前，中國沒有出現過像西方黑暗時代那樣對性愛嚴格控制的時代。但我們也不能遺忘中國歷史上可恥的閹人和小腳，還有很多浸透血淚的貞節牌坊。

西方入侵帶來西方文化包括西方性文化，它已和傳統性文化融混成為目前流行性文化的一部分。同性戀被作為社會問題討論，正是西方性文化東傳的結果；中國歷史上從不將同性戀看成罪惡，而是將它看成性愛的一種形式，不加禁止的。本世紀五十年代到八十年代的中國大陸，是中國歷史上性禁錮最嚴酷的時期，尤以文革十年達最高峯。中共政權混雜了傳統道學家和以史達林主義爲代表的西方中世紀教會的性愛觀念，對大陸人民進行性統制。性愛成爲低下的東西，非婚性關係、婚前性關係、同性戀等都是犯罪的。禁止一切涉及性愛的文藝作品、包括民間性文學，除去少數圖書館及文物機構外，全面收繳並銷毁一切性愛的書籍和文物。全面性壓制的結果造成全民的性無知，這種情況直到近十幾年來的改革開放政策提出後才開始轉變。大陸近年來的性文化研究熱，就是這種改變的結果。今天的中國性愛方面的特點是意識形態的性禁忌和現實生活的性放任，多重的標準，使社會生活在虛僞和矛盾中。

中國和西方歷史顯示，當社會對個人的控制越緊，性禁忌就越多，性禁錮就越嚴厲。獨裁者都是通過性禁錮來顯示道德品質的高尚，以表明其政治理想之崇高。納粹德國就曾焚性文學書、禁性愛研究、制裁非婚性行爲。泛道德主義是這類政權的特色，政治迫害甚至政治鬥爭，幾乎都是從道德問題開始的。道德敗壞的人，政治以及其他一切自然都是壞的；而道德品性純潔的人，即使有這樣那樣的缺點，也是可以原諒的。中共歷次的政治運動，都是這樣的模式；歷來評論人物，亦難脫此模式。而違反性禁忌，是道德敗壞最有力的明證。性問題歷來是權力鬥爭的利器。不單中國如此，英美諸國皆然，只是程度不同而已，似乎只有當代歐洲大陸的公衆人物較少受到性干擾。性禁錮程度可作爲個人自由度的一項指標。人類自身解放的歷程中，不斷打破形形色色的禁忌包括性禁忌。性愛是個人最切身的權利，是一項最基本的自由，不應該被拿來作爲社會控制的工具。歷史上個人的自由被一點一點地掠奪，也要一點一點地爭回來。禁忌妨礙心靈的自由，個性的解放。

今天，在台灣，當政治禁忌已被打破之後，打破性禁忌就被提到日程上來了。在政治權威消失以後，社會上瀰漫在泛「道德」的氣氛中。而所依循的，還是舊秩序下的道德，有濃烈的絕對主義色彩。而一切訴諸道德，正是專制制度的溫床。性禁忌，正是這些道德維護者的利器。將爭取個人性自由，打破性禁忌看成性放縱，而性放縱正是社會解體和個人墮落的表徵。在特權的社會中，有權有勢者可以爲所欲爲，沒有每個個人的自由，包括性自由。個人的自由是建在自尊尊人的基礎上，它勢必形成社會的公共契約，處理社會事務基於法律，而非訴諸道德。自由不可能使每個個人變成不受限制的特權人物，而是使每個個人成爲平等的公民；公民有權利和義務。自由意味著責任。在專制制度下，統治階層一般將百姓當爲芻狗，好的亦只將百姓當成子民，要作之君作之師。對統治者來說，百姓並不是心智成熟的人，甚麼事都要他們來作決定。他們壟斷資訊，按等級分配享用，包括性愛相關的資訊。甚麼人可讀甚麼書，都是由他們決定的。但在民主制度下，人民沒有任何理由去承認政府官員比自己高明，由官員們替自己決定那些是自己不應讀的書。自由獲得資訊是公民的基本權利。自然我們還要注意到還在成長中的少年兒童，他們理應受到適當的保護。但絕不能以保護少年兒童爲藉口，去剝奪成年人的權利。

性文學是文學不能分割的一個部分，過去由於性禁忌，既不可能閱讀，更談不上研究。西方世界也只是在六七十年代，才逐漸解除對性文學作品出版和流通的限制，一代人過去了，並沒有出現道德之士所擔憂的社會解體和個人普遍墮落的情況，社會也沒有風起雲湧去爭讀性文學書籍；它只是衆多文學作品的一種罷了，正如衆多電影中的色情電影，並不引起觀看的熱潮。倒是因爲開放，人們得以以平常心看待，使得性文學的質量和研究得以提高。台灣比歐美遲二三十年，現在是可以開放性文學的時刻吧?台灣總不能置身世界大流之外，況且打破性禁忌，也正有社會開放個人自由的象徵意義。自由的愛和愛的自由是不能分開的。目前學界對本國漢文性文學資料了解甚少，遑論其他文字的性文學。爲此，我們決定編印這套《世界性文學名著大系》，系統地介紹世界上各種語文的性文學名著，包括詩歌、戲劇、小說以及相關的資料和研究。這是世界上第一套有系統的世界性的性文學叢書。西方出版過多種性文學選本、性文學叢書，但他們對東方性文學所知甚少，採用的只是西方的資料。且所用資料，未經嚴格的有系統的挑選，沙泥俱下，卻又非無所不包的全書，帶有很大的隨意性。本《大系》是在收集大量作品的基礎上，再按該作品在文學史上的地位及其在性文學方面的成就篩選出來的。這些作品都是該國文學名著，是性文學的經典。

人的生活有目的性，性愛非只本能，而是後天學習到的行爲模式。不同的文化模式塑造其成員的不同性類型，這在各民族中的性文學中有較集中的反映。《世界性文學名著大系》使我們看到不同文化在不同時期對性的不同看法，人們往往將自己當下的性模式看成天經地義的必然，擴大視野，就會認識到被認爲必然的在別的文化中並非天經地義的；即在本文化不同的歷史時期中，亦有不同的看法。只要有開闊的胸懷，我們自然對不同的性表現抱著寬容的態度。長期以來，性文學是個禁區，在這新的歷史時代，隨著《世界性文學名著大系》的出版，文學愛好者不但能夠讀到漢文的性文學名著，也經由翻譯，讀到世界各種語文的性文學名著。對於文學研究者，這套書的功用是明顯的，集合各種語文的性文學名著，自方便作比較研究。性文學很集中地反映民族文化，西方的性文學自然和東方有很大的差異，即西方諸國也各不相同，法語、英語、德語的性文學名著，都有各別的面貌。也許這麼一套書，對想了解不同文化的人，能有些許助益吧。

一九九四年七月於台北

艾曼紐

Emmanuelle

(法)艾曼紐・阿爾桑／Emmanuelle Arsan 著

易丁譯

《根據巴黎10/18叢書本1967年版譯出》

二十世紀性文學中的一部代表作

——關於色情主義與女權主義

柳鳴九

這部小說很有名，在二十世紀下半葉，凡是熟悉西方文化的人，不論是西方的還是東方的，恐怕都很難抹去對它的記憶。

一九五九年，《艾曼紐》的節本祕密出版，當時並未獲得好的名聲，三十年後，一直到一九八九年，它的全本才得以問世，不再被視爲一本下流的淫書，而成爲了二十世紀性文學中足以與薩德、巴達葉的作品並列的傑作之一。它被改編成電影搬上銀幕，其製作之精美，使它成爲一個著名的藝術影片，風靡世界各國，擁有了上千萬的觀衆，錄影帶亦發行了數百萬卷之多，艾曼紐的名字在全世界也就聞名遐邇了。

文學作品發展到二十世紀，可以說人類生活的各個方面幾乎沒有不被它寫全了，性文學作品作爲一個特殊的部類以及二十世紀非性文學作品中比重愈來愈大的性描寫，似乎也已經把人類性關係、性行爲中的種種慾望、癖好、方式、情景、格局寫完了，如果再加上普遍存在的性影院與大量流行的性錄影帶，不妨可以說，人類生活被描寫、被展示得最泛濫不過的，就莫過於性了。

要有點標新立異、與衆不同，才能免於渺無聲息被淹沒在這一片「黃海」之中。這位作者看來是意識到了這種危險性，他力圖使自己的小說顯示出若干獨特性出來。他一開始就用比較講究的文筆進行旅途中有聲有色的氣氛與人物細膩的心境的渲染，好一陣子之後，才以主角在高空飛行旅途中的經歷，標誌出自己的作品是一部十足的性小說。而且，他描寫的這段經歷是如此奇特，構成了現代西方高物質享受、高消費生活方式中的一支性浪漫曲，足以使那些在旅遊中尋求樂趣的有閒者產生無窮的遐想與對此類奇遇的熱烈期盼。而作爲性小說中的情節來說，這種奇遇式的經歷無疑具有最爲濃烈的、最富有刺激的性胡椒面，以致讀者會擔心，一開始性歡場面已達到如此的極致，若重覆寫下去，如何能使人卒讀？

擔心是不必要的。正如精神文化各個部類均有長足的發展一樣，性小說從十八世紀在法國大量出現以來，到了二十世紀，其發展的平均水平也早已超過了十八世紀。十八世紀的性小說的內容，經常只是用一定的故事情節把性行爲的種種不同姿式與格局串連起來，描寫雖有小異，實則大致雷同，讀來頗有重複生膩之感。這種情況到了十九世紀就已經少見了，且不用說在二十世紀性小說、性描寫大量出現之後了。在這一塊既定的有限的土地上，有了這麼許多「種植者」，勢必擁擠，若要「出人頭地」，僅在決定於人體結構與生理功能的有限的「招式」上費筆墨是不行的，必需另闢天地，而這片廣闊的天地，就是性哲理。對象內容雖然有限，人對有限內容的體驗、感受、見解與哲理，卻如人各一面，變化多姿，無窮無盡。

《艾曼紐》的作者頗諳此理。他就是有意識地飛向這片「天空」的。他用了整整一章甚至多於一章來致力於闡釋性哲理，從章的數目來說，占全書六分之一强，而從實際篇幅來說，則足有三分之一的比重。這一章就像蘇格拉底談話錄、柏拉圖談話錄或哥德對話錄那樣，通篇由馬里奧與艾曼紐以色情主義爲題的談話構成，在這裡，女主角艾曼紐退居到次要的角色，只起洗耳恭聽者、烘托者或挑起話頭者的作用，就像中國雙人相聲中的捧角一樣。雖然無任何性情節與聲色描繪可言，但這一章對於性問題有研究興趣的人來說，卻是全書中最值得一讀、也最耐讀的部份。

對於色情主義，女主角艾曼紐先提一個人們普遍認定的一個定義：「色情主義就是對感官快樂的崇拜，而不受任何道德的約束」，著重指出了它作爲道德的對立面的性質，而這正成爲了馬里奧全部反駁的出發點。作者通過馬里奧之口乾脆這樣說：「色情主義，它就是一種道德」，並且作出了如此理論性的概括：「色情主義不是關於如何聚在一起娛樂的藥方教程。那是關於人類命運的一種觀念，一種尺度，一種教規，一種法典，一種儀式，一種藝術和一所學校，它的規律建立在理智而不是建立在輕信的基礎上，建立在信任而不是恐懼的基礎上，建立在生活的情趣而不是死亡的神祕感的基礎上……色情主義並不是墮落的產物，而是一種進步，因爲它有助於性事非神聖化，它是使精神和社交健康化的一種手段，是一種精神促進的因素」。

這一段帶有綱領性的贊詞，講得玄而又玄，如同在雲裡霧裡，要理解是不容易的，爲此，作者足足花了一章的篇幅從各個方面進行闡釋，直到覺得的確建立了他關於色情主義的系統哲理、理論體系爲止。不論人們把他的這一套是視爲奇談怪論、悖理謬言，還是視爲駭世浪語、淫調穢文，但不可否認它包含了西方當前性觀念的一些重要成份，反映了西方當前性狀況的若干眞實，因而值得將其要點概述如下：

色情主義的實質是「以什麼方式來達到性樂」，是「要有美學標準」；僅僅由於愛美，人類才有別牲畜；美不是在已成的事實中坐享其成，而是要求「挑戰，努力，勇往直前」才能獲取；色情主義是「夢幻對大自然的勝利，是詩魂的高雅隱居地」，它否定了不可能，它以對美的嚮往突破了原始自然與原始本能，如「女人之間的肉體行爲在生物學上是荒謬的，但色情主義卻將此種夢幻中的想像變成了同性戀，五人一起作愛是違反天性的，色情主義卻想像出此種行爲，並付諸實現」，因此，色情主義「不是抄襲傳統與習俗的純淨」，而「有一種勇敢的精神，它嘲弄愚蠢與怯懦」；色情主義是人性的正常延續發展，它反對性事上一切反詩意的世俗成份與世俗方式：正統主義、對禁令和規矩的盲從、對想像力的仇視、拒絕新鮮事物、忌妒、羞恥等，也是一切惡的大敵：虐待狂、惡意、卑劣、虛僞、謊言、殘酷等；色情主義「是以人的肉體爲對象的藝術」，色情行爲的產生要求有這樣一些品質：想像力、幽默感、鑒賞力、美學上的直感、思想的嚴密與堅定、信念、組織才幹，等等。「有了色情主義，人類才同野獸分離而變成了人」；色情主義並不等於作愛，「只有本能的習慣性的義務性的性樂並不就是色情主義，色情主義是性事中的藝術」；不能說色情主義是道德的對立面，世俗的道德是「那些令人異化、從屬、成爲奴隸、太監、修行者或小丑的東西」，「眞正的道德是使人成之爲人的東西」，因而，「色情主義是眞正的道德」；色情主義的價值在於「將會區分光榮的人與自慚的人，後者悄悄躲在現代社會的小屋裡，遮掩著自己的裸體，還只是人類的雛形，身上還沾滿了地質歷史上更新紀的泥沼裡的汚泥」；色情主義是改造生活的手段，「把實行色情主義作爲生活準則，這將給我們以光明」，「人類變成另一種生物，跨進了一步。過去種屬的無知、恐懼以及屈辱都不再與他相關，新的情況是，他精神自由地去作愛」；像印度穆里亞人的風俗那樣奉行色情主義精神，將可以形成新的社會秩序，可以消除性事上的忌妒、私有觀念、排他傾向以及由此而來的暴力行爲。那麼，色情主義究竟怎麼一回事，有什麼具體內容與規範？答曰，有三律，一曰「古怪律」，二曰「不對稱律」，三曰「數量律」。三律概而言之，不外是性事上的別出心裁，舊樣翻新，兩性的格局異常，參與人數不合常規而已。

通觀作者的這一番議論，不妨說這是一種誇大其詞、自張聲勢的浪漫高調，充滿了一種性開放，性自由的狂熱與色不厭精的偏執，從他規定的色情主義的三大內容或三一律，從他筆下的馬里奧色情主義的實踐來說，實在難以賦與它那樣高、那樣大的價值，不過它倒的確也是一種意識、一種觀念、一種理想，但歸根結底只是富貴人、有閒者，「上帝的選民」的色不厭精的理論形態而已。如果說，食不厭精是人類物質生活水平與文明化水平不斷提高中的一種正常的、合理的需要，是人類追求物質享受的一種應予實現的理想，那麼，色不厭精似乎亦不應當例外，只不過，朝什麼方面不厭精，如何不厭精法，卻還是大有講究的，中國的烹調術是數千年飲食經驗的積累，其水平之高當居世界前列，即使如此，還不能說其中任何一種料理法子都是合符健康之道的。色比食更爲複雜，不厭其精如不得法，其社會後果是嚴重的、難以預料的，至少在馬里奧的色情主義實踐中動用鴉片助興與在街頭隨意拉一個人來參與性事此二條，就切不可取，其危害性是不堪設想的。作者把馬里奧色情主義的實踐放在泰國這樣一個性旅遊業極爲發達的地域背景上，似乎把它當作了色情主義的一個理想溫床，然而，據世界衞生組織的調查，這正是世界上愛滋病最爲猖獗的地區之一。

對於小說中色情主義議論，我們姑且把它作爲「曲高和寡」的一家之言，無需過份認眞，但對小說中的女權主義傾向，我們倒是大可加以重視。如果說小說中眞正稱得上馬里奧所謂的色情主義的實施與情節是相當有限的話，那麼，小說中有女權主義色彩的形象、故事與細節倒是的確不少的，雖然作者並未公開標榜自己的女權主義傾向。首先，小說主角、漂亮的少婦艾曼紐，在整個作品中是性感受的中心，是由她而不是男人來感受各種性樂，從高空飛行中的外遇到同性戀到色情主義的性歡實踐，總之，她是寵幸、施愛的中心，上帝專門爲她把世界安排得那樣美滿，不僅有被她吸引、對她頂禮膜拜的婚外男子、屬意於她的同性女件，而且還有一個唯恐她的色相在外人面前露得不徹底、樂於別的男人來占有她的丈夫。作者給艾曼紐安排如此稱心的命運時，無疑帶有明顯的女權主義的潛意識；他在全書關鍵性的一章中，清算了傳統的對婦女的偏見與蔑視，即使是《聖經》中的言論亦未能倖免，就不用說封建主義與中世紀了；他還通過人物之口，引人注意的宣揚了女性生理自然條件優越論，如「女人都是漂亮的，只有女人才懂得愛」、「女人勝過她們大多數男性伙件」等等，並在此基礎上，主張女性多享論（「不把一切都給同一個男人」，「把身體的每一個部份給不同的男人」）、女性及時行樂論（「爲蒙娜麗莎作模特兒的那個女人獻出最後一分姿色，呼出最後一口氣之後，還有可能存在什麼呢？喜劇就終場啦」，「美只在瞬間」）、女性多夫論（「一個已婚的女人，讓自己的丈夫與情夫平分秋色」，「欺騙一個自己熱愛的丈夫是一種特殊的享受」，「不是跟一個或少數幾個男人，而是跟盡可能多的男人」），很多女權主義者想講而不好意思講的話，在這裡總算講得再坦率不過了。

儘管小說中這些女權主義的形象表現與言論也頗有些駭世驚俗，但比起其中的色情主義，卻顯然有其社會根由與充分必然性。要知道，人類社會早期曾經歷過母氏社會階段，那時是一妻多夫制，只是由於社會經濟的演變與發展，母氏社會才被父系社會所代替，由此，婦女失去了其優越的地位與性自由，而出現了種種適應父系社會的男女關係的觀念與規範，即使是在女性「被打進十八層地獄」的時代，孔老夫子也感嘆過「唯女子與小人難養也」，道出了女性的不容易對付。隨著二十世紀社會經濟的變化，婦女的社會經濟地位比過去時代有了很大的提高，女權主義思潮也就應運而生了，女性在兩性關係中勢必要爭取自己的自由與自主。如果說《艾曼紐》確實反映了某些帶有社會意義的普遍的東西的話，那麼，性關係、性行爲上的女權主義傾向正就是它所反映出來的東西，它把女權主義的信念、女權主義的嚮往表現爲感情形態，表現爲性文學故事，而且表現得毫無遮掩，再直率不過。這就是這本小說的實質。

不論這種傾向在多大的程度上將使有德的男士感到不悅，不願意看到它的擴張，但它顯然並非一種空想的、純主觀意願的產物，隨著社會經濟生活的發展，婦女地位將繼續改善，繼續提高，兩性關係上的女權主義趨勢恐怕也會有所發展，請注意，早在十八世紀，對女性閱歷甚多的德國大詩人歌德，不是早就作過「永恆的女性領導我們走」這樣的預言嗎？

目錄

或者由於你所議論的女人
象徵著你那神奇感官之夙願……

馬拉梅（「牧神之午後」）

贈給　讓

咱們還不曾來到人世
人世間也還並不存在
事情還未做成這樣子
存在的理由尚未覓到。

安托寧·阿爾多

第一章 「獨角獸」號起飛

維納斯女神有各種各樣尋歡作樂的體態，但最簡單、最不費力的一種，便是向著右側半倚著身子。

奧維德（「作愛的藝術」）

艾曼紐在倫敦乘上了到曼谷去的飛機。她頭一回走進這樣的環境，首先感受到的便是一股新鮮皮革的氣味，倒像用了多年的英國轎車裡的氣味；再就是厚厚的、無聲的割絨地毯；和另有一番天地的燈光照明。

她沒聽懂那微笑著為她引路的男人說些什麼；不過她並不耽心。也許她的心跳得更快了，但那不是由於害怕，也沒多少是不適應環境的成份。藍色的制服、種種關切的表示、迎侯和指導她的人員那麼自信，所有這一切都有助於使她安頓下來，而且覺得安全、愉快。登機前經過幾個小小窗口，人家叫她辦了例行公事的手續：她連那些窗口含有什麼「隱祕」都未加思索，只是知道那是爲了放她走進那個她將度過平生十二個小時的天地：那是同常規大不相同的天地，要求你更守規矩，但也許正因爲如此，反而更令人愜意。在這英國夏日晌午剛過的明朗時刻，這帶翼的、彎曲而封閉的金屬物體，在揮手致意的慣常動作、和人的意志面前，劃出了不能越過的界線。先令人感到的是維護自由的警覺，其後卻是順從帶來的從容與寧靜。

人家指給她一處坐位：是離機艙內壁最近處的位置。不過這內壁卻是清一色地裝上了布幃，連一個小窗口也沒有；在絲絨的內壁之外，旅客是什麼也看不見了。可這有什麼關係！她一心想著的，便是把自己交給這軟綿綿的、深深下陷的沙發椅，在毛茸茸的椅把、泡沫塑膠的椅背和美女般的長腿椅之間酣睡一番。

那位男服務員已請她躺下，並且教她怎樣調整椅背；但她卻還不敢從命。這時他按了一下某個鍵鈕，一束小人國式細長的燈光，在這位女客的雙膝灑下一道光柱。

一名空姐走了過來，她的兩手忙不迭地飛舞著，在坐位上方的行李艙中安放好艾曼紐的輕便旅行包，那是一只褐色的革製品，也是她唯一的行李了：她料想一路上用不著換衣裳，而她不想寫字、甚至也不想看書。空姐說法語，於是這位外國女人兩天來（須知艾曼紐是前一天才到達倫敦的）近乎懵懵懂懂的感覺頓時煙消雲散。

那空姐俯身朝著艾曼紐，她的金黃色的頭髮，將艾曼紐的一頭黑髮襯托得更顯其黑。她倆的服飾幾乎完全一樣：藍色的粗橫棱紋短裙，長袖白襯衫；或者是野蠶絲窄短裙，和柞蠶絲上裝。不過，透著這位英國姑娘的襯衫，可以瞥見她的乳罩，那東西雖很輕薄，卻使她的身影有欠輕盈；這樣一對照，便約略能猜出艾曼紐的酥胸，在外衣之下是裸露著的。航空公司的規矩迫使那空姐將假領上的鈕扣扣得緊緊的；而女乘客的胸衣則頗爲開放，在某種舉止或微風相助之下，一名細心的看客很容易瞥見她的乳房。

艾曼紐因爲空姐很年輕而覺得開心，又很高興她的兩眼同自己一樣，閃耀著細微的金色光芒。

她聽那空姐說，這節機艙是飛機最後一部份，也就是離尾翼最近的部份。這個位置若在任何其他飛機上都會使艾曼紐飽嘗顚簸之苦，但（空姐說到這裡因爲自豪而改變了音調）在這架「騰飛的獨角獸」號飛機上，到處都是一樣地舒適。至少（空姐恢復了原來的音調）在豪華艙座的部份是這樣：因爲顯而易見的是，旅遊艙的乘客四周沒有這麼寬敞，也沒有這麼柔軟的坐椅，更不會在每排座位之間裝上絲絨簾子，使乘客感到親切隨和。

艾曼紐並不因爲這些特殊照顧而感到羞愧，也不後悔爲此而浪費金錢。恰恰相反，她一想到人家對自己如此厚重，便感受到一種近乎肉體上的甜蜜感。

空姐現在誇耀起機上盥洗室的佈置來。一待飛機上了天，她就會帶艾曼紐參觀一番。在機上的不同部位有相當數量的此類盥洗室，所以艾曼紐用不著耽心人來人去的打擾。如果艾曼紐想圖個清靜，那麼她實際上可以只同本排座席的三個人交往。如果正好相反，她想有點兒社交活動，那麼她也很容易結交其他的旅客，可以在過道上走動走動、也可以到酒吧間去小坐片刻。現在她想不想閱讀什麼書報呢？

「不啦，謝謝妳的好意，」艾曼紐說，「我這會兒不想看什麼。」

她尋思著該提點什麼問題，好使人家高興。對飛機表示有興趣嗎？「它的飛行速度是多少呢？」

「平均每小時飛一千多公里；它的續飛範圍使它可以飛滿六小時才著陸一

次。」這次中途只有一次停留，所以艾曼紐的旅程總共也只有一整天的一半稍多一點兒。不過，因爲是順著地球自轉的方向，所以表面上她要損失一些時間，在明天上午九點鐘之前是到不了曼谷的（指當地時間）。總之，她除了用餐、睡覺和醒著呆想之外，差不多就沒有什麼時間可以幹別的事情了。

兩個孩子（一男一女）長得維妙維肖，只能認爲他們是雙胞胎，這會兒跑過來拉開了簾子，艾曼紐一眼就看出了他們穿的是英國小學生傳統、難看的校服，他們似乎帶著赭紅色的金髮，他們裝腔作勢的冷漠表情，以及他們對航空公司職員說話時的高傲態度：他們使用著從牙縫兒裡吐出來的短音節字眼兒。看上去他們的年齡也不過十二、三歲，但擧止卻是那麼老氣橫秋，以致在那職員與他們之間拉開了一大段距離，那職員也並不想縮短這差距。他們端端地坐上了同艾曼紐身邊的過道相對的位置。艾曼紐還沒來得及細細打量他們，本艙房四名乘客中最後一位卻走了進來，於是咱們這位少婦便把注意力轉向了此人。

他至少要比她高出一頭，鼻子和下顎的輪廓十分突出，鬍鬚和頭髮烏黑，沖著艾曼紐微微一笑，然後在她的上方微微弓身，好安放一隻輕便的、味道很好聞的深色皮包。艾曼紐挺喜歡他身上那套琥珀色西服和伊里昂料子的襯衫。她斷定他是有風度又有教養的，這是她對一個好鄰座的起碼要求。

她試著要猜出他的年齡來呢：四十歲、還是五十歲？他當是頗有閱歷了，因爲他的眼角已生出了的皺紋頗有凡事總能息事寧人的練達意味。……。艾曼紐暗忖：他的來到比那兩個傲慢的中學生要令人愉快。但她很快就覺暗自好笑：這好感與反感都不免倉促，並且是毫無意義的——相處也就這麼一夜啊！……於是她又恢復了當初那種無關痛癢的神態。

更準確點兒說，她把那兩個孩子和那位先生拋到了腦後，而是在腦海裡湧現出一種忿忿之感，這感覺部份地敗壞了她那遠征的興緻：原來那位空姐竟趁新上乘客紛亂之際離開了本艙，艾曼紐從簾子和縫隙裡瞥見她把屁股緊緊壓著一位看不見其人的乘客。她恨自己怎麼會橫生醋意，竭力想轉過目光去。一首哀歌裡的一句歌詞不知從哪裡冒出，在她腦海裡蕩漾：「在孤寂中，在被遺棄中……」她搖晃著想拋開這纏繞，她的烏髮掠過兩腮，垂到了臉面上……。但那個英國女人卻重新振作起來；她轉身朝機尾走來；她輕輕挪動蓋在乘客懶洋洋的腿上的毯子，出現在艾曼紐身旁。

「要不要我向您介紹一下您的旅伴？」她問道，並且不等人家回答，就介紹了那男人的姓名。

艾曼紐覺得好像聽到的音節是什麼「艾森豪」，這可把她逗樂啦，於是也就沒聽見那對雙胞胎的姓氏。

現在那男子對她說話啦。怎麼才能明白他說些什麼呢？那空姐看出了艾曼紐的窘態，便向她的英國同胞詢問了一句什麼，笑容可掬地吐了吐舌頭。

「眞討厭呀！」她不無譏諷地說，「這三位旅客中沒有一人會說法語。這對您可是複習英語的好機會咧！」

艾曼紐想表示異議，可那位年輕姑娘已經打了個旋轉，然後向她的旅客們搖動著手指，做著神祕而優美的姿勢。她漸行漸遠，艾曼紐再次被拋棄了。她想抗議，想對一切都表示漠然。

那鄰座的男子依然很執著，說出了一些句子，那徒勞無益的善意逗得艾曼紐抿嘴一笑。她不勝婉惜地撅起了嘴唇，並且用孩童般天眞的語氣承認：

「我可聽不懂呀！」

於是那男人只好勉强不作聲了。

也巧，藏在簾子什麼縫隙兒裡的一隻擴音器此時活躍起來。在英國播音員說完之後，艾曼紐聽出了那位空姐說法語（她心裡想：「這可是專門為了我呀！」）的聲音，而且似乎一點兒也沒因擴音器而變調。她向「獨角獸」號的各位乘客表示歡迎，報了報時刻，宣佈了機組人員的姓名，預告再過幾分鐘就要起飛，請乘客們都繫好安全帶（一名男侍者適時出現，幫助艾曼紐調整好了她的帶子），並要求大家在紅燈還亮著的時候不要抽煙、也切勿走動。

幾乎聽不大清楚的一陣嗡嗡聲，以及吸音內壁的一陣振顫，表示噴氣式發動機已經啓動。艾曼紐甚至沒有發現飛機正在沿著跑道移動。得經過相當一陣時間，才能明白自己已經飛上藍天。

其實，她是一直到紅燈熄滅時才明白過來：那男子這時站起身來，打著手勢表示願將她的西裝上裝挪開——她也不知道為什麼還將這件衣服一直留在自己的膝上。她隨他的意。他又對著她盈盈一笑，然後便打開一本書，再也不理她了。一位侍者來了，手裡擧著裝滿杯子的托盤。艾曼紐根據顏色，自認為識出了一種雞尾酒，一嚐之下卻並非她以為的那種：那味道要濃烈得多。

在罩著絲絨的內壁前，應當度過了一個下午，但實際上艾曼紐只做了這麼幾件事：品嚐了幾種甜點心，喝了點兒茶，翻閱了（而不是眞正閱讀）空姐借給她的一份雜誌（她不肯再要第二份，因爲想專心致志地體驗「飛上藍天」的新鮮感）。

稍晚些時候，人家在她面前擺好一張小桌子，用各種奇形怪狀的容器，盛了各種無以名之的菜餚來侍候她。一隻小小的淺酒杯，裝了四分之一小瓶的香檳酒，艾曼紐用一根細管吮吸了幾口。這頓微型晚餐似乎持續了好幾個鐘頭，但她也並不急著要吃完，因爲覺得發現此種遊戲十分有趣。然後又上了各種各樣的果品，在玩具娃娃用的酒杯裡盛了咖啡，又用挺大的杯子上消化酒。等到有人來給她收拾桌子，艾曼紐已經認定：她已好好利用了這次奇遇，已經嚐到了甜蜜生活的滋味。

她覺得渾身輕鬆，又有點兒昏昏欲睡。她發現：連對那兩位雙胞兄妹她也不再抱著成見。那位空姐來來去去，路過的當兒不時對著她說句玩笑話。她不在場的時候，艾曼紐也並不心急。

她琢磨著現在該是幾點鐘了，是不是到了睡覺的時分。其實呢，大家不是可以自主，隨便在什麼時候睡上一覺嗎？這原是一隻裝上了翅膀的大搖籃，離地面已是這般遙遠，升向了這麼高遠的空間，已經無風無雲，以致艾曼紐已經弄不清楚還有沒有白晝黑夜之分。

❖　❖　❖　❖

在照明燈金黃的光束照射下，艾曼紐的雙膝更顯得赤條條的。她的短裙將膝蓋展露無餘，那男人便目不轉睛地盯著這部位。

她意識到：她的雙膝是送到了這目光的面前，供它享樂之用的。然而，難道她可以做出這樣貽笑大方的事來，將膝蓋重新遮掩起來嗎？何況她又怎麼能做到呢？她的短裙又不可能拉長。而且，她爲什麼要突然爲自己的雙膝而感到羞恥呢？她平常是很愛讓它們露在裙子外面，借以賣弄一番的。在透明的尼龍下，膝上的兩個淺窩窩輕輕躍動，似乎在微褐的皮膚上灑下輕盈的暗影。她深知它們能夠引逗出的迷惘。這雙膝越看越顯得精光赤條，宛若午夜時分在聚光燈下出浴；於是她自己也覺得太陽穴跳動得更快了，嘴唇也充滿了熱血。又過了一會兒，艾曼紐合攏了眼皮。艾曼紐看見自己已不是部份赤裸，而是通體上下一絲不掛，在這單相思似的凝望下；她知道，這對她反而成了一種誘惑，她將再一次地毫無抗拒之力了。

❖　❖　❖　❖

她抵抗著，可這只是爲了一步一步漸漸嘗到放棄陣地的甜蜜勁兒。這放棄體現爲一種散散漫漫的慵懶勁兒，一種對自己肉體的溫馨的意識，一種放蕩、敞開、充實的慾念，但還沒有具體的遐想，也沒有可以名之的激情：大概也就類似在海邊熾熱的沙灘上伸展四肢，那樣一種軀體上的快感吧！接著，慢慢地，隨著她的嘴唇變得更加滑潤光澤，隨著她的乳房膨脹起來，隨著她的兩腿緊繃，隨時準備接受最輕微的觸摸，她的腦子裡試圖想像出一些畫面，開頭幾乎是無形無狀、很久很久也互不關連，但卻足夠使她的陰道變得濕潤，腰部也硬朗起來。

從這以後，幻影接踵而來，變得難解難分：性感的嘴唇貼到了她的肌膚上，男人女人的器官不停湧現（但看不清那些人的面容），堅挺的陽具迫不及待地要觸碰她，同她廝磨，要在她的兩腿間殺出一條路來，拼命要掰開她的雙腿，戳進她的生殖器，拼足力氣向她的體內鑽入，而此種辛勞使她感到心滿意足。它們的動作是漸行漸進的；它們從不退縮；一個接著一個。它們插入了艾曼紐肉體的無名之處所，通過了它們不知疲倦探索著的狹窄通道，似乎在奮進中永無止境，無窮無盡地在她體內行進著，以肉體滿足她，並且沒完沒了地向她身上傾瀉它們的濃汁。

空姐以為艾曼紐已經入睡。她小心翼翼地放平了椅背，將座椅變做了臥鋪。她將一條細羊毛毯子放在倦怠的兩條長腿上；由於座椅的滑動，現在這兩腿已經赤裸到了大腿當間。這時那個男人自己站了起來，親自將座椅調到了與鄰座女人的持平的位置。旁邊的兩個孩子睡著了。空姐向大家道了聲晚安，旋即扭滅了頂燈。現在只剩下兩隻淺色的守夜燈，使人和物體還保持一點自身的形狀。

艾曼紐並未睜開兩眼，而是聽由人家對她施予照應。但就在這當兒，她的幻覺仍然是那麼强烈、那麼急迫。現在，她的右手緩緩地沿著她的腹部爬行。停住了一會兒，終於達到陰阜的位置；這緩緩的移動把蓋在腹上的薄毛毯掀出了一層波浪。然而，在這樣的幽暗之中，有誰能看見她在做什麼呢？她用指尖探索、挖掘著那薄綢料兒的短裙。短裙的狹窄使她兩腿難以掰開。由於這兩腿竭力要張開，便把衣服繃得極緊。終於還是做到了：手指在薄綢下摸到了那被搜尋的、昂然勃起的陰蒂，於是無限溫柔地撫弄著。

約有幾秒鐘的光景，艾曼紐讓身體的激奮趨於平靜。她努力拖延著那結局的到來。可過了不一會兒，她抵擋不住，暗自呻吟著，開始細緻無比、含情脈脈地推進著中指，以激起性的頂峯。差不多就在這一刹那間，那男人的手按到了她的手掌之上。

艾曼紐上氣不接下氣，覺得肌肉、神經都揪結起來，似乎一束冰涼的水射向了她的肚皮。她停住手、一動也不動，並不是因爲突然失掉了感覺，而是一切感受和思想暫休，酷似人家在影片放映當間停下，卻並未將片上的形象隱去。她既不害怕、也不是眞正感到震驚。她也不是覺得自己做錯了事、被人揪住了。實際上，在這一刻，她無力判斷那男人的擧止、也無力品評自己的行爲。她記載下了這件事，然後她的思緒便凝住了。現在，她顯然是在等待：崩陷了的夢幻會怎樣繼續。

那男人的手並不動彈。但這意思不是說它毫無作爲。僅僅以它的重量，它就增加著對陰蒂的壓力，而艾曼紐的手還放在這小肉丁兒上面。很長的時間裡，並沒有發生任何事情。

接著，艾曼紐感到另一隻手伸過來，掀掉了毛毯，欣然抓住了她的一個膝頭，並且摸弄著它的凸起和凹陷的處所。它一點也不延遲，接著就沿著大腿上攀，動作悠緩，不久便越過了長襪的邊緣。

當這隻手摸到她那赤裸的肌膚時，艾曼紐頭一回驚跳了一下，她想掙脫這魔力。然而，部份地由於她並不確知自己要幹什麼，部份也由於她覺得那男子的雙手是太强有力了，她根本不可能逃脫它們的控制；她只是笨拙地抬了一抬上身，將空著的那隻手挪向肚皮，彷彿要保護自己似地，然後將身子側過來一半。她心裡很明白：頂頂簡單有效的辦法，是將兩腿緊緊併攏。但不知為什麼，她突然覺得那樣做太不得當，甚至十分可笑，因而不敢照做。末了，她只好對這種令人尷尬的局面聽之任之，從此軟弱無力，其間只有一小會兒才略有好轉，而且程度輕微。

也許是要從這徒然的反抗中引出教訓，好教育教育艾曼紐，那男人的雙手突然拋棄了她……。但她甚至來不及思考這突然的轉折到底是什麼意思，因為它們又重新摸到了她的身上，這一回是從腰間開始，老練、迅速，一下就解開了她那短裙的大鈕扣，把拉鍊朝下拉開，褪下短裙，從屁股一直褪到膝部。然後它們又回過頭來上溯，一隻手伸到了艾曼紐的三角褲下。（那三角褲輕薄透明，像她平常穿的一切貼身衣服一樣——實在說，這類內衣為數不多：一副吊襪帶子、有時有一條短襯裙襯在較寬敞的外裙下、從來不戴乳罩胸套，雖然她常常試穿這類東西；她買衣飾都是在聖·奧諾雷區的小鋪子裡，常常叫一名黃髮或褐髮的女店員，她們都很漂亮，跪在她的腳下、展露她們的細長的腿，幫著她試戴無數的胸衣、護套、短褲或腹帶。她們優雅的手指將這些內衣套在她的乳房、或捲上她的大腿，並做著輕盈的、沒有窮盡的手勢，直至艾曼紐緊閉雙目、悄然屈曲雙膝，弓身向著舖滿尼龍製品的地面：那就好比有人呈獻了一幅面紗，張開著、熱呼呼的，獻給那靈巧的雙手和水汪汪的朱唇，使它們感到滿足。）

艾曼紐的臥姿，恢復到了她因試圖抵抗而受干擾之前的樣子。那男人用手掌心撫弄著，就像行家摩玩一匹純種艮馬的頸部一樣，經過她那平坦而富於彈力的腹部，一直伸到陰阜上部隆起的地方。他的手指輕輕舞動，順著腹股溝的皺褶而下，接著來到了陰毛的上面，勾畫了一番這三角形狀的邊線、似乎它們很欣賞這一片空地。這三角形的下端相當敞開，這種佈局是不怎麼常見的，但古代希臘的雕塑大師們卻令之傳諸永世了。

當暢遊艾曼紐腹部的這隻手飽嘗了體形比例之美以後，便來強逼她的大腿張開得再大一些；現在卷貼在膝頭上的短裙妨礙大腿的移動：不過這大腿很聽話，盡力而爲地多多張開。那隻手把艾曼紐熱呼呼的、高高勃起的騷物抓在手掌心裡，不急不忙地撫愛著它，彷彿想叫它稍安毋躁。接著，它沿著兩片陰唇之間的細縫兒，先是輕柔地伸向裡去，復轉向早已隆勃的陰蒂，再回到了又厚又濃的環狀陰毛上面。這時，艾曼紐的兩腿已經掙脫了短裙而敞然張開。那漢子的手指每次再經過那當間的時候，都從更遠點兒的地方出發，在已是濕淋淋的陰道中間戳得格外深沈，然後拖延著行進的速度，彷彿有些猶豫不決，而艾曼紐的興奮卻在不斷高漲。她堅挺著腰，緊咬雙唇嚥下了從喉頭湧上的嗚咽，因爲熱望那期待的抽搐而氣喘咻咻，可那冤家卻故意讓她老是臨近、永遠也不能達到那佳境。

他自己正在用一隻手玩弄著身體，速度和情趣都按自己的心意而定；他不管艾曼紐的乳房、嘴唇，似乎既無意親吻、也不想摟抱，在他自己施展的局部淫樂之中，保持著某種慵懶和距離。艾曼紐卻時而向左、時而向右晃動著腦袋，發出一連串強壓住了的呻吟，那音調似乎是表示一種祈求。她半張開眼睛，尋覓著那男人的面容。到這時，兩眼裡已是淚光閃閃。

於是，那隻手不再動作，而是將它挑逗起來的艾曼紐的那部份器官保留在掌心，緊緊攫住它。那漢子朝艾曼紐稍稍傾斜，用另一隻手抓住對方一隻手，牽引著，將它塞進自己的褲子裡。它幫助那女人的手罩住自己硬梆梆的陰莖，指導她怎樣動作。他按照自己的最佳感受，調整著動作的規模和節奏，根據刺激的程度，有時加快、有時減慢。如此這般，直到他確信：艾曼紐已產生了直覺，並且願意把事做好，讓她完成並按自己的方式進行操作。須知一開頭時，她是有氣無力、像孩童一般順從著幹的，然後才以一種未曾預見到的熱心，不斷地精益求精著。

艾曼紐將上身朝前，使手臂可以更好地去幹那件差事。那男人也朝這邊靠攏，好將精液足足澆在女人的身上，因爲他已自感那寶汁在腺體裡湧流。不過在相當長的時間裡，他還能自我控制。這當兒，艾曼紐的手指捻攏，上下求索不已；隨著這摩娑的延長，她已不再靦腆，而是不滿足於簡單地往復，而是變得非常在行，將手指微張，在那根雞巴暴突的青筋上拂拭，並且盡可能往下、一直摸到了兩隻睪丸（無意間還用修飾得很好的指甲，搔進了那器物的肌膚），直達狹窄的褲襠所允許的部位。然後她又將手指抽回，在沾濕了的掌心靈動的皺褶裡，覆蓋住那陽具的尖頂：由於這球體大爲膨脹，她似乎怎麼也把握不住。在那裡，她再次緊緊捏住，接著往下、朝著那根棒兒的根部滑行，把包皮綳得極緊，有時好像要勒死那團腫脹的肉、有時又鬆開了這擁抱，輕輕拂過那洞兒上的粘糢、或者故意騷擾著它，又以手腕的大起大落搓揉著它、或者用毫不留情的小動作來刺激它……。只見那龜頭脹大了整整一倍，燃燒得通紅通紅，好像每秒鐘都有可能要迸發。

終於，那根棒兒心滿意足，猛射出長長的、味道很好聞的白色濃液，艾曼紐則懷著一種奇特的激情，沿著雙臂、在赤條條的肚皮上、胸脯上、臉上、嘴上、頭髮裡，接受得痛快淋漓。這精液似乎永遠也不會窮竭。她覺得好像直射進了她的喉嚨，她好像正在酣飲著它……。她浸沈進了無以名之的醉意。是一種不在乎羞恥的痛快的享受。當艾曼紐垂下自己的手臂時，那漢子用指尖捻住她的穴蕊兒，使她更加快活。

一陣嗡嗡聲表示擴音器又要派用場了。那空姐故意壓低嗓音，以免過於突兀地將乘客驚醒。她宣佈：飛機將在約二十分鐘後在巴林降落，並在當地時間午夜十二時重新起飛。機場上特備了小吃。

機艙裡的燈光慢慢重新亮起，好像是在模仿旭日漸漸東升。艾曼紐拾起滑落到腳下的毯子，吸去濺在她渾身上下的精液。她重新拉上短裙，重新遮住臂部。待那空姐走進來時，艾曼紐還未及調回椅背，正坐在那「臥席」上試圖收拾好自己的著裝。

「您睡得好嗎？」那女郎高高興興地問道。

艾曼紐剛剛扣好自己的腰帶。

「我的襯衫全揉皺啦！」她道。

她瞧著上衣敞開的假領，兩邊全是濕漉漉的斑痕。她把胸衣的翻領再往外翻，於是露出了一隻嫩紅的乳頭。她的衣領便這樣保持著敞開，於是那四個英國人的目光便盯住這隆起的、赤裸的乳房側影。

「您沒有預備更換的衣裳嗎？」空姐探詢著。

「沒有，」艾曼紐答道。

她稍稍撅起了嘴唇，好像是強忍著不要笑出聲來。兩個女人的目光不期而遇，等於在承認那心照不宣之事；她們倆都同樣露出了窘態。那男士瞧著她們。他的上裝倒是沒有一絲皺褶，襯衫也像啓程時一樣乾乾淨淨，他的領帶也一點沒被弄亂。

「請跟我來罷，」那空姐毅然決然地說。

艾曼紐站起身來，繞過了她那位鄰座的男性（地方倒是寬敞的），隨著英國女郎走進了盥洗室，那裡面到處都是鏡子、軟墊、白皮革的鑲邊，以及裝滿水晶瓶和化粧用品的架子。

「請稍候！」

空姐消失了，過了幾分鐘又走了回來，手上提著一隻小箱子。她打開了細羊皮的箱蓋，從一個小小的格子裡抽出一件外衣，顏色同霜葉相近，用奧綸、羊毛和蠶絲混紡，輕薄得可以握在一拳之中。空姐只一抖落，這上衣便像氣球一樣張開；艾曼紐又驚又喜，直拍著手掌叫好。

「妳借給我嗎？」她問。

「不，這是我送您的禮物咧。我相信一定非常合您的身∶正是給您訂做的呢。」

「那怎麼過意啊……」

那空姐把食指放在朱唇上，而那兩片薄唇撅成一個圓圈，表示她的尷尬。她那含情的目光不停地閃動。艾曼紐也禁不住老看著她。這法國女客將腮幫湊了過去。可那空姐已轉過身子；她遞過一瓶香水∶

「擦擦這香水吧，那可是一番享受啊！」

於是女乘客便用它來清涼清涼面容、兩臂和頸脖，將蘸滿香水的棉花栓兒塞入一對乳房的中間，然後定了定神，便急急解下了外衣的最後幾個鈕扣。

她將兩臂背到背後，把絲綢襯衫解落到了白色的地毯上，同時深深地吸了一口氣，自己也爲這副半裸體的模樣兒驚呆了。她轉過頭來瞧瞧那位空姐，並且又快活又天眞地瞧瞧她。對方彎下身來，拾起那件皺巴巴的外衣，卻拿它貼到自己臉上：

「哎，好香的味道啊！」她大聲道，一邊頑皮地哈哈大笑。

艾曼紐不知所措了。把前一個鐘頭發生的事情敍說一遍，在現在這時刻似乎不合適。她唯一的念頭像囚徒在籠子裡轉遊一樣，盤旋於她的腦海中，那便是脫去短裙、脫下長襪，在這漂亮的空姐面前來個大曝光。她的手指正在擺弄腰帶的鈕結。

「您的頭髮眞是又濃密、又油黑啊！」那空姐贊嘆道，一面用一隻梳子滑過艾曼紐那波紋起伏的長髮，這長髮一直拖到她赤露的脊背的下方。「多亮的反光啊！多麼光澤！我眞想有您這樣一頭好頭髮啊！」

「可我倒喜歡妳的頭髮！」艾曼紐肯定地說。

哦，要是這位女伴也願意赤身裸體那該有多好！艾曼紐如此抱著熱望，以致聲音都有些喑啞了。她祈求般地問：

「在飛機裡面不能洗個澡麼？」

「當然能洗。不過您最好稍候一下，中途站的浴室要更加舒適一些。何況您在機上已來不及啦，我們在五分鐘後就降落了。」

艾曼紐未能忍受住。她的嘴唇顫抖著。她拉開了短裙的拉鍊。

「請趕快穿上我那件可愛的小上裝，」英國女郎嗔怪地說，一邊將那件毛織品遞向艾曼紐。

她幫助艾曼紐從那狹窄的領口套過。這件極富彈性的毛衣是如此熨貼、其質地又是如此細膩，以致她的兩個乳頭淸淸楚楚地突現著，人家看得這般分明，就好像她並不是穿上了一件毛衣，而只是在肉體上塗了一層赭紅的顏料。空姐好像頭一回注意到了她的乳房。

「您可眞迷人呀！」她贊不絕口地說。

說著，她笑嘻嘻地按了一下那對尖尖的乳頭中的一個，有幾分像按什麼鈴鐺兒的電鈕一般。艾曼紐的兩眼射出了光芒：

「聽說空中小姐全都是處女，這可是眞的麼？」

那姑娘以夜鶯般甜美的聲音開懷大笑了。然後，沒等艾曼紐來得及反應，她打開盥洗室的門，將女乘客帶了出來。

「快回到妳的坐位上。紅燈已經亮啦，咱們就要降落了。」

但艾曼紐顯出很不樂意的樣子。何況她現在一點兒也不想同她旁邊的男人並排坐在那裡了。

她覺得中途停靠非常令人討厭。假如什麼東西也看不著，那麼知道你自己已來到阿拉伯沙漠又有何用？巴林機場經過無菌消毒，門窗鍍了克羅米，光線照得逼亮逼亮，還有冷氣、密封、隔音等種種設備，因而出奇地像人造衞星的內部：此刻旅客候機室的電視螢幕上正在放映此類場景。艾曼紐興味索然地洗了澡，喝了一杯茶，同四、五位乘客一起用了幾塊點心，其中也包括她那位「旅件」。

她不勝驚奇地瞧著他，試圖理解一小時之前他們之間發生了什麼。這段插曲同艾曼紐生平的其他情況並不協調。她能肯定確實發生過什麼事嗎？唉，去想這種事情也實在是太複雜了！還很沒有把握。最簡單、最穩妥的辦法是不要去多想。腦海裡的這個角落一個勁兒地在提問題，她卻竭力要叫它變做眞空。

擴音器裡的聲音實在聽不清楚，倒是其他乘客的流動告訴她應當重新登機了。方才她竭力想忘掉的東西，現在眞不太知道是怎麼個來歷了。

乘客們重新登機後，便發現飛機已收拾得又乾淨、又整齊，空氣也流通了。機艙裡噴灑了清新的香水。座位上都鋪好了嶄新的毛毯。一些大枕頭，裡面塞滿了鴨絨，顏色白得耀眼，使襯托它們的寶藍色絲絨格外誘人。男侍者走過來問大家要不要飲料。「不要嗎？那麼祝大家晚安！」空姐也過來祝大家睡個好覺。這一套禮節使艾曼紐很開心。她覺得自己的心情又變得很好——很積極、熱情飽滿、信心十足。她願意世界完全恢復那應有之狀。人間的一切，畢竟都是很好的呀。

她在椅子上平躺了下來。這一回她並不怕展示自己的玉腿了；她想讓它們活動一下。她輪流抬了抬左腿、右腿，收膝又伸膝，讓臀部的肌肉舒展，叫腳踝併攏磨擦磨擦、同時發出輕微的尼龍嘶嘶聲。她細細品嚐了這鍛鍊四肢的樂趣。爲了更靈便，她把短裙掀得更高了，而且做得很張揚，毫不遮遮掩掩，用雙手提著裙角。

「無論如何，」她自言自語道，「值得一看的不僅是我的膝頭，而是我整個的腿部。應當說這兩條腿眞是富於美感：它們宛似兩條清流，上面遮著落葉，下面卻躍動著幽靈，滾滾向前進。我身上的好東西可不止這一件。我很喜歡我的皮膚，那就像玉米一樣，陽光一照，便像金子一樣黃澄澄，絕對不會曬得通紅。我也喜歡我豐滿的臀部。還有乳房尖尖上的那兩粒小草莓骨朵兒，和那甜甜蜜蜜的環暈。我自己眞想用舌頭舔舔它們哩。」

頂燈的燈光暗了下去，她幸福地嘆息著，把毯子往上拉了拉。那毯子散發出松針的香味，航空公司把它送來，護佑她做個好夢。

當燈光僅僅剩下守夜燈時，她轉向側面，想看淸楚同艙伙伴。自從她在這伙伴一旁躺下以來，老實說，她還沒有敢往旁邊瞟一眼。出乎她的意料，那人的目光也正盯在她的身上，似乎正在等待她。雖然幾乎已是一片漆黑，但這目光卻分明可辨。有一段時間，他們便這樣你瞧著我、我瞧著你地呆著，除了透徹的寧靜之外，亦無任何其他表情。艾曼紐又看到了有點兒新奇、也有點兒長者風度的親切光芒，那是他們甫告相識時她就注意到了的（可那究竟是在什麼時候？是在不到七個小時以前嗎？）。她心裡想：她所喜歡的，正是他身上的這點兒特色。

這位鄰座旣然出乎始料地變得令人愉快，她便微笑著闔上了兩眼。她朦朧地想要什麼東西，但自己也不知要什麼。她找不到別的消遣，只好再次爲自己長得漂亮而開心。她自己的形象，好似一首愛唱的歌曲，在腦海裡反複盤旋。她的心怦怦跳動，正在尋找自己知道藏在那片黑茸茸的「草地」下面的小「港灣」，那也正是兩條「河流」的匯合口：她感覺到了那「河水」正徐徐溢來，吮舔著它們的「河岸」。當那個男人撐著臂肘朝她側過身來時，她睜開了眼皮，讓對方親吻。那嘴唇對嘴唇的滋味非常新鮮，而又有點兒海水的鹹澀。

她抬了抬上身，舉起兩臂，好給他提供方便，因爲他想脫去她的緊身衣。她欣賞著那特有的慌亂心緒：從紅毛線衣下突然冒出了她那對乳峯，而由於燈光的晦暗，它們比在白晝顯得更加渾圓豐滿。爲了讓他獨自領受剝光她衣服的樂趣，當他尋找她短裙的拉鍊時，她絕不幫他一丁點兒忙。不過，她還是撅起了屁股，讓他輕而易舉地脫下這裙子。這一回，裙子不再束縛住她的膝蓋：她已完完全全擺脫了它。

那漢子勤快的雙手已剝下了她的三角褲。當它們伸過來解開襪吊帶時，艾曼紐自己捲了捲長襪，把它們踢到短裙和上衣堆裡去了，這些衣物已在椅下堆成一團。

只是到了她被剝得精光赤條時，他才緊緊摟抱著她，開始從頭髮到腳踝、點滴不漏地撫摸她的肉體。她現在多麼盼望作愛啊，簡直熬得心癢喉哽：她覺得自己再也不能暢快地呼吸、再也不能「活」過來。她心裡害怕，想要喊出聲來，但那男子把她抱得太緊，一隻手從她屁股縫裡伸過來，把那多情的小裂縫兒（此刻正顫慄著）掰開，一個指頭完完全全伸了進去。就在這時，他還貪婪地親吻她，舔著她的舌，吮吸她的口津。

她發出了急促短暫的呻吟，不知道有什麼痛楚：是因爲這手指在探索、伸到了她腰間的深遠處，還是因爲這張嘴在把她當做「食物」，在吞下每一股氣息、每一聲嗚咽？抑或是慾望或因放蕩而產生的羞恥感在折磨著她？她曾經握在手心裡的那件長長的、微微彎曲的物件在她腦海裡纏繞無已：氣宇軒昂、勃然挺立，很高傲、堅硬、赤紅，灼熱得令人吃不消。她呻吟得這麼厲害，終於，那男人發了慈悲：她感覺到了那根赤條條的、如她熱望的那樣粗壯的棒兒伸到了她的肚皮上；於是，她以整個身心的溫存撲向了那東西。

他倆就這樣依偎了很長一段時間，彼此一動也不動。然後，那漢子似乎驀然下了決心，用雙臂將她抱起，越過自己身上，讓她躺到了過道旁邊的座椅上。現在她離那兩個英國小孩只有不足一公尺的距離。

她本來已忘掉了孩子們的存在，現在猛然明白他們並沒有入睡、而在瞧著他倆。那男孩離得最近，而小姑娘也依偎著他好看個一清二楚。他們一動也不動，凝神屏息地放大了瞳孔盯著艾曼紐，她從這當中祇看出了一種被深深吸引的好奇心。一想到在他們的目光下被人家占有，一想到她艾曼紐竟然如此放蕩，她頓時感到頭昏眼花。但與此同時，她又急盼這件事趕快進行，並且讓這兩個孩子一覽無餘。

她現在是向右側臥著，大腿和膝蓋都捲曲著，腰腹部向前伸出。那男人從背後托著她的屁股。他在艾曼紐兩腿當間伸進一條腿，以直逼的、不可阻擋的勢頭戳進她體內，這動作相當順利：一來是因爲他那根雞巴極其堅挺，二來因爲艾曼紐的肌膚已是濕漉漉地一片。到達她的陰道最深處、並在那裡停下後，他換了一口氣，便有規律地、大動作地讓雞巴在裡面來回抽動。

艾曼紐從煩惱中解脫，不停地喘息著，隨著那棒兒的每一次衝刺而變得更濕潤、更火辣。那傢伙好像從她身上吸取了營養，變得越來越大，它的動作也更劇烈、更活潑了。在幸福感的薄霧中，她對這根棍子在自己肚皮裡跑這麼遠，感到又驚又喜。她有些好笑地暗自思量：自己的器官還沒有退化，雖然已經有好幾個月了，它們一點沒有受到男子「刀鋒」的刺激。現在既然復得享受這樣的淫樂，她便想著盡可能毫無遺漏地、以最長久的時間來予以利用。

至於那位男客，他依然樂此不疲地在艾曼紐的肉體裡深鑽。某個時候，她眞想知道他戳進去有多久啦；但因爲沒有任何標誌，實在難以精確計算。

她不肯讓性交的高潮立即來臨：總要讓它費點勁兒，也要有些許失意才好。從童年時代起，她就練就了期待快樂來臨的本領。比起性慾高潮時的抽搐，她更賞識這漸漸增長的快感、這軀體的極度緊張。她獨處的時日裡，是非常善於給自己製造這種快感的：她可以在好幾個鐘頭裡，以琴弓般的輕柔，去拂摸陰蒂顫顫巍巍的短莖，而不肯向她自己肉體的祈求輕易讓步，直至最後感官需要的壓力占了上風。一到那時，感官的需要便爆發爲令人驚駭的旋風，有若臨終之痙悸。但事情一過，艾曼紐就如同死而復生，並且變得更淸醒伶俐。

她掃了那兩個孩子一眼。他們的面容不再有任何高傲的遺痕。他們已變得很通人性。不是興奮而已，也不是含譏帶諷，而是頗爲關切、甚至近乎尊重他人。艾曼紐試圖想像他們腦子裡在倒騰著什麼、眼見的這件事所引起的惶恐，等等。但種種的思緒在她的腦海裡都化作了搓棉碎絮；她的腦子裡充滿了無限的驚喜，因爲實在太幸福，而不能眞正顧及旁人了。

接著，隨著動作加快，攫住她臀部的兩手也格外有力，以及穿透她軀體的那物件驟然腫脹並且怦怦跳動，她明白那位性交伙件立刻要射精了，她自己隨即合上了那節拍。那一束如鞭子抽打一般的精液使她達到欣喜若狂的巔峯。在他猛泄的整個過程中，那男子使自己一直保持在陰道深處很遠很遠的所在，實際上是緊貼著她的子宮頸了。甚至在猛烈抽動之中，艾曼紐仍保持著足夠的想像力，足以享受這樣的畫面：在那男子的管道口兒上，噴射出如奶汁般的液流；而自己那子宮長方形狀的頸口，卻像一張活躍而貪食的嘴巴，不停地吮吸著這乳汁。

那男乘客結束了交媾的最高潮，艾曼紐也漸漸平息。一種無怨無悔的幸福感滲透著她，甚至最微不足道的事也在增進這感受：如那陰莖抽回時的滑動，她感到他遞過毯子來的觸碰，這臥舖的舒適，以及隨著睡意重來而漸漸升起的朦朧和溫暖之感。

❖　❖　❖　❖

飛機像跨過一座橋樑那樣越過了黑夜，既沒有看見印度的沙漠、沒有看見海灣，也沒有看見河口與稻田。當艾曼紐睜開兩眼，她看不見起源的黎明，已在緬甸山脈的輪廓上灑出一片七色彩虹；而在機艙之內，守夜燈褐黃色的光芒使人無法猜到環境的變更和確切的時辰。

白色毛毯已從臥鋪上掉落，艾曼紐赤身裸體向左側臥著，像一個怕冷的小孩一樣蜷縮成一團。她的征服者正在沈睡。

至於艾曼紐，她是逐漸甦醒過來的，現在依然毫不動彈。她到底可能在想些什麼，卻絲毫也未在臉容上流露。經過一段相當長的時間之後，她緩緩伸了伸她的玉腿，直了直腰，翻了個身，然後用手摸索著，想給自己重新蓋好毯子。但她這動作只做了一半：過道上站著一個男人，正在凝視著她。

這位陌生人，從他與艾曼紐相距的角度看上去，體形十分魁梧；艾曼紐暗想，他的俊美也眞是非同尋常。大概正是這種俊美使她忘卻了自己的赤身裸體，或至少並不因此而感到尷尬。她自忖：這簡直是一尊古代希臘雕像啊！這樣的傑作不會是血肉之軀罷。她忽然回想起「廢廟之神」這首詩的若干片段，而這卻並不是一首希臘詩歌。她多麼想看到枝頭怒放的迎春花，和在神像腳底離離蔓生的深秋黃草，以及在像座四周疏影橫錯的枝葉；她希望看到，在這雕像的耳後、額前短小的羔羊羊毛在和風吹煦下微微搖擺。艾曼紐的目光緊盯著他那筆直的鼻樑，移到了他那富於曲線的嘴唇，和那大理石般規整的下頦。兩條堅挺的肌腱，刻畫出了頭部的線條，直至敞開的襯衫，展露了並無毛髮的胸膛。艾曼紐的兩眼繼續進行著這番研究。在離艾曼紐臉龐很近的處所，白色法蘭絨長褲裡有件碩大的器物隆隆勃起。

這突然出現的神怪身子微微前傾，拾起了撒在地面上的短裙和毛衣。他還拾起了三角褲、吊襪帶、長襪和一同散亂在地上的那雙薄底皮鞋，然後站起身來說：

「請走過來。」

艾曼紐在臥鋪上一躍坐起，兩腳踩著人造地毯，抓住了向她伸來的那隻手。然後，她體態輕盈地站起身來，朝前走了幾步，彷彿在高空和深夜之中轉出了凡人的世界。

陌生男人把她帶入了她已同空姐來過的那間盥洗室。他靠著罩上了絲綢的內壁，把艾曼紐安排在他對面站立著。她幾乎發出一聲驚叫：因為她看見那根「赫古力士」長蛇式的陽具，跳出了金黃色的「叢林」，竄立在她的眼前。因為她的身材顯然比那壯漢矮小，那只碩大的三角龜頭與她的乳房一般高低。

這位大力士攔腰抱住了艾曼紐，毫不費力地將她舉起。艾曼紐用交岔握著的十指環繞著那壯漢的後頸，並且感覺到項上肌肉在她掌心繃得很緊。接著她張開兩腿，好讓這位「强姦者」把她的身子置放於其上的、通紅的那物一舉戳入。那漢子倒是小心翼翼漸漸動作，已將她的門口弄得撕裂般疼痛；艾曼紐的腮幫上早已淚珠滾滾。她用膝蓋頂住並夾著伙件的屁股，盡最大力量幫助這神話般的「蛇」爬入她肉體的深層。她扭著身子，掐住她吊著的頸脖，號叫著，吐著粗氣和聽不明白的字眼。在慌亂之中，她甚至還沒有意識到那壯漢已經如願以償，他以臀部如此粗野地向前猛推，似乎眞要在她體內殺開一條血路、直搗她的心窩！當他把工具抽出來時，他的容光煥發，仍舊讓她站著、摟在自己的懷抱裡。那根濕漉漉的雞巴使艾曼紐痛楚的肌膚頓生涼爽之感。

「你喜歡嗎？」那壯漢問。

艾曼紐將肥幫緊緊貼著這希臘神祇的胸脯。她感覺到了他的精液在自己的臟腑裡流動。

「我愛您啊！」她唸唸有詞地道，又說：

「您還願意再要我麼？」

他只微微一笑。

「稍過一會兒，」他道。「我還會再來的。現在先把衣服穿上。」

他彎下腰來，在她的頭髮裡送上如此貞潔的一吻，以致她什麼話也不敢再說。

她甚至還沒來得及明白他已離去，她已是了然一身。

她以放慢了的舉止，好像是執行什麼儀式（或者是由於她還沒有完全恢復現實生活的節奏），在自己身上噴灑著淋浴的溫水，在身上塗滿了泡沫，仔細地沖涮著，從一具電動分發機中抽出一塊又一塊芬芳的熱毛巾，用以擦拭著皮膚；接著在後頸、乳房、腋下和陰毛上噴灑一種香水，那香味使人想起灌木叢裡草木的芳香，然後再梳理自己的頭髮。她的形象通過三面擺設著的長鏡照映出來：她覺得自己從來也沒有這麼富於清新感，或如此之光艷動人。那陌生男人會像他答應的那樣重來麼？

她一直等候到擴音器宣佈業已臨近曼谷。這時，她失望地撅著嘴巴，心情懊惱地穿上衣服，回到機艙裡，從行李架上取出自己的旅行包和緊腰衣，將它們安放在膝蓋上，然後坐在椅子上。一隻周到的手早已調回了椅子的位置，並在旁邊放好了一杯清茶和一小碟點心。她的鄰座（此時她只是漫不經心地瞧了他一眼）作出不勝驚奇的反應，用英語問：

「可是……你不是要繼續飛往東京麼？」

那語氣裡有一種失望的意味。

艾曼紐很容易猜出他的意思是什麼，而且搖頭表示否定。那男人的表情頓時陰沈下來。他提了另外一個問題，她卻沒有聽懂，何況她也根本沒有回答問題的心情。她直楞楞地瞧著前方，表情裡無限憂傷。

那位男乘客掏出一個小本子，遞過來給艾曼紐，示意她在那上面寫點兒什麼。他大約是要她留下姓名，或留下可以與她重逢的什麼地址。可她再次搖頭表示拒絕，額頭上顯出十分執著的樣子。她一心想著的卻是那另一位陌生人、那破廟的神祇會不會同她一起在曼谷下飛機，或者還要繼續飛往日本、即使是後一種情況，她至少還會在中間休息時見到他……。

她在乘客羣中尋找著他。乘客們下機後都集中在機翼之下，在這熱帶地區機場的清晨，等待人家把他們送往水泥或玻璃大樓。從這裡看去，大樓未來派風格的側影已經映照在熱帶白亮的天空背景上。可她沒有認出任何一個如他那樣身材、又長著金黃頭髮的人物。空姐衝著她微笑：她幾乎不曾看見這位英國女郎。人家已經簇擁著她往海關的欄柵走。這時有一個人越過一道障礙物，出示著一張通行證，並且高呼著艾曼紐的名字。她急奔向前，快活地叫嚷了一聲，便投入了丈夫向她伸出的臂抱裡。

第二章　綠色的天堂

難道我主張你們扼殺自己的感覺？
我只是主張你們具有無辜的感覺。

尼采（《查拉圖斯特拉如是說》）

在曼谷皇家體育俱樂部的游泳池裡，艾曼紐正展示腳踝翩翩起舞。這淺池是用黑色石子鑲嵌而成，池子裡盛著一汪玫瑰色的清水。加入這體魄健全者俱樂部的太太小姐們，穿著透明的裙子，星期六和星期日在賽跑場上、平日則赤身露體地在游泳池裡，展現自己的玉腿和酥胸。

一位少婦，面容藏在向上彎曲著的雙臂裡，正舒適地躺在艾曼紐身旁（艾曼紐有時能感覺到短髮輕拂過自己大腿的外側）。此人身强如牝馬，肌肉豐滿，皮膚呈古銅色，在陽光照耀下又映照出火紅的色調，有如雕塑大師的速寫草圖。她正在評頭品足，優美的音調，使得她這段心曲說得有聲有色：

「自從那位『美洲海盜』經過以後，吉伯特自以爲得體，裝起受害者的樣子來！他對我讓他空等了三夜居然耿耿於懷。天曉得，即使在『美洲海盜』走了之後，那第四夜我會不會老老實實回到那住所！」

艾曼紐知道她便是亞麗安娜，法國大使館參贊德・賽義納的妻子，今年二十六歲。

「妳先生發那門子的火？」另外一位女士問道，她此刻正躺在一張紅帆布椅上，忙著給一條母狗梳毛。這狗的名字叫「歐」。「他那些規矩能變通變通嗎？」

「他不高興倒不是因爲我在司令官的艙房裡過夜，而是我事先沒打招呼。他覺得自己丟了臉，因爲到處找我，一直找到了警察局！」

女士們竊竊私語起來。她們近乎昏昏沈沈地躺在灼熱的石板上（訓練了這麼久，該上來曬曬太陽了），形成了褐色肌膚的星座，星座中央是匐匍躺著的亞利安娜，和端坐著的艾曼紐。艾曼紐聽得多、看得少，在她腿部周圍溫水的立體反光使她很感興趣，眼下不怎麼想看她們曬黑了的軀體。

「他以爲妳在哪裡呢？不用當巫師也能猜得出來的嘛！」

「這鬼地方總算是給了我們消遣消遣的機會！」

「尤其因爲他還承認：在節慶結束的那天，他在船上看到了我！我正處在兩位自鳴得意的水兵當中，毫無戒備和防禦，而他倆似乎想把我扯成兩半呢？」

「他們幹起來了嗎？」

「我怎麼知道呢？」

她挺了挺胸，叫了聲艾曼紐。艾曼紐情不自禁地又一次賞識了這批皮膚光潔的入浴者是多麼泰然自若和多麼詭計多端：她們解開了脊背上乳罩的吊帶，據說是爲了不留下日光浴的明顯痕迹；其實呢，這是借重物理學上的重心原理，用以襯托她們的身影——偶爾若有一位男友路過，她們便要撐著臂肘打個招呼，那當兒便尤其效果輝煌了。

「親愛的，」亞麗安娜宣告：「你錯過了世紀的機會！就像剛才舒菲說的那樣，一個世紀之內在曼谷是不會有兩次的！上周周末，一艘漂亮的小型戰艦駛入湄公河拋錨，藉口是向暹邏海軍表示什麼敬意之類。我眞希望妳也見到：艦上人員全都是風流鬼！司令官簡直是酒神狄奧尼索斯！整整三天時間，全是雞尾酒會、晚宴、舞會什麼的——還不止於此呢！」

周圍這些法國女人之不拘小節、語調之蕭灑風流，以及笑聲之尖脆豪爽，都令艾曼紐爲之咋舌：她沒想到，自己作爲巴黎女郎的經驗，拿來對付這個放蕩不羈的團體，竟然毫不濟事！這批流落異鄉的女人之無所事事和揮金如土，較之巴黎附近峨得依、帕西等豪華區的悠閒揮霍，是猶有過之而無不及。就連這無所事事本身，她們也安排得十分緊湊：即不是臨時應付、也毫無間歇可言。種種現象說明：她們日復一日，一心一意要做的事情，便是誘惑別人或者被人家誘惑，而不管是在什麼地方、也不管當事者的年齡、長相和地位如何。

她們當中的一位長著濃濃的棕髮，一直披到肩部、散落及臀、構成一幅髮絲鑲織的幻影。她無精打采地站起身來，走到了游泳池邊上，在那裡站立了一會兒，伸伸胳臂，打打哈欠，將兩腿岔成倒「V」字形。那兩腿的結合部，穿著一條極窄的比基尼泳褲，只有一根細帶子那麼寬，露出了她那經太陽曬過的幼獅撮毛。艾曼紐稍稍留神，便瞥見了她那外陰的形狀：那東西健壯有力，看上去已頗有閱歷。但它的主人卻長著少女純潔的容貌，身材也很優雅。兩相對照，更顯得那器官之荒淫無恥。她插嘴道：

「讓也不是個大傻瓜。他先打聽清楚了『美洲海盜』離開的時間，然後才把他的老婆接來。」

「眞太可惜，」亞麗安娜以眞摯的口氣表示婉惜。「艾曼紐本可以大出風頭的咧。」

「不過我不大明白：讓怎麼會認爲艾曼紐在巴黎會更加安全呢？」一位半裸著身體的姑娘譏誚地問。「她在巴黎不會被人家怠慢的啊！」

亞麗安娜似乎以越來越大的興緻瞧著艾曼紐。一個幫腔女人冷淡地置評道：

「這話不假。她的丈夫讓她一人孤眠獨宿了一年之久，大概是個不知吃醋的人。」

「沒有一年，是六個月呀！」艾曼紐更正道。

她仔細端詳著方才那姑娘外陰部突出的邊沿。那東西離她僅有咫尺之遠，她一彎身，便可用嘴唇碰到它。

「我覺得他當初沒叫妳同來，這做得很對。」那「歐」犬的女主人發表意見了。「他最近這幾個月，一直待在北方，連個家也沒有；每次來曼谷，都還得住旅館。那怎麼能算是過日子呢。」

她立刻又補充問：

「你們的別墅怎麼樣？我聽說非常逗人喜歡啊。」

「噢，剛完工而已：家具還沒有呢。我最喜歡的是它的花園，樹木參天。妳應當來看看。」艾曼紐彬彬有禮地回答完畢。

「不過您一年中的大部份時間，不是還得獨自一人留在曼谷嗎？」亞麗安娜一伙中有人問。

「不會的，」艾曼紐有點生氣地回答。「現在已安排了一批工程師，讓就不需要再往揚希❶跑了。他在總部還有相當多的事要做。他會一直跟我在一起的。」

「哼！」伯爵夫人以令人放心的笑容說。「反正這座城市很大嘛。」

艾曼紐弄不明白城市大小與話題有何關係，於是亞麗安娜作了一番解釋：

「辦公室會占去他一天的大部份時間，妳會看到這一點的。妳有足夠的空間和閒暇，來調度妳的情人們。運氣還算好咧：這個國家所有身體健全的男人，並不都像咱們的丈夫那麼忙忙碌碌！妳自己會開車麼？」

「會開，但我不敢貿然投進這亂七八糟的街道迷宮。在我學會辨別方向之前，讓會把他的司機留給我使用的。」

「妳很快就會認識主要街區的。我來給妳帶路。」

「換句話說，亞麗安娜將教會妳怎樣放蕩不羈！」

「休要胡說！艾曼紐不用我幫忙就會幹這種事的。我倒眞希望她把自己的荒唐事兒向我透露一二：密努達說得好，只有在巴黎才能玩個痛快！」

「可我沒什麼值得說的。」艾曼紐有氣無力地駁斥著。

她幾乎立即覺得自己頗爲寒傖。

「妳放心吧，」那看上去頂想探聽她祕密的女人急忙道。「妳可以把最見不得人的隱私如實道來，咱們這兒的人是守口如瓶喲！」

「要我說什麼呀？我在法國的全部時間裡，可從來沒欺騙過我的丈夫。」艾曼紐突然有力而冷靜地聲稱。

瞬息間，女人們一片沈寂。她們似乎在旬量這聲明的份量。艾曼紐誠懇的語調給她們留下深刻印象。伯爵夫人瞧著這位新來者的目光裡帶點兒卑夷。這小娘兒會不會是個故作正經的女人呢？不過，從她的穿著打扮看來……。

「妳結婚有多久啦？」她詢問道。

「快一年啦。」艾曼紐回答道。

爲了以自己的年輕刺激她們忌妒，她又補充道：

「我十八歲就嫁人啦。」

突然，好像又怕她們占了什麼便宜，她趕忙加上一句：

「婚後一年，有一半時間分居！妳們想想看：我對能跟讓重逢是感到多麼高興啊。」

她還沒來得及轉過目光，便出乎自己的意料，兩眼模糊起來。

年輕女人們紛紛點頭，似乎是深表同情吧。其實呢，她們心裡想的是：

「這傢伙可不是咱們的同道啊。」

「妳們可願上我家來吃牛奶冰淇淋嗎？」

艾曼紐早先未曾注意到剛剛站起身來的這一位。不過，那說一不二的表情、幾乎是長輩的斷然口氣，都使她覺得有幾分好笑——因爲那面容同時也是一個小姑娘的面容。

那位少女挺了挺腰板，好像是要擔當保護她的責任。大概有十三、四歲的樣子，但身材幾乎與艾曼紐相當。差別在於體格發育的程度：那少女的軀體還有些未成熟，似乎沒有全然展開的樣子。此外，也許是她肌膚的紋理最接近兒童了：那是陽光的色澤染不上的一種肌膚——不像亞麗安娜的皮膚那樣具有熱烈的色調、那樣進化、那樣優雅動人。粗略看來，艾曼紐甚至覺得那肌膚是粗糙的……。實際上卻又不然：與其說是長著許多小孔的，倒不如說是特別細膩的雞皮。臂膀上尤爲明顯。兩條小腿則顯得比較光滑。那是男孩健美的小腿：腳踝上露出線條分明的肌腱，膝蓋和膝彎都堅挺有力，臀部則堅韌而富於彈性。這兩條腿看了令人愉悅，因爲比例得當、微微表現出力度；而不像成熟女人的玉腿，看了令人心思紛擾、甚至想入非非。在艾曼紐的想像之中，更容易聯繫到在沙灘上的奔跑，或在跳水踏板上的伸縮；而不是在一隻手撫摸下掰開，爲一具急不可耐的肉體、敞開另一肉體的大門。

她對腹部的印象也大致相仿，那是一名身體微彎的女運動員，由於激情而腹肌微收，如心臟一般悸動，表現出整齊的一條條肌肉的全部活力，而服裝的緊窄——大約跟舞台上裸體的女舞蹈家所穿的緊身衣相似——並沒怎麼使那三角形的寶處顯得失態。

那小小、尖尖的乳房也合乎規矩，雖然在象徵性的比基尼泳衣的窄布條下很少予以遮掩。

「眞好看呀，」艾曼紐自言自語道。「可說眞的，她爲什麼不乾脆赤裸上身呢?那就更好看啦。我絕對相信：那是不會引起任何人的非分之想的!」（不過再一仔細斟酌，她就覺得也許不盡如此咧。）她在想：如此稚嫩的乳房，不知有何性感。接著，她又想起了當年自己的胸部，想起了當它剛剛開始有點兒隆起的時候，她即已從中得到許多樂趣。她承認：那時她的乳房甚至還沒有這麼突出。因爲待她仔細一打量：這對奶子遠非那麼不値一看哩。也許一開頭時，是同亞麗安娜的乳房對照的，影響了她原先的判斷，像是臀部狹小、還有腰身像個小學生等等……。

再不然，就是在這粉紅色胸脯前的兩條又粗又長的辮子。這兩條辮子可把艾曼紐給迷住啦。她從來沒見過這麼好的秀髮。看上去是那麼金光燦燦，那麼纖細，幾乎難於分辨那一根根的髮絲，絕非稻草、大麻，或沙粒、金塊，或白金白銀，當然更不像灰姑娘的灰髮……。到底可以比做什麼呢?或許可以比做某些生絲的絲球，卻也不像那麼潔白，可以用來作刺繡之用。還可以比做晨曦時分的天空，也可比做毛皮……。艾曼紐凝視著對方的碧眼，也就忘卻了其他一切。

這對眼睛並非兩條直線，秀長，朝著兩鬢微微傾斜，似乎對一般五官分明的歐洲女人來說，是置放得有點兒失當：但卻碧藍碧藍！而且是如此地清澈明亮！艾曼紐看出了從這對慧眼裡射出、並且轉動著燈塔光束般的眼風：那裡閃耀著譏誚、嚴厲、理智，還含著一種不容分辯的權威；然後，又突然流露出了關切，甚至憐憫；當然還含著笑盈盈的狡黠、幻想和稚氣：總之，是魔幻般的火焰！

「我的名字叫瑪麗安娜。」

也許是由於艾曼紐一心一意在欣賞她，竟忘記了答話，她又作了一次邀請：

「您願意陪我到我家裡去嗎？」

這一回，艾曼紐對著她抿嘴一笑，也站起身來。她解釋說今天不行了，因爲讓要到俱樂部來接她，然後一同去走訪朋友。她要弄到深夜才能回到家裡。但假如瑪麗安娜第二天能來看她，她將非常高興。瑪麗安娜知道她的住址嗎？

「行呀，」瑪麗安娜簡要地回答。「同意，那麼明天下午見！」

艾曼紐利用這空檔逃出了這一羣。她藉口說不能讓丈夫枯等。於是，她匆匆走向自己的更衣室。

「你覺得準備讓朋友們留宿的客房能在幾天之內準備好嗎？」當他們上桌就餐時，艾曼紐的丈夫詢問她。

❖ ❖ ❖ ❖

別墅的活動牆壁現在收了起來，正對著的是一池長方形的碧波。池子裡的蓮花上午是粉色、淡褐或藍色，傍晚便搖曳著泛綠色的花瓣。

「要是想派上用場，現在就可以用了。現在只缺窗簾，再就是五色軟墊，那是準備放在牀上的。哦，還缺一盞燈。」

「我希望在一周之內能夠一切就緒。」

「一定的，能準備好的。安排這麼點東西是用不著十天時間的。可你準備派什麼用場啊？有人要上咱們家來嗎？」

「是的：克利斯朵夫要來。妳是知道的……。他管整個馬來西亞。妳還沒有到，我就邀請了他。他剛剛作了答覆。一切都很順利：那廠商主動派他到泰國來出差。這樣，他就可以跟咱們相處好幾個星期呢。妳會看到的，他是個好人。我已快要有三年沒同他見面了。」

「同你一起在高壩建成後一直待在阿斯旺的就是他吧？」

「是呀，就只有他，那時沒洩氣啊。」

「現在我想起來啦。你對我講過，他是怎樣怎樣辦事認眞……」

讓對妻子的微詞感到好笑。

「認眞是認眞，但絕對不是古板！我很喜歡他。我相信妳也會喜歡他的。」

「他多大年紀啦？」

「比我小六、七歲吧。那時他剛從牛津畢業。」

「他是英國人麼？」

「不，也是，算半個英國人吧。母親是英國人。可他父親卻是本公司創始人之一。可妳別以爲他是紈袴子弟。恰恰相反，他是個實幹家。是個可以信賴的人。」

對於夫婦剛剛團聚便要待客，艾曼紐感到有些失望。雖然如此，她當下便決定好好接待丈夫的這位好友。她記起了在照片上的克利斯朵夫是一位身强力壯的開拓者，皮膚曬得黝黑，笑容可掬，樣子很可靠。她心裡想：不管怎麼樣，接待他總勝過接待那些大腹便便、年事已高的視察員。而今後她肯定得帶這類人物去遊覽市容，還得防著他們中暑或被蚊蟲叮咬。

她了解了其他的細節，非常渴望知道，當自己尚未結識讓時，那些「危險的年代」是如何度過的。萬一他在那時被人家殺死，那麼就不會有她來作他今天的妻子：想到這一點他便覺得難過。她連飯也嚥不下去了。

侍者圍著餐桌團團轉，端上了椰子核，裡面還盛了冰糖蛋羹、這之前已上了涼米飯和花飾油餅，那都是那位紅牙齒的老廚娘爲了歡迎新到的主婦、而在四天前就著手準備的。那侍者走路，是輪流踮著腳尖，作舞蹈狀，每次起步均躍躍然，眞有點兒令艾曼紐捏著一把冷汗。他實太無聲無息，體魄太健壯，太舉止輕捷，太準確無誤，太常備不懈——總之，是太像一隻貓咪了。

❖ ❖ ❖ ❖

瑪麗安娜乘坐一輛白色美國轎車來到，開車的是一名印度司機，纏著頭巾，蓄著黑鬍鬚。他把瑪麗安娜送到之後便立即將車開走。

「妳能把我送回去嗎，艾曼紐？」瑪麗安娜問。

艾曼紐對她以親暱的「妳」相稱有些吃驚。她還注意到。這孩子的聲音與辮子、皮膚很是諧協，比頭一天好多了。她在激動之下，本想親親她的雙頰，但不知因爲什麼而沒有這樣做。也許是因爲看見了那件藍內衣下一對尖尖的小乳房？要是這樣未免荒唐！瑪麗安娜就站在她身邊。

「對那幾個傻瓜的胡說八道可別在意，」她道。「都是些會吹牛的女人。她們做的是口頭說的十分之一都不到！」

「當然是這樣！」艾曼紐表示贊同，雖然在剎那間她不太明白。顯然，瑪麗安娜是指游泳池的那些比她年長的女人們。「咱們上平台去好嗎？」

她本能地還是用疏遠的「您」相稱，但馬上有些後悔。瑪麗安娜點點頭表示同意。她們一同上了二樓。走過自己房間門前時，艾曼紐突然想起讓藏在枕邊的那張她全裸的大照片，耽心這小客人會看見。她加快了步子，但瑪麗安娜已經在紗門面前停了下來。

「這是妳的房間麼？」她問。「我能進去看看嗎？」

她不等人家回答便推開了紗門。艾曼紐跟在她後面。那客人一進門便噗哧笑開了。

「多大的一張牀啊！你們幾個人睡在一起呀！」

艾曼紐臉紅了。

「其實這是兩張單人牀，拚湊在一起的呀！」

瑪麗安娜瞧著那張照片。

「妳眞美！」她道。「誰給妳拍的呀？」

艾曼紐想撒謊是讓拍的，但卻開不了口。

「一位藝術家，我丈夫的一位朋友拍的，」她有些不自在地承認。

「妳還有別的照片嗎？他不會只拍這一張的。妳有沒有正在做愛時拍下的照片？」

艾曼紐覺得有點兒摸不著頭腦了。這到底是一種什麼樣的小姑娘呀？倒是用明亮的大眼睛瞧著她，臉上掛著清新的微笑；卻提了這麼一些令人驚訝的問題，語氣又是那麼隨和，看上去一點也不激動？最糟糕的是：也許正是由於這眼神，艾曼紐覺得自己別無選擇，只好說眞話，這孩子可以從她嘴裡掏出最隱祕的私情，假如她想這麼做的話。艾曼紐突然打開了門，好像這麼做可以保護自己。

「您願意過來嗎？」她問。

艾曼紐又忘記了以「妳」相稱。

瑪麗安娜心不在焉地一笑。她倆來到了陽台上，一頂黃白條兒相間的大陽傘遮住了陽光。近處的河流，吹過了一絲溫馨的和風。瑪麗安娜感歎道：

「瞧妳多走運！曼谷沒有別的住家環境這麼好的！瞧這風景有多優美，感覺又是多麼舒適呀！」

她在那椰子樹和金鳳花的風景中佇立了片刻。然後，她以極其自然的動作，解開了酒椰纖維做的上腰帶，把它扔在一張柳條椅上。接著她毫不延遲地拉開了花裙子的拉鍊，裙子倏然落在她腳前。小姑娘一蹦就蹦出了衣服做成的圓圈兒。她的外衣拖到臀部，比三角褲側面的縫隙低一些；所以從前面後面看去，又看得見一條深紅色的窄布條兒，邊上裝飾著花邊兒。她在一張長椅上躺下，抓住一本畫報，簡直一分鐘也沒耽擱。

「我有很長時間沒讀過法國雜誌了！這幾本是從哪兒來的呢？」

她舒舒服服地安頓了下來，兩腿規規矩矩地併攏著。艾曼紐歎了一口氣，趕走了襲入腦海的混亂思緒，在瑪麗安娜對面坐定。瑪麗安娜大笑起來。

「這是什麼故事啊：『貓頭鷹之油』？我現在就看這故事，妳不反對罷？」

「當然不反對，瑪麗安娜。」

瑪麗安娜浸沈到了閱讀之中。那本打開了的雜誌遮住了她的面容。

她安靜的時間不長：她的身體已經開始快速地抽動，像一匹小馬似地兩邊擺動。她抬起了一條腿，她的左大腿離開了原先緊貼著的右大腿，軟綿綿地靠在了躺椅椅背上。艾曼紐試著窺探一下半開著的三角褲縫隙。瑪麗安娜的一隻手離開了那本雜誌，然後伸向兩腿當間，毫不猶豫地掰開了那尼龍質的三角褲，在很低的所在尋找一個處所，好像找著了，然後在那上面停留了一會兒。接著她的手指繼續往上，無意間露出了那兩片隆起的肉之間的「切口」。她在把褲子繃得很緊的隆起部份玩弄了一會兒，然後向下，手指放到了臀下，以後又重新再來一遍。不過這一回只有中指往下按住，其他的手指則頗爲優美地翹起，像昆蟲的鞘翅：那中指輕拂著皮膚，接著手腕突然彎曲、歇息下來。艾曼紐覺得心跳得厲害，眞怕人家聽見那怦怦聲。她的舌頭在兩唇間微微伸出。

瑪麗安娜繼續她的遊戲。那主要的手指朝下壓得更深了，把皮膚掰了開來。接著又停下了，畫了一個弧形，猶豫了一下，輕拍了一下，以幾乎難以分辨的動作顫抖了一下。艾曼紐不由得從喉管裡發出輕輕的聲響。瑪麗安娜垂下那本雜誌，對著艾曼紐微微一笑。

「妳從不自己撫摸自己嗎？」她很驚奇地問，一邊垂著頭，目光有些狡黠。

「我是一看書就要摸的呢。」

艾曼紐無言以對，只好點點頭。瑪麗安娜放下了手中的讀物，挺了挺腰，將兩手放在臀上，然後敏捷地將紅色三角褲褪到了大腿的部位。她抖動著兩條腿，直至完全擺脫了那褲叉兒。然後她伸直了身體，閉上了兩眼，用兩個指頭掰開了那兩片粉紅色的陰唇。

「這地方滋味兒眞好！」她道。「妳不覺得嗎？」

艾曼紐又點了點頭。瑪麗安娜用普通聊天的語氣說：

「我喜歡在這兒放好長時間。因此我現在不摸上面那個地方。在這條縫兒裡來來回回搞更帶勁兒！」

她的動作正在說明她的理論。末了，她的腰部微曲，輕輕地呻吟了一聲。

「哦，」她喃喃道。「我管不住自己啦。」

她手指在陰蒂上顫抖著，像一隻蜻蜓。那呻吟變成了尖叫。她的大腿猛然敞開，又一下子閉攏，把那隻手夾在了當間。她尖叫了好一陣子，幾乎令人心碎，然後氣喘吁吁地又重新躺下。然後，她又在幾秒鐘之內恢復了平靜，張開了兩眼。

「可眞是妙不可言呀！」她情趣濃郁地說。

她微微歪著頭，將中指伸進了生殖器，動作很小心，很細緻入微。艾曼紐緊咬著嘴唇。等到手指完完全全伸進去之後，瑪麗安娜長長地歎息了一聲。她這時容光煥發，是因爲身體健壯，也是因爲心情自若，和對做了該做的事而自滿自足。

「妳也摸摸妳自己呀！」她鼓動艾曼紐道。

艾曼紐猶豫著，好像在尋找什麼出路。但這慌亂並沒有持續多久。她驀然站起，敞開了短褲，然後把它從腿上滑了下去。她的下身就沒有貼身內衣了。她的桔色毛線套衫更襯托出那覆著濃密裡毛的陰阜很有光彩。

當艾曼紐重新躺下之後，瑪麗安娜過來坐在她腳前，下面是厚厚的長毛絨軟墊。她倆現在的打扮完全一樣：上身穿了衣裳，下腹和屁股卻一絲不掛。瑪麗安娜湊近了仔細端詳女友的寶物。

「妳喜不喜歡自己給自己解悶兒啊？」小姑娘問。

「跟大家一樣呀！」艾曼紐答道。瑪麗安娜的呼氣吹拂著她的大腿，令她銷魂。

如果小姑娘將手放在她身上，準會打消她感官的緊張和尷尬。但瑪麗安娜並不觸碰她。

「妳做給我看看呀！」她只是這樣說。

至少，手淫在眼下會使艾曼紐舒舒心。她覺得在自己和外界之間有一層帷幕；隨著手指在兩腿之間完成那件常做的工作，她會覺得身心平靜的。這一回，她不想借期待來使自己更加饜足。她需要很快找到憑借、找到熟識的境界；她還不知道有任何別的東西，能比性慾高潮更好地成爲隱遁的處所。

「妳是怎麼學會享這福份的呢，艾曼紐？」瑪麗安娜在女友恢復鎮靜之後問。

「無師自通的呀，我的手自己發現了這祕密。」艾曼紐笑著說。

她覺得自己心情挺好，從現在起願意聊天了。

「妳在十三歲的時候就會這一手了嗎？」瑪麗安娜以懷疑的口氣問。

「瞧妳說的，反正是早就會啦！妳不也是嗎？」

瑪麗安娜避不作答，卻接著盤問對方。

「那妳頂喜歡摸哪兒呢？」

「嗨！好幾個地方吶。那尖尖上，莖兒上，同底部，就是這兒，感覺都不一樣啊。妳不也是這樣麼？」

瑪麗安娜又當做沒聽見這個問題。她反問：

「妳只摸自己的陰蒂嗎？」

「不，怎麼會這樣想！那小洞口兒，妳知道，下面那地方——尿道口，也癢癢的哩。只要用指尖一碰，馬上就覺得舒服極啦。」

「妳還做些什麼哟？」

「我喜歡撫摸陰唇內側，那裡頂濕潤呢！」

「用自己的手指嗎？」

「有時也用香蕉（艾曼紐的語氣之間帶著自豪）：我把它們一直戳到底。我先剝了皮。不要用熟了的香蕉。要長的、青的，這裡水上市場有的是——那才叫一流貨色哩！」

她一提到這種快意，簡直當場就要快活得暈過去似地。一想到獨自陶冶的樂趣，她馬上心蕩神馳，幾乎忘了旁邊還有另外一個女人。這時她的手指正在揉著外陰部。她眞希望現在有根什麼東西戳進去。她有意側過身來朝著瑪麗安娜，閉上了眼，兩腿大大地敞開著。她現在非得享樂一番不行。她把手指併攏，摩擦著陰唇的內側，動作又快又大，很有規則，接連幾分鐘之久，直到覺得心滿意足。

「妳看，我能做到接二連三幹好幾次？」

「妳常常這樣嗎？」
「是的。」
「一天幾次啊？」
「這要看情況。妳知道，在巴黎時，我一天大部份時間都在外邊奔走：上大學去，或者逛商店。早晨只能享受一、兩次：是在剛醒的時候，還有洗澡的當兒。晚上入睡前再搞兩、三次。還要加上半夜醒過來時也搞。不過放暑假時沒別的事兒可幹：我摸自己的機會就多得多啦。在這兒，不就等於天天放暑假嗎？」
後來她倆就不聲不響地待著，彼此挨得很近，品嘗著從坦誠中誕生的友誼。艾曼紐對自己克服了羞澀，能談論這些事兒感到高興。她特別高興而又不願完全向自己承認的是：能在這個願意觀賞別人、自己又懂得享受的姑娘面前當場手淫。她心裡已賦給這姑娘種種的長處。她現在覺得她眞漂亮！這神話裡精靈般的眼睛……。還有富於夢幻的一張嘴，給她的面龐下方勾畫出了一種唇吻的表情，那麼有表現力，而又那麼疏遠著妳，何況還跟下身那對朱唇一樣富於肉感！還有這毫無顧忌敞開著的大腿，對於它們的赤條精光並不在乎……。艾曼紐開口問道：
「妳在想什麼呀，瑪麗安娜？妳看上去多麼嚴肅呀！」

她扯了扯瑪麗安娜的一根辮子，作爲同她的一種嬉戲。

「我在想那些香蕉呢。」瑪麗安娜道。

她抽動了一下鼻子，於是兩人都笑得快閉過氣了。

「不再是處女，就方便多啦，」艾曼紐品評著。「從前可不許拿香蕉！我那時也不知道想有什麼東西。」

「妳是怎麼同男人搞起來的呢？」瑪麗安娜詢問道。

「是讓破了我的身。」艾曼紐說。

「在他之前妳連一個情人都沒有嗎？」瑪麗安娜很不滿意地嚷道，顯然感到不可思議，以致對方只好用抱歉的口氣說：

「沒有。反正不能眞正算數。當然，男孩子們常常摸我。可他們不太在行呢！」

她又信心十足了，接著說：

「讓一開頭就跟我睡覺。我喜歡他正是因爲這個。」

「見面就幹了？」

「不錯，就在我剛認識他的第二天。頭一天，他上我家裡來；他是我父母的朋友。他不停地瞧我，很有興趣的樣子，好像有意要讓我發瘋。他想出了法子跟我單獨在一起，向我提了各式各樣的問題：我跟男人調過多少次情，我喜不喜歡作愛！我窘得無地自容，可仍禁不住要說實話。就有點兒像現在對妳說實話！他也想知道各種詳細準確的細節。第二天下午，他邀請我乘坐他的轎車出去散散心。那轎車眞漂亮。他叫我挨著他坐，幾乎立刻就撫摸我的兩肩，接著是乳房，他還一邊駕著車。末了，他把車停在楓丹白露森林的一條小徑上，第一次擁抱了我。他用一種完全讓我放心——我不知這是爲什麼——的語氣對我說話，使我能接受就要來到的事：『妳還是個處女，我要占有妳。』我們在一起待了很長時間，不說話、也不動彈，兩人緊緊依偎著。我的心終於跳得沒有那麼快了。我很幸福。事情的經過正同我可能夢想（儘管實際上我從未這樣夢想過）的一模一樣。讓叫我脫掉貼身的短褲，我立即照辦，因爲我想跟他合作來破我的身，而不是被動承受。他讓我躺在汽車的椅子上。此時車篷已放下，所以我能看見樹梢頭的綠顏色。他則站立在車門口。他沒有先撫愛我一番，而是一舉插進了我的肉體，但是做得叫我沒感到疼痛。正好相反，我覺得渾身美滋滋，快活得暈了過去——或者是快活得酣睡了，我也記不清了。總而言之，在到森林餐廳之前的事我一點也記不得了，反正咱倆在那餐廳用了晚餐。眞是妙極了!然後讓要了一間房間。我們就繼續作愛，一直作到午夜。我很快就學會啦!」

「妳父母怎麼說呢?」

「哦，沒說什麼。第二天，我到處嚷嚷，說我不再是處女，說我愛上了男人。他們覺得這很正常。」

「讓向妳求婚了嗎?」

「當然沒有!他也好、我也好，我們根本沒想結婚。我那時還不到十七歲。我剛剛通過中學畢業考試。我對有了一個情人、對自己能給一個男人當『情婦』感到非常得意。」

「那麼妳為什麼要結婚呢?」

「突然有一天，讓像平素那樣，對我泰然自若地說，他的公司要派他去暹邏。我想我大概傷心得快要跌倒在地。可他沒給我這份兒工夫。他要言不繁地接著說:『我要在動身之前娶妳。妳晚些時候來同我會合;等我有了安頓妳的家，妳就來。』」

「你當時覺得怎樣?」

「我覺得如入仙境。太美了，所以不可能是眞的。我像發了瘋似地大笑不已。一個月後，我倆結了婚。爸爸媽媽對於我給讓當情婦，覺得十分自然；但他一說要娶我，倆老便大喊大叫不行。他們竭力向他證明：他太老了，而我太年輕，甚至太『天眞無邪』了！妳覺得這怎麼樣？後來是他說服了他們。我倒眞想知道他對他們說了些什麼。我父親肯定是很頑固的，他不能忍受我放棄了學高等數學的機會。」

「什麼？」瑪麗安娜問。

「我在理工學院已開始學數學。」

「竟有這種主意！」

瑪麗安娜哈哈大笑。

「是爸爸的主意。讓在結婚後就要走啦。但時來運轉，動身日期推遲了半年。因此我們沒有立即被拆散。這樣，我當他的合法老婆的時間，跟當情婦的時間一樣長。我覺得婚後的情趣跟偷雞摸狗時一樣好。雖然開頭幾天我覺得在夜裡作愛很古怪。」

「後來呢？他不在家時妳住在哪裡？在妳父母的住處嗎？」

「不是的。住在他那套公寓、也就是咱倆的公寓裡，在布朗西博士街。」

「他不害怕把妳獨自一人留下嗎？」

「害怕？怕什麼？」

「嘿，怕妳給他戴綠帽子呀！」

艾曼紐笑了。

「我不去假設。咱們倆從沒提起過。他大概沒想到過。我也沒想到。」

「不過妳後來還是幹了那種事吧？」

「爲什麼這樣說？沒有的事。許許多多男人追求我。我覺得他們太可笑……」

「那麼，妳昨天對那些女人們說的是假話囉？」

「女人們？」

「昨天的事，妳已經記不得啦？妳對她們說，除了跟自己的丈夫外，妳從來沒有同別的男人睡過覺。」

艾曼紐躊躇了幾分之一秒。不需要更長的時間，瑪麗安娜便警覺到了。她轉過身來，跪在地上，透過椅子的扶把，斜倚著將她的疑問提了出來：

「妳說的沒一句眞話！」瑪麗安娜像法官似地揭發道。「只要看妳的表情就知道。妳應當自己看看：妳的面容多麼不會作假！」

艾曼紐試圖辯解，但有些言不由衷。

「首先，我根本沒說過那樣的話……」

「什麼？妳沒對亞麗安娜說妳不欺騙自己的丈夫？我正是爲了這句話而過來跟妳交談的。因爲我不信妳的話。幸虧沒信！」

艾曼紐依然一副鑽牛角尖的態度：

「那妳可就錯啦！我告訴妳：我沒有像妳說的那樣講。我只是說：我在巴黎時一直是忠於讓的。就這麼回事。」

「怎麼就這麼回事？還有呢？」

瑪麗安娜窮根究底地瞧著艾曼紐的面孔，艾曼紐則竭力裝得很瀟灑。突然間，那小姑娘改變了謀略。她的聲音變得像貓一樣柔和：

「其實，妳幹嘛要忠實呢，我在想？妳沒有理由壓制自己的需要呀。」

「我沒有壓制自己：我只是不需要任何人。這很簡單的……」

瑪麗安娜嘟著嘴，想了一想，然後問：

「這意思是說：假如妳想要一個人，妳是會同他作愛的囉？」

「那當然。」

「怎麼能證明？」瑪麗安娜質問道，那聲音就像好爭吵的孩子一樣尖利。

艾曼紐猶豫不決地瞧著瑪麗安娜，然後突然說道：

「我已經幹過啦。」

瑪麗安娜怔住了。她突然跳起身來，又坐了下來，兩腿交叉，兩手放在雙膝上。

「妳瞧，」她教訓人似地說，表情吃驚，語調慍怒。「妳還想要我相信沒這回事！」

「我沒在巴黎搞，」艾曼紐說，口氣極忍耐。「是在飛機裡幹的。在到曼谷來的飛機裡。妳明白嗎？」

「跟什麼人？」瑪麗安娜步步逼近，似乎對什麼都不再能相信。

艾曼紐不慌不忙，然後透露道：

「跟兩個男人，我不知道他們的姓名。」

假如她想聳人聽聞，那她就得降格以求，因爲瑪麗安娜毫不含糊：她在繼續審問。

「他們跟妳快活了嗎？」

「是呀。」

「戳得很深嗎，在妳下體內面？」

「嗨，當然囉。」

艾曼紐本能地用手捂著肚子。

「妳摸著自己，同時對我講這故事。」瑪麗安娜以命令的口氣說。

但艾曼紐搖了搖頭。她似乎突然得上了失語症。瑪麗安娜以批評的眼光打量她。

「快點兒呀，說話呀！」她命令道。

艾曼紐服從了，開頭很不情願，話也說得不自在；後來，在她自己那篇故事的激勵下，她不再要人家發話，就娓娓敘來，還特意不忘任何細節。等講完了那「希臘雕像」如何「姦污」了她，便打住了。瑪麗安娜聚精會神地聽著，還好幾次地改變了體態……。但她好像並不覺得特別新奇。

「妳告訴讓了嗎？」她打聽道。

「沒有。」

「妳又見到過這兩個男人嗎？」

「當然沒有！」

看來，瑪麗安娜不再有什麼迫不及待要提的問題了。

艾曼紐叫來一個小女僕，一出場時身子挺得筆直，頭髮烏黑，髮上插花，身體黃裡透黑的顏色，穿著一件大紅色的沙籠，像高更❷幻夢中的人物——，她為主客上茶。她重新穿上了短褲，瑪麗安娜也穿上三角褲。那件花裙子還留在原地。小姑娘又表示要看艾曼紐的全部裸體照片，艾曼紐便去尋找。瑪麗安娜又恢復了她的苛薄勁兒：

「聽著，妳總不能對我說，你跟那照相師毫無瓜葛？」

「瞧妳說的，」艾曼紐反抗道，「他連碰都沒碰我一下！」

然後她補充道，這回是假裝遺憾：

「何況我運氣不好，他是搞同性戀的。」

瑪麗安娜嘟了嘟嘴。她還是不怎麼相信。她又研究起手頭的雜誌來。

「我覺得，」她又敘述起來，「藝術家在給模特兒畫像之前，總是先同她作愛的。妳去找了這麼個不喜歡女人的傢伙，想法也眞是荒唐。」

「這不是我自己挑選的，」艾曼紐實實在在地說。不過她開始有些覺得被冒犯了。「是他自己提出來要給我照像的。我對妳說過，他是讓的一位朋友。」
瑪麗安娜做了個手勢，好像要抹去這些往事。
「眞得請一位高手給妳作畫像。等妳人老了就太晚啦。」
瑪麗安娜說要找什麼「高手」、還有她自己似乎馬上就要衰老，這樣一類的景象未免使艾曼紐忍俊不禁。
「我不喜歡擺樣子。連給照像的擺都不喜歡。那麼妳想想看，給畫師擺更不行！」
「妳到曼谷後，妳還沒同男人搞過點兒什麼嗎？」
「妳瘋啦！」艾曼紐怒氣沖沖地說。
瑪麗安娜似乎心事重重，差不多可以說是洩了氣。
「妳遲早總要找一個情夫，」她歎息道。
「這就那麼不可缺少麼？」艾曼紐道，其實她是覺得有趣罷了。
但對方似乎一點兒也不是故意開玩笑。她似乎被冒犯地聳了聳肩。
「妳很古怪，艾曼紐！」她道。
然後，在一陣寂靜之後又道：

「妳總不願意繼續像個老處女那樣過日子罷？」

她多少有點兒生氣地重複道：

「妳眞怪咧！」

「可是，」艾曼紐靦腆地辯解道：「我並不是老處女呀，我是有丈夫的！」

這一回，瑪麗安娜僅僅用一種冷淡的目光作爲回答。看起來，方才的論點使她感到可悲。她似乎已決意不再討論下去。但現在是艾曼紐不願改變話題。她竭力想重新創造良好氣氛：

「瑪麗安娜，妳現在不想脫下褲叉嗎？」

瑪麗安娜搖了搖辮子。

「我得走啦。（她站起身來。）妳陪我走嗎？」

「妳這麼著急嗎？」艾曼紐驚警地問。

可她已經明白，瑪麗安娜的決定是不會更改的。

在汽車裡，那小姑娘以憂慮的眼神瞧著艾曼紐。

「妳知道，」她道，「我不願意妳虛度一生，妳長得太漂亮啦。像妳這樣假正經，眞是愚不可及呀。」

艾曼紐笑得前仰後合。但瑪麗安娜沒給她太多揶揄的時間。

「到妳這麼大歲數，卻只在密封的飛機裡做過那麼點兒的小小遊戲，眞是不可思議啊。妳的表現像個地地道道的大傻瓜！」

她不勝愁慘地搖搖頭。

「我敢肯定：妳這人不正常。」

「瑪麗安娜……」

「噢，不是的！總之，現在用不著對已經過去的事情唉聲歎氣。」

綠色的前車燈發出了權威的亮光：

「可從現在起，妳能不能至少照我說的去做？」

「妳究竟要我做什麼呢？」

「我叫妳幹什麼妳就幹什麼。」

「嘿！」艾曼紐哼道，彷彿被吸引住了。

「妳發誓嗎？」

「哦，可以，要是妳覺得好玩兒。」

艾曼紐仍舊笑呵呵的，但瑪麗安娜卻不改那一板正經的表情。

「妳可願意我提個建議嗎？」

「不，謝謝妳！」

那「精靈」的慧眼表明她正在分析局面的嚴重性。艾曼紐裝作滿不在乎，對於能夠抵擋住瑪麗安娜並不抱幻想。當轎車停在她父親主持的那家銀行的大樓門前時，瑪麗安娜道：

「今夜十二點時，妳再自己撫摸吧。我在同一個時間也幹這件事。」

艾曼紐眨了眨睫毛，表示會跟她串通一氣的。她側過身來吻了吻那小姑娘。小姑娘遠遠嚷道：

「可別忘啦！」

祇是在瑪麗安娜走後，艾曼紐才明白：她本人竟未能向瑪麗安娜提任何問題。這梳辮子的小姑娘已知道她的全部私生活，但她卻對小姑娘的私事一無所知。她甚至忘了問那孩子還是不是處女。

❖　❖　❖　❖

這天晚上，當艾曼紐的丈夫洗完了淋浴走進房間時，他發現艾曼紐正在等待他：她一絲不掛，踮著腳尖蹲在低矮的大牀邊上。她用雙臂摟住他的臀部，將他的陽具塞入自己嘴裡。她只吮吸了幾秒鐘，那物便腫大、挺擧了起來。艾曼紐用嘴唇來回移動，使它變得硬梆梆的。然後，她上上下下、一處不漏地舔著它，低頭擠壓著那把表皮撐得緊緊的藍色血管；這血管的腫脹和突起，隨著她的親吻而有增無已。讓對她說：「妳簡直像在啃一根玉米棒。」於是她用那細巧的牙齒輕輕咬著，以便做得更相像。她很快地更進一層，溫柔地吮吸著睪丸上光亮的皮膚，用雙手捧起那對小圓球兒，將舌頭尖兒伸到球蛋下面；撫愛著另一根血管，感覺到隨著她雙唇的接觸、那熱血奔騰得更激烈，想像著怎樣饜足自己的胃口。然後，她的探索變得越來越親熱：她搜索著，時進時退，突然退回到陽具的尖頂兒上、又把它塞到自己的喉嚨口，差點兒自己噎住自己；這時她並不抽出那東西，而是以緩慢的動作抽吸著，同時用舌頭緊裹著它、彷彿在對它作按摩。

她的雙臂緊緊摟著丈夫的腰部。隨著她益發規則地吮吸他的陽具，那狂熱的情緒愈演愈烈；她舌部和雙唇的激情漸漸傳染到乳房和陰器上。她感覺到在她緊貼著的大腿間流溢出了大量液汁，同現在流在她嘴裡的那膨脹的傢伙溢出的液汁相彷彿。那腫大的器官在她熱得發燙的嘴裡，她也用自己的口津濕潤著它。爲了能發出快活的呻吟，讓這局部的性欲高潮使自己滿足，也是爲了繼續口交下去，她暫時從唇間吐出了那根雞巴，但卻繼續輕舔著它那微微張開的小洞眼兒，動作間充滿了柔情蜜意。接著她又咬了咬那連接小洞眼兒的、不停跳動著的小小韌帶兒。

讓用雙手捧著妻子的兩鬢，但這並不是爲了引導她的動作或者規範她的節奏。他知道最好是信賴她，由她精細地調製他們共同的快活。她賦予這次合歡的格調，又一次使她高出於所有別的女人。有些日子裡，艾曼紐故意吊吊丈夫的胃口：她不停留在任何一個處所，像採蜜似地從一個地方吸到另一個地方，但都是敏感點，弄得她的「犧牲品」呻吟不已、甚至向她求饒。她卻故意不理不睬，而讓他突然一跳、氣喘不止，令他如夢如狂；直至最後，她才讓拿手好戲出台，以精確靈敏的動作，完成這一次的傑作。不過今天呢，她卻想施捨比較寧靜的快樂。她並不緊緊攫住那顫動不已的傢伙，祇是在吮吸之餘用手指輕輕壓迫、以規律的手動刺激它：這是有意要讓這小活物諧然有序地吐出它的腹漿，並且讓它毫無保留地吐個乾淨徹底。丈夫終被降服了，她便小口小口吞嚥著那從他五臟六腑裡提煉出來的美味物；但那最終的抽搐和迸射，她卻一邊咕哩咕嚕、一邊讓它溶化在自己情意濃郁的舌尖上。

她自己也達到了高潮的頂峯，當那男人剛用嘴唇含住她的穴蕊兒，她就快活得飄飄欲仙了。

「過一回兒我再入妳。」他對她說。

「不，不行！我還要再吸一次那好東西！答應我吧，答應我：把你那東西再塞進我嘴裡。哦，在我嘴裡再迸射一次罷，答應我呀，求求你！太棒啦，我喜歡極了呀！」

「我不在妳身邊的時候，你的女朋友們能像我這樣撫愛你麼？」後來，當他倆平靜下來之後，艾曼紐問他。

「這怎麼可能？世上沒有一個女人可以跟妳較量的啊！」

「連暹邏女人也不行？」

「連她們也不行。」

「你是不是故意討好我，才這麼說呢？」

「妳明知不是的。如果妳不是最好的作愛女人，我會對妳實說的——爲了幫助妳成爲那種女人。不過說眞的，我眞不知道妳還有什麼新鮮招兒需要學習。作愛的技術也總有個限度罷。」

艾曼紐好像若有所思。

「我不知道。」

她的眉毛擰緊了。她的口氣說明她的懷疑並不是假裝的。

「不管怎麼說，我相信自己還差得很遠！」

讓不以爲然。

「是什麼叫妳這樣想的呢？」

她並不回答。他堅持道：

「你不相信我的判斷力嗎？」

「哦，相信的。」

「那麼不是個好老師嘍？」

她急忙要叫他放心。

「親愛的，世上沒有一個人比你教會我的東西更多！可這眞難解釋啊……，我覺得，在愛情中，除了善於怎麼搞之外，還該有點兒什麼更重要、更有智慧的東西。」

「妳是指忠心、同情、甜甜蜜蜜？」

「不對，不對！我說的重要的東西，我可以百分之百地肯定：是同肉體上的愛相關的。但也不是說還需要什麼新知識、或者更有技巧、或者更熱情洋溢：也許是一種思想狀態、一種心理情境。」

她換了口氣說：

「我不知道這在實質上是否有一個限度的問題。也許正好相反，祇是一個角度問題，一個看問題的方式如何……？」

「是指如何對待愛情的方式不同？」

「不光是對待愛情。是對待一切？」

「妳不能解釋得清楚一些麼？」

她挺虔誠地撅著嘴唇，用那塗了指甲油的長指甲捲著她那金髮的髮圈兒，似乎在幫助自己思索。

「不是的，」她最後說，「在我的腦子裡還沒整理清楚。我還應當前進一步，還要有點兒什麼發現；總之我還缺少點兒什麼，才能成爲眞正的女人，才能眞正成爲妳的女人。但我還不知道那是什麼！」

她發起愁來：

「我自以爲知道許許多多，但跟我不知的相比，這點知識又算什麼啊？」

她不耐煩地皺起眉頭來：

「首先需要的，是我變得更聰明一些。你看，我什麼也不懂，還太天眞啦。我還像個處女。今天晚上眞可怕呀，我怎麼覺得自己是個處女呢！無所不在啊，一切都像處女：叫人好不羞愧！」

「我的純潔的天使！」

「噢，不對，並不純潔！一點也不純潔。一個處女並不一定純潔。但她一定是個笨蛋。」

他摟抱著她，對她滿意極了。她堅持道：

「而且充滿了先入爲主之見。」

「聽到妳抱怨自己天眞無邪，這眞可愛極了。但我剛才還靠了妳貞潔的雙唇而享受了天國的快意呢！」

她不再緊鎖眉頭。但她口服心服了嗎？

「哦，對年輕姑娘來說，智慧就應當從這些地方培養！」她長歎一聲說，「我不會再虛度一分鐘，而不從你身上吸取智慧！」

這種說法在讓身上產生了效果，而艾曼紐不一會兒便發現了。她馬上就想實行自己的許諾，便立刻站起身來，把舌頭伸進丈夫濕津津的嘴裡……。但他卻阻止了她。

「誰說只有通過這上身的嘴才能吸進智慧呢？記住一點：智慧想從哪裡吸入，便從那裡吸。」

他壓在了她的身上。她馬上產生了被入進去的慾望，跟他想入的慾望一樣。她主動用指頭掰開了陰戶，她引導著那陽物，幫助它戳進穴裡。她抬高了膝部，環繞著那男人的身軀，盡量撐開下腹的部位。那硬極了的器官深深插入她的肚皮，就像方才直插到她的喉嚨口上。她呢，還想同時在嘴巴裡感覺到那物，於是豐富的想像力便補足了現實：她用舌尖舔著嘴唇，覺得嘗到了精液甜甜的滋味兒。她夢想著自己在啜飲。肚皮裡的快活也滿足著嘴巴，她求告著：

「在裡邊好好享受呀！」

她感覺到在陰道底部，子宮頸同雞巴咬得緊緊的了；那宮頸像一隻吸奶器一樣拚命吮吸著。她急切地熱望丈夫立刻射精，便用盡肚皮和屁股的力氣，要抽出他的精華來：她肉體的每條肌肉都在使自己變成一隻富於彈性而又十分靈巧的畜牲，緊緊貼在男人的肉體上，叫他快活得不停地哆嗦。但讓卻想制服她，叫她首先快活。他快速地、强烈地向她刺過去，把雞巴撐到了最長、最粗的頂點；他咬緊牙關，一點也不留情，想聽見她喘出粗氣，感到她渾身香氣四溢、熱血奔騰，看見她瘋狂掙扎，像挨了鞭子一樣跳動；她兩手緊抓他脊背，終於叫喊出來，喊得這麼響亮、這麼持久，以致聲音和氣息都用盡，終於突然安靜下來、沈默下來，昏昏然，被制服，寧靜了；她幾乎感覺不到自肉體的存在，卻又希望激情在頭腦裡再生，希望腦子腫脹、跳動，像方才的性器官一樣。

有一小會兒她要他不要動作。他很明白，便靜靜地待著。她低聲傾訴著：

「我想睡了，就像這樣，讓你的東西插在我的肉體裡入睡。」

他把臉貼著她的臉。那夜間散亂的頭髮輕拂著他的嘴唇。他們這樣待著不知多長時間。後來，他聽見她在他的耳邊喘息：

「我是不是已經死過去了？」

「沒有。妳活在我的身體裡。」

他摟緊她，她顫慄著。

「哦，我的愛人呀！咱們眞地溶在了一起。我成了你軀體的一部份。」

她用嘴唇貼著他的嘴唇，用雙唇的全部力量和全部柔情熱吻著他。

「再入我一次罷！入得更深些！剖開我罷，把我撕裂罷……。願你從我的臟腑裡得到快活呀！」

她一邊祈告著，一邊發出笑聲：她笑自己這麼不講理智。

「姦我吧，入我吧，啊，我多麼愛你喲！」

他同她呼應著：

「給我更多一些。不要抵抗。配合我罷。我想怎麼幹，妳都要順著。」

她喃喃道：「一定的！」說著爲自己的柔順而陶醉。

「一定的！」她又說了一遍。「你的慾火想怎樣就怎樣罷。不必問我：你放心幹罷！」

她眞想把自己更多地給對方，更淸楚地意識到被占有，一切都聽從入她的那個男人，交給他支配，不被詢問，做個弱者，隨人俯仰著，一心一意服從他，徹底地打開自己肉體的門戶。他還存在嗎？她是否在激發自己？還有比順從更大的幸福嗎？僅僅這麼想，就把她投進了性慾的高潮。

後來，她發現自己成了被擊敗的野獸，脊樑斷了，兩腿痲木，命運已經造就；

在獵人寧靜的黑影下，她是人家得意的獵物：

「你覺得，」她問，「我可是你所要的那種女人？」

他摟著她不作答。

「我想要更盡善盡美地成爲那樣的女人啊！」

「妳越來越是那樣了呢。」

「你能肯定麼？」

他無限信任地對她笑了。她不再耽心。一股黑夜的氣流侵入了她的血管，使她木然，讓她閉上了嘴唇。她試圖要同攪糊她腦筋的快樂抗爭。

「大概是瑪麗安娜使我不安寧，」她自言自語道，自己也感到驚奇，因爲並不想把這告訴讓。

他確實也很出乎意料。

「爲什麼是瑪麗安娜呢？」

「她機靈得出奇呢。」

艾曼紐不想說什麼了。這生命還繼續在她身體裡生長，有根莖、有無數枝幹，有液汁，比思想來得急切……。但丈夫卻還要說，同時又緩緩重新開始在她的陰道裡抽動，準備將精華給了她。

「妳以爲她會向妳啓示生活的奧祕嗎？」

「爲什麼不會呢？」

這想法使讓覺得挺有意思：

「妳已經領略了她的才情嗎？」

她躊躇了一會兒，終於想說是，也不管人家相信不相信：她正在另一番天地裡忙著呢。

「沒有，」她道。

然後，她想著某種景象而微微一笑。那景象在她的夢境的「彼岸」並無不當。

「我很想領略呢！」

讓以寬解的語氣轉調說：

「我明白啦。」

他輕輕搖晃著她。

「我的小童子想跟瑪麗安娜作愛呢，是嗎？是這件事在折磨她嗎？」

艾曼紐故意裝模作樣地大點其頭，那樣子就像不願睜眼、而又想示意的人一樣，舉止和言談都帶點兒誇張。

「不只是這個，但肯定也包括這事。」她同意道。

他溫和地嘲笑道：

「同這麼個小姑娘！」

可她像一個嬌生慣養的孩子撅起了嘴。這表情已含著睡意，她的聲音還在嘟噥，但已是含混、遙遠、好像來自海浪的退潮：

「我要這麼想也是可以的吧？」

讓在她體內迸射了許多，自己也不勝驚喜：竟有這麼多賦予她！何況入得這麼深、這麼快活！

他倆並排躺著，肩並肩、屁股挨著屁股。她毫不動彈，不願有一點一滴從穴裡溢出。

「睡吧，」讓對她道。

「等一會兒……」

從遠處一間屋裡，可聽見嘀嘀答答規則的鐘聲。艾曼紐的一隻手慢慢朝下伸向自己的肚皮，用手指摸著自己的陰帶，插入了充滿精液的陰道裡。艾曼紐閉眼見到的是瑪麗安娜敞開的大腿。她夢幻中的每一動作，都有那小女孩相應的撫摸作回應。當她知道這小朋友快支持不住了，她驚叫起來，比方才在丈夫摟抱下叫得更響。他呢，卻用一隻臂肘支撐住上身，微笑著凝視妻子快活的樣子：她精光赤條，似乎因享樂而光艷四射，一隻手深深戳在肚皮裡，另一隻手輪番摸著自己的乳房，兩條腿長時間微微顫慄，而她的額頭、眼皮、嘴唇都早已進入了平靜甜蜜的夢鄉。

註釋：

❶地名，原文爲 Yarn Hee

❷十九世紀後期法國印象主義畫家。

第三章　乳房、女神與玫瑰

我在自己的臂抱中成為另一個人。

保爾·瓦萊里（《年輕的死神》）

在這裡，而且一直到夜晚，影子的玫瑰將在壁上轉移，時辰的玫瑰將無聲無息地凋謝，稀疏的石板將隨意帶走這些熱愛光明的步履。

伊夫·波納富瓦（《昔日君臨的沙漠》）

艾曼紐想去俱樂部游泳，不是去聽康康舞曲。她決定上午去。她按游泳池的全長游了十次，動作靈敏，既不在乎花了多少時間，也不管這時間少有的幾個男人如何注視她。她的手臂不斷划過頭部的動作，使她的乳房從沒有背帶的泳裝上端裸露出來。當她側游的時候，水流突出了乳房的輪廓，並且把皮膚襯映得分外光潔。小小的圓形槽溝流過她的乳峯，乳峯的光暈更鮮明，有些兒像珊瑚環礁。這細節令人想起乳峯是有血有肉、易受傷害的，並使你想起吮吸在嘴裡多汁的滋味；否則，那乳房的圓形也許過於完美，反而不能令人產生激情：那太容易使人想起雕像的乳房了。

當她經過這番鍛鍊而氣喘吁吁用兩手抓住鍍鎳扶梯的階級時，她發現出口處被擋住啦。亞麗安娜·德·賽納躬身瞧著她；她佇立在瓷磚邊上，正開懷暢笑。

「此路不通！」她叫喊著。「出示內部通行證！」

艾曼紐對於又碰到那羣「傻瓜」中的一位，心裡很不高興。不過她還是盡可能展露一絲笑意。

「嘿，正經女人逛市場的時間，跑到這兒來扮演水中女仙子啦！這是玩的什麼捉迷藏啊？」

「可您自己不也在這兒麼？」艾曼紐指明這一點。她努力想上岸去。

亞麗安娜並不急於給她讓路。

「我的情況不同咧。」她道，裝出神祕的樣子。但艾曼紐不要她再做說明。

伯爵夫人仔細端詳著這位「女奴」的迷人之處。

「您長得像天仙一樣美喲！」她贊歎著。

她以心悅誠服的口氣作此判斷；艾曼紐心裡想：反正她好像也沒有什麼惡意。也許她有點兒瘋瘋癲癲，不過也得承認她很有些令人興奮，「挺刺激」的。因此艾曼紐用不著假裝友善。

亞麗安娜終於從扶梯旁閃開了。女泳手登上了池邊。她不急不忙地將乳房塞回泳裝，或者更確切地說，祇是遮住了乳房的下半部（幾乎全部乳峯仍然裸露），便在亞麗安娜身旁坐下。兩個身材高大、北歐體型的男孩走了過來，並開始用英語交談。伯爵夫人和顏悅色地應答著。艾曼紐對一句也聽不懂並不怎麼在乎。亞麗安娜突然轉身問她：

「這兩人您有沒有點兒興趣？」

艾曼紐撅撅嘴；亞麗安娜自告奮勇告訴他們「前途無望」。他們似乎也不生氣，祇是吵吵鬧鬧笑開了。但他們並不因此準備走開。又過了一會兒，那女伴站起身來，決然挽起了艾曼紐的胳臂。

「他們讓人討嫌，」她宣告。「跟我一起到跳水台上去。」

兩個女人爬上了八米高的跳台，便在覆蓋著粗地毯的平板上並列躺下。亞麗安娜敏捷地摘下了乳罩和三角褲叉。

「您可以一絲不掛，」她告訴艾曼紐。「咱們有的是時間，可以慢慢地等人多起來。」

但此刻艾曼紐並不想在亞麗安娜面前脫個精光。她支支吾吾找了一條不太站得住的理由：那緊身衣脫下和穿上都不容易；何況陽光也太強烈……。

「您說得有理，」亞麗安娜承認道。「您最好逐步鍛鍊。」

接著，她們便進入了半昏沈的狀態。艾曼紐覺得不管怎樣，這伯爵夫人也有長處。她喜歡跟用不著多交談的人待在一起。但過了一會兒，倒是她自己首先打破了沈默。

「在這兒有什麼事可幹呢，除了游泳、參加酒會、或者到某某人家參加晚會？是不是久而久之就有些煩膩了？」

亞麗安娜打了個呼哨，那意思是聽到了一句蠢話。

「嘿嘿！打發時間的辦法可多著呢。且不說電影院、夜總會和各種瑣事。還可以練馬術、打高爾夫球、玩網球、打牆球，到河上去玩水上滑板；或者到運河上去無病呻吟；也可以參觀寺廟寶塔嘛，爲什麼不可以？有將近一千座寺塔：您一天看一座，就足夠消磨三年。可惜大海——我指的是眞正的大海，能洗海水浴的大海——離這裡有一百五十公里。但走那麼遠是值得的。海灘妙極啦，又寬又長、一望無際，邊上種著椰子樹，人煙稀少，到處有貝殼。入夜，海水閃耀著燐光：海水裡充滿了千千萬萬的小生命。珊瑚觸著您的腳好癢。鯊魚跑過來吃您手裡拿著的食物。」

「我要看看這！」艾曼紐嚷嚷道。

「假如您在牠們的土地上作愛，他們甚至會爲您唱小夜曲。白天，在陽光下，在按摩您的沙灘上，或者在甘蔗林的陰影下。在妳身旁總會有一個小男孩爲了一個銅子兒願給妳搖扇子，而陪伴妳的勇士正在向妳獻殷勤。在夜色之中，在海浪附近，脊背在浪花輕拂之下，眼睛受到愛人的面龐保護而不受星星閃耀的刺激，哦，這時您會感受到當一個女人是何其有福分啊！」

「要是我沒弄錯，在這個國家，最受歡迎的體育運動也還是幹這個？」艾曼紐不動聲色地問道。

亞麗安娜以神祕的笑容瞧著她，祇是過了一些時候才回答：

「告訴我呀，我的小寶……」

她不再往下講，好像要證實什麼神祕的可能性。艾曼紐含笑轉向她：

「您要我告訴您什麼呢？」

亞麗安娜靜靜地想了想，然後驟然決定對這位新來者表示信賴。她的聲音不再帶有社交式的嘲諷，在這之前她都一直這麼故意佯裝的。她對這位新朋友做了個友好的鬼臉。

「我相信妳是好樣兒的，」亞麗安娜道。「妳裝做是個假正經人，其實不是。幸好不是啊。說實話，您一開頭就引起我的興趣。」

艾曼紐不知應怎樣看待這番坦白。她幾乎是身不由己地採取了守勢；她是感到被冒犯、而不是受抬舉，因爲她不喜歡人家懷疑她的坦誠。爲什麼這些女人老是把她看做假正經呢？這在開頭時令她覺得好笑，現在漸漸使她感到惱火。

「您不想在這地方尋找歡樂嗎？」亞麗安娜繼續詢問，那語氣比詞句本身更意味深長。

「怎麼不想，」艾曼紐道。她意識到自己是在一條危險的道路上衝闖；不過更害怕人家懷疑她是個「假道學」。

亞麗安娜贊賞的微笑祇獎勵了她一半。

「那麼，小美人兒，哪天晚上到我家來罷。您可以告訴丈夫，是去赴女流的晚宴。算是一種『作坊』罷，您將看到我爲您保留了多麼好的節目！在四周五十光年之內，沒有更風流、更大膽的劍客了，全都比不上亞麗安娜的騎士們！他們充滿機智、年輕、健美，善於擊劍、又會翩翩起舞。您用不著害怕。同意嗎？」

「可是，」艾曼紐迴避著，「您剛認識我呀。您不覺得……」

亞麗安娜聳聳肩道：

「我對您很了解呢！我不需要長期觀察，就看得出您漂亮得能叫姑娘和男孩都著迷。我剛剛提到的男人對美女可是在行的。如果我不是很了解你們雙方，我是不會貿然介紹你們相識的。就是這樣。」

「咦……，您的丈夫呢？」艾曼紐躊躇地問道。

亞麗安娜帶著坦誠的笑容說：

「一個好丈夫喜歡自己的妻子得到滿足。」

「我可不知道讓是否覺得這都很正常。」

「那您就不把祕密告訴他。」亞麗安娜似乎很和善地說。

她迅速地站起身來，挨近艾曼紐，用胳臂環繞她的腰部，摟著她道：

「您發誓對我說眞話嗎？」

艾曼紐眨著睫毛，並沒有多承諾。挨著她肩部的那對堅挺而熱烈的乳房使她有些茫然，不管對方是怎樣感覺。

「您不會再要我相信，在這令人陶醉的身軀裡，您祇摟抱過自己的夫君？那麼好；您是不是每回都對他從實招認呢？」

艾曼紐覺得眞難受。又來叫妳坦白認罪啦！可抵抗又有什麼用處？而且，她用得著表示自己比實際上更天眞無邪嗎？她搖搖頭，對亞麗安娜方才的問題作了否定的回答。亞麗安娜開心地吻了吻她的耳根兒。

「妳瞧，」她得意地說，一邊自豪地端詳她。「我擔保：妳對來到曼谷是絕不會後悔的！」

那口氣，好像意味著艾曼紐已同意簽訂什麼條約。她試著想逃脫：

「不，您聽著！這令我感到不舒服。」

她突然大起膽子，肯定地說：

「您別以為這是由於假惺惺、或為了什麼倫理道德上的原因。不是的。不過……您至少得給我一點兒時間來習慣於這種觀念，逐步地。」

「當然，」亞麗安娜說。「不必著急。就像現在的陽光，慢慢移動……」

她似乎突然有了什麼靈感……，笑盈盈地抿起嘴唇，半坐起身來。

「過來呀，」她命令道。「咱們去做做按摩。」她又穿上窄泳衣，然後有些輕蔑地、像對嬰兒訓話似地說：

「別害怕，小姑娘，全都是女人。」

艾曼紐把自己的汽車留在了俱樂部，陪同亞麗安娜乘坐她的敞篷車走了。她們駕車行駛了半小時，在三輪車和出租摩托車之間行駛，穿過濃煙滾滾、到處掛著漢字招牌的街道。她們在一幢新樓面前停了下來，那樓總共只有兩層，兩旁則是絲綢商店、飯館和旅行社。正面的招牌是用艾曼紐不認識的文字寫成。她們推開一扇厚厚的玻璃門，走進了一家浴室的前廳，那模樣同在歐洲的同類處所也無甚不同。一個身穿花和服的日本女人客客氣氣地歡迎了她們，朝她們接連鞠了好幾個躬，雙手交叉在胸前；然後帶領她們順著走廊往前進，那走廊已充滿蒸汽和香水的氣味。那日本女人在一扇門前停了下來，又一次深深鞠了一躬。艾曼紐心裡想：她莫非是個啞巴？

「妳可以進這一間，」亞麗安娜說，「所有的女按摩師都不錯。我就在旁邊這一間。咱們過一個鐘頭再見面。」她又補充道。

艾曼紐不曾料到亞麗安娜會將自己單獨拋下。她覺得有些不知所措。方才那日本女人推開一半大門的處所，是通向一小間乾乾淨淨的浴室，頂蓬很低，那裡站著一個身穿白色罩衫女護士模樣的亞洲女人，身材苗條，她的兩旁是一只浴缸和一張按摩台。她的面部表情像一隻經歷了許多次旅行、又飛回來的小鳥。她也鞠了一躬，說了幾句話，卻並不重視人家是否聽懂了她的話，然後朝著艾曼紐走來，用輕柔的手指開始爲艾曼紐的胸衣解開鈕扣。

當艾曼紐被脫光衣服之後，她示意她坐進浴缸。缸裡已放滿溫熱的、香氣四溢的淡藍色的水。她將一塊濕潤的毛巾放在她的臉上，然後非常講究方法地在她的雙肩、背部、胸脯和肚皮上抹了肥皂。當泡沫很濃的海綿擦過艾曼紐兩腿之間那塊地方時，她微微顫慄了。

當洗浴完畢，並且用一塊乾毛巾將她擦乾後，那暹邏女子請艾曼紐在舖著毯子的按摩台上躺下。她先是用急促的小點子、用手敲擊著女客的身體，捏捏她的肌肉，輕壓她的膝彎和腰部，拉了拉她的手指和腳趾，長時間地揉著她的後頸，輕輕拍拍她的頭部。艾曼紐已差不多昏昏然，但覺得總是放鬆了，並且很滿意。

那按摩師接著從一只櫃子裡取出兩隻跟香煙盒差不多大小的器具，將它們固定手背上，它們當即發出跟轉動空心陀螺差不多的聲音。她那顫動著的掌心慢慢地在赤裸的軀體爬動，伸入凡是有皺摺凹陷的地方，在頸脖的空當兒裡滑過，又掠過腋下、乳房當間和屁股縫兒，那技巧之熟練眞是無可比擬。然後，它們又在大腿內側尋找最敏感的部位。艾曼紐周身的肉都在顫慄。她的兩腿掰開了，輕輕抬起陰阜，以無限優雅的動作，將兩片陰唇向前伸去，就像孩子期待人家親吻一樣。但那兩隻手卻遠離而去，又重新向著上身，熟練地來回挪動，重新掠過已撫摸過的處所，就像熨斗掠過高級薄紗布一樣。當艾曼紐發出幾乎聽不見的輕吟聲時，那雙手一直爬到了乳頭上，在那上面旋轉、一會兒輕觸它們的尖端、一會兒又壓壓那圓球兒，把它們壓縮進豐滿的酥胸當間。按摩器的波浪透過艾曼紐的身體，一直到達腰間。她挺了挺腰，發出陣陣呻吟，持續有好幾分鐘之久。那雙手繼續在胸脯的敏感部位從事工作，直到艾曼紐的性慾衝動漸漸減退，平靜了，使她渾身酥軟、終於木然。

但那按摩師毫不浪費時光，繼續撫摸肩部、兩臂和踝骨。艾曼紐慢慢甦醒過來。她終於睜開兩眼，露出一絲笑意。那年輕的暹邏女人也裝做一本正經地回報了她的笑容，然後向她發出一種似乎是提問題的聲音。同時，她將那纖纖十指伸向艾曼紐的下腹，揚著眉等了等她，似乎在期待允准。艾曼紐點頭表示可以。於是，那隻帶顫動按摩器的手，在穴的表面和各個縫隙裡從事它早已熟練的種種動作，對於每時每刻如何能達致最大的快活，完全是「熟門熟路」。它一點也不注意輕柔、也不留給你喘息的機會，而是確有把握，以圓熟快捷的顫動、撚抹和抓攫來補足電動顫慄器的威力。

艾曼紐竭盡全力控制著自己，但她的抵抗歷時不久。她又再次享盡歡快，如此之强烈旺盛，以致那按摩師的面部表情裡也帶著一些驚恐。在那雙手挪開之後很久，艾曼紐還在扭動著身子，打著噎，以痙悸的手指攫著白色按摩台的邊緣。

當她同亞麗安娜在門口再次相遇時，亞麗安娜道：

「四牆雖有隔音裝置，妳一進入境界，還是聽得到聲音。現在妳不會對我說妳更喜歡數學了罷？」

❖　❖　❖　❖

瑪麗安娜連續有四個下午來到艾曼紐家中。她每一回都讓艾曼紐經歷了更嚴厲的盤問，每次都要求——並且得到了——更新鮮的具體情況，包括她同丈夫之間的舉動、以及她每日思慾思淫的內容。有一天這女孩說：

「如果妳把身子實際上給了妳想像過的全體男人，那妳才是一個完滿的女人！」

「妳這是要我送命喲！」艾曼紐笑著駁斥她。

「怎麼會呢？」

「妳以為妳讓男人入你的次數，可以跟妳自娛自樂的次數一樣多嗎？」

「為什麼不行？」

「可妳聽我說：被男人幹，是很累人的呀！」

「那麼妳自己摸自己就從不覺得疲勞嗎？」

「不覺得。」

「妳現在每天搞幾次？」

艾曼紐帶著靦腆的微笑說：

「昨天我搞得很多，妳明白。我想至少搞了十五次。」

「有些女人跟男人也搞這麼多次。」

艾曼紐點點頭說：

「這一點我知道。」但她好像並無這樣的慾望。

「妳知道，」她爭辯道，「男人並不總能刺激妳。他們笨手笨腳，很粗魯，有時甚至搞得妳很疼。他們也不一定知道，怎麼搞才能使女人頂頂快活……」

奇怪的是，只有一樁祕密，是艾曼紐沒敢坦率地告訴這小姑娘的。她只是有時並不巧妙地暗示過，也不清楚瑪麗安娜是否聽懂了。她自己也不能解釋這種羞澀和含蓄，而這又是來客的任何舉止也不能說明的。瑪麗安娜一到達便脫光衣服：當艾曼紐開頭示意連貼身內衣也脫掉時，瑪麗安娜一點兒也不爲難。於是這兩個女人相會總是赤條精光，躺在長滿植物的平台上。但在此種相會中，艾曼紐的激情完全表現在她撫摸自己的愉悅當中：她不敢摸這位女友、也不敢請她摸自己，雖然她很想、並且因此而幾乎失眠。一種奇怪的羞恥感、以及一種奇怪的不顧羞恥之感，在爭奪她的靈魂。她甚至在自問——然而是含混的，並且是不願就此作深入的思考——：這種古怪的保留，實際上是不是一種新的、更高級的精緻辦法，由她的感官在不知不覺中發明出來；像如此强迫自己不得觸摸瑪麗安娜的肉體，雖然違反本能和理智，實際上是否比摟抱更有性趣、更有一種畸形的吸引力。以致艾曼紐在這本應使她痛苦的情態中（一個小姑娘隨意的消遣她，而不照顧她的需要），找到了未曾預見的感官樂趣。

她向來把肉慾看成是最合乎自然的，因而也最予重視；而前述的「剝奪」反而產生了一種無以名之的快樂。同樣地，這位小朋友對自己的性生活那樣保密，也使她看到了另一種色情價值。艾曼紐注意到，自己對瑪麗安娜一無所知而又頗能忍受，這反倒使她把自己的淫蕩表現顯示給另一個女人產生了更大的精神和肉體上的快感。她雖然每天急切地盼望這位小女孩，更多地倒不是爲了目睹她的那些放肆的舉止，而是從自己撫弄自己中得到刺激（這說起來更不像樣、也因而更有滋味）。她躺在長椅上，在瑪麗安娜專心致志的目光下幹這件事。瑪麗安娜走了之後那迷人的快樂也未終止：艾曼紐腦海裡仍映出那對盯著她的陰器的藍眼睛，並且一直到夜色初降，都在不停地手淫著。

❖ ❖ ❖ ❖

她們初次相會後的那個星期三，艾曼紐應邀到瑪麗安娜母親的住所喝茶。她在陳設講究的客廳裡，見到了十幾位「太太」，覺得一個比一個更無聊。她對於不能單獨與那小密友相聚已感到遺憾。只見她規規矩矩地坐在地毯上，專心致志地做模範小姑娘應做的作業。就在這時，她的注意力重新被喚起：因爲走進來一位很風雅的年輕女人，看起來似乎同她一樣在此種社交中很見外。

新來的女人使艾曼紐想起她從前很喜愛的巴黎時裝模特兒。她跟她們一樣腰身苗條，一種無形的慵懶之態，一種令人想入非非的疏遠感，和筆挺的衣紋。她的嘴巴「像一朵玫瑰花」半啓半閉，深色的眉毛，下面一對又大又圓的眼睛，睫毛成諧協和弧形，在這副面容上構成一種天眞無邪的模樣兒，但又如此地不可信，反而倒有些向人挑戰的韻味。艾曼紐以寬容的態度尋思，按照她的「經驗」來理解，這其實是不太成氣候的；然而在這地方，這位女士大概是唯一絕對追求美的人物、也是唯一對美的義務苛求的人，這是從有價値的觀念來看。在她深色眸子的眼光下，隱藏著誘人的情慾。她記得自己當年曾在女友的容貌上發現了「從最崇高的紀念碑上取來的美」，也就是波特萊爾斥之爲「破壞線條美」的動作所包含的意義。潔白的大理石上的女神變成了血肉之軀；但人類仍然保留了對雕像的熱愛，那是堅信高不可攀的神明之天堂的人類：於是被崇拜的血肉之軀反而又變成了大理石。

這一番回顧對於艾曼紐來說具有雙重的激情：其中既有小學童的頑皮情趣，也有離現在更近的試衣室的眼花繚亂的印象。她想她自己也很想變成藝術品；她初到曼谷好比是黏土，現在應當在這裡成形（她更多地不是想到體形——她沒有理由要想改變體形——，而是想到思想上的形態）。她現在想像不出此種自我完成的具體模樣，但她希望終有一天，她的一生變得成功、可貴，猶如這複雜而聳立的髮型；變得像這對灰色的眼睛一樣得意；變得對大衆的評價十分輕蔑，就像這位高級裁縫以他的設計來向身體的線條挑戰：他做的領圈似乎不只單靠臂膊的力量就能合攏；但是那領圈仍是令人稱羨的，正因爲在這酷暑裡，這樣合攏領圈的動作，才能證實大自然和陳規陋俗都失敗了：它們面對的是女人脾氣裡絕對的隨心所欲。

在母親介紹新來者之前，瑪麗安娜就站起身來，把艾曼紐拉到客廳一角，於是聽不見她們在說什麼了。

「我給妳找了一個男人，」瑪麗安娜說，那表情像完成一項使命時那麼自在。

艾曼紐不禁失笑。

「眞是奇聞！虧妳還鄭重其事地宣佈！這是什麼意思：『給妳找的男人』？」

「是個意大利人，挺俊美。我早就認識他了，不過不敢說一定對妳適合。我想過啦。妳需要的正是他。妳應當立即認識他，不要耽誤了時間。」

這種十萬火急的調子，是很符合瑪麗安娜的特性的，令艾曼紐再次覺得很開心。她不敢確信，那位候選的先生（不管是誰）是否正合她的「需要」，但她不願敗這位「小媒人」的興緻。她竭力表示對這遊戲有興趣，但卻無法感激她的「美意」：

「妳那位美男子是怎樣的風采？」艾曼紐問。

「完全像一位翡冷翠的侯爵。妳肯定從未碰到過這麼好的男人。苗條、高大，鼻樑挺直，眸子黑亮，炯炯有神而且深沈，膚色黝黑，臉型方正……」

「那又怎樣？」

「什麼？妳要是不願相信，就別信我。但我有把握：妳見到他時，不會笑得這麼蠢。他也是屬『獅子座』的呢。」

「還有誰是這一類？」

「還有亞麗安娜和我。」

「哦，那麼……」

「可他的頭髮又黑又亮，就跟妳一樣。恰有幾綹是銀灰色的，看上去才別緻。」

「有灰白頭髮了！那是個老傢伙囉！」

「當然。這樣的年齡才適合妳。正好是妳的一倍，三十八歲。我對妳坦白說吧！明年妳就太老啦。何況明年他就不在此地了。」

「他在曼谷幹什麼？」

「什麼也不幹。他人很聰明。他在這裡到處走走，什麼都懂。他去挖文物遺址，研究佛像的年紀。他甚至在博物館裡發現了看守人沒見過的東西。我想他正在寫一本書。但像我方才告訴妳的，他基本上是什麼也不幹。」

艾曼紐突然打斷了瑪麗安娜的話頭：

「告訴我，這位奇特的姑娘是誰？」

「奇特的姑娘？」

「是呀，剛剛到的這一位。」

「到哪裡？」

「就是到這裡呀。瑪麗安娜！難道妳變成了蠢才？那邊，瞧呀，在妳的正前方……」

「妳是說彼伊嗎？」

「妳說什麼？」

「我說彼伊！是妳大驚小怪嘛。」

「她就叫『彼伊』？多古怪的名字！」

「這不是本名。在英語裡，這意思是『蜜蜂』。寫法是b，後面加兩個e。我呢，卻更願意寫成b，i，這更明白。」

「那她呢，她怎麼寫？」

「照我的辦法囉。」

「瞧妳，瑪麗安娜！」

「這不是她的本名。是我給她取的外號。眼下，誰都忘了她的眞名了。」

「還是告訴我一下她的眞名。」

「妳知道了又有何用？妳說不出來的，是一個唸不出來的怪字，一個滑稽可笑的英國名字。」

「可我也不能就管她叫『彼伊』呀？」

「妳根本用不著叫她。」

艾曼紐驚奇地瞧著瑪麗安娜，猶豫了一下，然後祇是問：

「她是英國人嗎？」
「不，是美國人。不過妳放心吧，她的法語同妳我說得一樣流利。她甚至不帶外國口音，這就沒情調了。」
「她似乎不怎麼討妳喜歡。」
「她嗎？她是我最好的朋友！」
「是這樣嗎？妳爲什麼從來沒對我提起過她？」
「我總不能把我認識的女人都給妳說一遍呀。」
「不過假如妳眞那麼喜歡她，就至少應該對我提到一句。」
「誰說我喜歡她？是我的朋友，如此而已。那可不一定是我喜歡的人。」
「瑪麗安娜！……妳怎麼說話顚三倒四，妳到底有沒有把我當成朋友？我想，妳對同妳相關的事，一點兒也不願對我講。妳不願意我結識妳的朋友。妳這是忌妒，還是什麼？難道妳怕我把妳的女友們搶走？」
「我看不出妳同一羣女人虛擲光陰對妳有什麼用處。」
「妳眞叫我好笑！我的光陰並不那麼寶貴。照妳這麼說，人家還眞以爲我的日子屈指可數了呢！」

「嗯。」

瑪麗安娜似乎眞是那麼想的，以致艾曼紐感到迷惘。她抗議了：

「我還沒眞的那麼老。」

「噢，要知道，老起來很快哩。」

「這彼伊，這位Bee小姐——我覺得英語的拚法更美，它到底有點兒意義麼——是不是也半截埋在土裡啦，按照你的算法？」

「她現年二十二歲又八個月。」

艾曼紐又問：

「她結婚了嗎？」

「連婚也沒結呢。」

「那她就比我更是老小姐囉？她怎麼想呢？」

瑪麗安娜不作評論。

「要是我沒弄錯，妳不打算向我介紹嘍？」艾曼紐又道。

「妳只要走過來就行啦！不要說那麼多蠢話嘛！」

瑪麗安娜向彼伊做了個手勢，彼伊便走向她倆。

「這是艾曼紐，」瑪麗安娜說，似乎是在揭露一件糗事。

在近處一看，那對灰色的大眼睛給人以聰明、自由的感覺。彼伊大概不想控制別人、也不會輕易讓自己受拘束。艾曼紐暗自想：瑪麗安娜同這一位肯定有麻煩。她感到在心理上有了報復。

她們談論了一些無傷大雅的小事。新來者的目光同聲音相諧和。說話速度是從容的，永遠不會遲疑。一種親切的快樂情緒使人窩心。艾曼紐心裡想：這女人倒是長得一臉福像，連說話的聲音也透著福份。

她想知道彼伊成天忙什麼。好像主要是在城裡閒逛。她在曼谷是單身嗎？不，一年前她是上這裡來探望她哥哥。她哥哥在美國大使館充當海軍武官。起初她只想住一個月；但末了便留在這裡啦。她一點也不急著離開。

「等我厭倦了這樣的長假，我就嫁人，」她道，「然後回美國。我不想找工作。我太喜歡無所事事啦。」

「您有未婚夫了嗎？」艾曼紐問。

這個問題使她發現了彼伊的笑聲。那是既爽朗又歡快優美的笑。

「您知道，在我的國家，人們是在結婚前夕訂婚；而再前一天，還不知未婚夫是誰。因爲我不打算明天或後天隱退，我覺得很難告訴您我選中誰。」

「但結婚並不等於隱退啊。」艾曼紐頗不以爲然地說。

彼伊寬解地一笑。她祇應了一聲「哦！」那語調卻表示懷疑。她又道：

「隱退也不壞啊。」

艾曼紐差點兒要問：從什麼位置上隱退下來？可她耽心自己不知趣。倒是彼伊詢問起來：

「您對這樣早婚感到滿意嗎？」

「滿意呀，」艾曼紐道。「那是我一輩子幹的最出色的事情。」

彼伊又笑了起來。艾曼紐對於她的善良印象很深。她的面容美麗動人而光潔滑潤，似乎沒有任何塗抹；但艾曼紐知道，爲了如此完滿地模仿大自然，得多麼用心、多麼有耐性，還得花多少個鐘頭的工夫，用化妝細刷子一筆筆的勾畫！由於過份完美無缺，看上去簡直有些令人爲難；但這一切都會被忘掉，因爲她只要露齒一笑，就宛若陽光透過了彩色玻璃。這時，別人就並不想讚歎：這女人多美啊！而要稱道：瞧她多討人喜歡！不過艾曼紐卻更願意認爲：她看上去多麼幸福啊！她覺得，這種狀態在使她倆接近，因爲她也自認爲是很幸福的。而不幸卻使她害怕，以致她無力去愛那些受苦的、殘廢的、貧困的，或被壓迫的人們。她有時爲這種性格特徵感到羞愧，雖然這並不意味著心狠，而僅僅是對美的一種深切的、幾乎無時不在的熱愛。

瑪麗安娜正在同太太們交談；這當兒，艾曼紐卻同彼伊形影不離。她倆沒有談任何重要的事情，卻表明兩人待在一起都感到挺愉快。艾曼紐對那小女友不照應她甚至感到滿意。讓來接她時，她感到依依不捨。瑪麗安娜在分手時，以匆匆的語調對她喊了一聲：

「我會給妳打電話的！」

艾曼紐事後才想到：她原也應當記下彼伊的電話號碼，但時間已來不及。她對這個疏忽十分懊惱，竟對丈夫向她提的問題不答也不理。

❖　❖　❖　❖

艾曼紐不知爲什麼，有些害怕再見到亞麗安娜。爲了不在體育俱樂部又碰見她，艾曼紐放棄了上午那場游泳。她問過丈夫：對伯爵夫人印象如何？他說：看來是個很漂亮的女人。他喜歡她的激情和大方。丈夫同這女人作過愛嗎？艾曼紐倒想了解一下。看來沒有。但如果有機會，那他會求之不得。一般說來，艾曼紐對於丈夫在別的女人面前引起矚目是感到自豪的；但這一回——其實是根本違反常理的，因爲他並沒有在亞麗安娜面前得寵——卻有一種强烈的忌妒感。她竭力不想使丈夫看出，但她覺得這整整一天都受這件事的影響。

這次見面之後不久，她接到亞麗安娜打來的電話。她說，這兩天接連下雨，弄得她不知如何是好；但她剛剛有了一個「天才的主意」，就是要教艾曼紐玩牆球。這是什麼項目？是一種類似網球的運動，正好可在下雨天玩，因爲是在室內進行的。艾曼紐準會愛不釋手的。亞麗安娜會帶上球拍和球，艾曼紐只須穿上運動短褲和軟底鞋，半小時後在體育俱樂部見面。

伯爵夫人沒等艾曼紐找到推卸的藉口便掛了電話。艾曼紐心裡想：還從沒聽說過這種體育運動，也許是很有趣的；於是頗爲高興地準備起來。

當這兩個女人在俱樂部相遇時，發現彼此穿著打扮完全一樣：上身是黃色棉織外衣，下身是黑運動短褲。兩人相視而笑。

「您戴了乳罩嗎？」亞麗安娜詢問。

「從來不戴，」艾曼紐說。「我連一個乳罩也沒有！」

「好極啦！」她的女伴高興地說，同時用雙手抱住她的腰，輕鬆地將艾曼紐舉起，令她大吃一驚：她沒想到亞麗安娜如此强壯。

亞麗安娜大聲說：

「一點也不要相信那些蠢話：說什麼如果不戴奶罩，打網球或馬術會使乳房下垂。事實正好相反。體育使它們强壯。越是鍛鍊它們，它們就越堅挺。您只要看我的雙乳就知道啦。」

她掀起了外衣，那地點就在土台子上，也是別的運動員來來去去的所在。艾曼紐不是唯一欣賞到這位女球手胸脯的人。

艾曼紐覺得牆球球場初看起來是世上最平常的東西：一塊平板地，四堵木牆和一方屋頂。從她俯望的走廊看去，覺得這像某種墓塚。她們踏著軟梯下去：那梯子的上端欄杆是以屋頂爲中心、可以旋轉的；等她們一放下腳，那軟梯便借助彈簧自動收回。而爲了走出這墓塚，她們應當拉一根繩子，好將那軟梯再放下來。亞麗安娜解釋說：那運動的方法是輪番將一隻橡皮球扔向牆壁，並且是用面積不大的長柄球板拍擊。

那黑色的小球在亞麗安娜的扣殺下滾得很快，以致艾曼紐得像發瘋一樣從牆的一邊跑到另一邊。鬆散的髮絡掠過她的臉部，於是她哈哈大笑起來。過了半個小時，她已能很出色地回球，但兩條腿卻發軟了，呼吸也急促得難以支持。她渾身上下汗流如雨。亞麗安娜示意休息，並且拉回了軟梯。她從吊在欄杆上的一隻書包裡取出兩塊毛巾，脫了緊身衣使勁擦著：然後她挨近艾曼紐，用乾毛巾吸去她的胸部和背部的汗水。艾曼紐聽任由之，一邊喘著粗氣。她的外衣已濕透，捲在腋下，現在已沒有勇氣將它脫去。亞麗安娜讓她靠著斜放的梯子；而艾曼紐卻頑皮地裝著彷彿讓人家把她釘在十字架上的樣子，兩臂和兩腿都岔了開來。

她的伙伴輕輕擦拭著她的胸部，在已擦乾之後還繼續這樣做了許久。在那種閑氣、疲勞和乾渴而使嗓子灼熱的感覺之外，又增加了一種腫脹之感，但卻不無樂趣。突然，亞麗安娜讓那毛巾滑落在地上，將兩臂伸到她這位門徒的臂下，以整個的身體緊貼著對方。艾曼紐可以感覺到一對乳峯正在尋找她的乳峯（一尋到之後，她便盡情享受。那快樂太酣暢了，亞麗安娜令她無法抵抗）；還感覺到一方活躍的陰阜透過短褲的衣質壓迫著她。她後仰的身姿使她差幾公分的略低身材得以與對方取齊，她倆的嘴便處於同一個高度了。亞麗安娜以艾曼紐從未有過的方式親吻著她：吻得很深，毫無遺漏地輪番探索著嘴唇、舌頭、嘴巴的一切凹處和凸處、口腔、牙齒，時間很久很久，以致艾曼紐不知這個吻延續了幾分鐘還是幾個鐘頭。她已沒有剛才那種喉頭發癢的乾渴之感。她輕輕動著身子，好使她的陰蒂膨脹開來、變得堅挺，並且在伙伴的腹部肌肉中找到歸宿。勃起是如此强勁，以致艾曼紐整個變成一只要綻放的花蕾兒。這時她用兩腿夾緊亞麗安娜的一隻大腿（她自己還未曾察覺到），然後以盆骨的悠緩動作，將生殖器在那裡反覆摩擦。亞麗安娜讓她搞了幾分鐘，深知艾曼紐需要此擧來放鬆那過於緊張的感官。這時，她才放開嘴唇，端詳著這位小妹子，像平常那樣放聲大笑，表示很高興開了這麼一個善意的玩笑。艾曼紐既對這目光感到爲難，又放心地看出：亞麗安娜並沒有賦予她倆的摟抱以濃烈的感情。她還想被親吻，不願亞麗安娜的乳房攤軟在她自己的身軀。但亞麗安娜卻將她攔腰抱起，就像剛來時一樣；然後使出運動員的臂力，擧她上了扶梯。艾曼紐的後跟纏在了一級階梯上，她以爲亞麗安娜要吻自己的乳房，但她卻仰著頭拉開距離；那雙含譏帶諷的眼睛一點也不離開艾曼紐。後者還來不及弄清發生了什麼事，亞麗安娜的一隻手已從短褲褲管伸入，一把抓住了艾曼紐濕漉漉的陰器。

亞麗安娜的手指像她的舌頭一樣靈巧、熟練和有效。它們拂過了陰蒂，然後兩個指頭併在一起、毫不猶豫地伸進了肉體的深處，撐大了陰道的內壁，按摩著子宮有彈性的突出部位，展開了令人驚歎的活動和表現出很强的辨別能力。艾曼紐溫順地被引向了性高潮，聚精會神地享受起最大的快樂來，同時張開兩腿、向前微傾，好迎接那隻在她身上挖掘著的手。她感覺到一種濃液從她身上溢出，順著亞麗安娜的手，熱呼呼、粘呼呼地流淌著。當她似乎失去知覺從梯子上滑下來時，她的女友伸開臂抱迎接她，緊緊地摟抱她。如果此時艾曼紐能夠看見亞麗安娜的眼睛，她可能會吃驚地發現：那眼神已不再是含譏帶諷。

不過，當艾曼紐甦醒過來之後，那女伴又恢復了平素的頑皮和機靈。她把手臂伸得長長的，去勾住艾曼紐的雙肩。她大笑著、但又是很友好地發問：

「妳還有足夠的力氣可以登上軟梯嗎？」

艾曼紐突然感到十分慌亂，低下了賭氣的孩童式的面容。亞麗安娜用雙手托住她的腮幫，扶起她來。她又挨得很近了。

「告訴我，」亞麗安娜用艾曼紐從未聽見過的嚴肅語調問，「有沒有別的女人對妳已經做過這樣的事？」

艾曼紐表面上不動聲色，但實際上她的頭腦很亂，她自己也不知爲什麼。她決定裝做沒有聽見。然而亞麗安娜卻仍在堅持，語調既帶著命令口氣、又有一些誘導的成份。

「回答我呀！妳是否還從未同女人在一起作過愛？」

艾曼紐一副保持人的尊嚴和不肯聽命的樣子，堅持一言不發。亞麗安娜湊近了，她的嘴唇向著女友的嘴唇伸去：

「上我家裡來吧！」她低聲道。「妳願意嗎？」

但艾曼紐搖了搖腦袋。

亞麗安娜將那不順從者的下顎托住了很久的時間，卻沒有再說什麼話。當最終她離開她的身子時，在她那快活的目光和頑童的翹嘴皮上，無法看出她是否因爲艾曼紐的沈默而感到失望，或者她是否對艾曼紐感到不快。

「爬梯子吧！」她呵了呵艾曼紐鼻子的癢，然後對她說。

艾曼紐轉過身去爬上了軟梯。亞麗安娜跟在後面。艾曼紐將毛衣放回到腰部，那衣服仍舊是濕漉漉的。

「哦，妳把毛衣忘在下面啦！」她指出道，同時建議：「妳要我去撿回來嗎？」

（她事後發現：自己頭一回對亞麗安娜以「妳」相稱呼。）

但亞麗安娜做了個高度蔑視的手勢：

「別管它！不值得去撿！不能再穿了。」

她肩上搭了一條毛巾，並不留神用它來遮住胸部。她用一隻手搖晃著球拍和花布口袋。兩人同時朝停車場走去。另一隻手牽著艾曼紐的手。有的人羣順便向她倆致意，亞麗安娜也快活地回禮，動作之間就更多地暴露了她的胸脯。艾曼紐突然覺得全世界都在瞧她。她唯獨感到的只有羞恥和警覺。她急著要同亞麗安娜分手，並且再次下決心不要再見到她。

來到轎車前面以後，亞麗安娜放下了女伴的手，面對她站著，終於想到了要把毛巾的兩端打上結。她以詢問和等待的眼光看著艾曼紐，但後者卻不需要用言詞來表達譏諷。艾曼紐又一次低下了頭；她的窘態、思緒的混亂並不是故作的。亞麗安娜也不想叫她爲難。她彎下身子，輕輕地在腮幫上吻了吻她。

「再見，我的小山羊。」她輕鬆地說。

她跳進汽車，踩著油門做了個告別的手勢。

待她走後，艾曼紐遺憾沒挽留她。她還想再看到她的乳房，尤其還想要它們接觸自己的軀體。她突然產生了一種渴望：希望亞麗安娜赤條條，自己也赤條條，而亞麗安娜躺在自己身上，兩人都完全赤裸，赤裸到前所未有的程度。她渴望她的乳房對著自己的乳房、她的陰器對著自己的陰器。她渴望有女人的手來撫摸自己，她們的大腿、她們的嘴唇、一個女人的血肉之軀啊……，假如亞麗安娜在這時候走了回來，噢，那麼艾曼紐是多麼願意許身給她啊！

❖　❖　❖　❖

克利斯朵夫也是在這同一天到達的。他比照片上見到過的要漂亮得多。他的舉止和爽朗的笑，像一位英國橄欖球運動員；他的頭髮梳得嚴嚴實實，像是要跟空氣裡的氣流對抗。艾曼紐立即感覺到了信任，就像來到一位很老的老朋友身旁。他們一道逛著自家的花園，她一隻胳膊挽著丈夫，另一隻胳膊挽著克利斯朵夫。她搶先跟讓爭奪與客人同處的機會：

「你不能讓克利斯朵夫不停地工作！我要帶他去河上玩，讓他看看盜賊市場❶……」

「不過我不是來這裡渡假啊。」克利斯朵夫興緻很好，卻竭力爲自己辯解。能和讓重逢、又親眼看見他婚姻如此美滿，使他在這星期天的日子裡格外像渡假似地。他並不掩飾對艾曼紐的贊歎：

「讓這個傢伙運氣也眞好！」他一邊說，一邊以熱情洋溢的眼光瞧著他的女主人。「我看他也沒做什麼，卻往往能夠事半功倍有很多意外的好收穫！」

「幸好是這樣，」她開玩笑說。「我頂討厭那種急功好義的丈夫！」

他們守夜一直到很晚，高高興興、吵吵鬧鬧，直到艾曼紐被睡意所戰勝，在她深陷於其間的軟椅上睡著，周圍佈滿了長滿在一樓平台上的葉子花。外面沒有下雨。牛蛙停止了啼叫。天空的星星泛著乾季的明亮色澤。八月中旬常常使人得到一種虛幻的憩靜感。

❖　❖　❖　❖

艾曼紐是一絲不掛地睡覺。但爲了同讓一起，在房間的大陽台上共進早餐，她穿上了一件很短的睡衣襯衫，那是她在離開巴黎之前買的，數量頗多，一部份是爲了試試是否合身。今天早晨這一件是透明的，有折邊，顏色幾乎同她的皮膚一樣。花邊也就直到腹股溝。腰間有三粒鈕扣。最輕微的呼吸都使她胸部起伏不已。她突然笑出了聲：

「天哪！我都忘了咱們有一位客人！我最好穿上點兒什麼更正經的衣服。」

她準備去換裝，但讓阻止了她。

「絕對不需要，」他命令道。「妳就這樣要好得多。」

其實她對以這樣的裝束露面並無異議，她也早已習慣於一絲不掛地聽由各色人等觀賞。在這方面，丈夫的態度就與她童年觀念有些距離。穿上一件睡袍再見客，這在她父母和她本人看來都是不勝荒唐的。至於她婚後買了一些睡衣，那更多地是由於賣俏的心理，而不是爲了遮羞。

克利斯朵夫卻不像男女主人那樣自在。他坐在艾曼紐對面，他的兩眼老盯著褶紋下躍動著的那對乳房：在陽光照耀下，乳峯突起在透明襯衫下像兩個血點兒。當她站起身來，給他送上餅乾、水果、蜂蜜等食物時，習習晨風將那件鏤空的薄衫一直吹開到肚臍眼兒，下腹的三角寶地離他的面孔很近，以致他可以聞到那地方的鈴蘭香精的芬芳。

他不敢端起茶杯來喝茶，害怕自己的兩手發抖。他心情緊張地自忖：「我要站起身來可成什麼體統？或者假如有人把桌布撤了怎麼辦？」

幸好，艾曼紐在兩位男士用完糕點之前就回自己屋裡去了。克利斯朵夫才有時間緩過勁兒來。

◈　◈　◈　◈

兩位男士要到晚餐時分才回家。艾曼紐不想獨自在家裡待一整天。她開了車，到市中心去了。在整整一個小時裡，她漫無目的地駕駛著，常常迷失方向，有時稍停一下去逛逛商店，或者因爲觀看一位患痲瘋病的病人而耽誤了：那種病人坐在人行道上，用已被病魔蠶食的手腕撐持著倒退，在骯髒的土地上拖著殘缺的大腿。艾曼紐看了這情景而觸目驚心，以致不能重新將馬達啓動。她癱瘓在那裡，忘記了自己想到哪裡去，以及應當如何操作，須知她的雙腳完好、兩手健全而嬌嫩……。這時，她看見一個熟識的人影從一家中國小鋪裡閃出。她尖叫一聲，聽起來簡直好像是求救。

「彼伊！」

那年輕女人轉過身來，做了個表示又驚又喜的手勢。她走到轎車一旁。

「我正在找您呢！」艾曼紐說。

同時她自己也感覺到這是實話。

「好哇！您找到了我還眞是好運呀，」彼伊開玩笑說。「因爲我不怎麼到這個方向來。」

「她大概不信我說的，」艾曼紐快快不樂地想。

「要不要一塊吃個飯？」她以請求的口氣說，那神情非常懇切，以致彼伊一時間不知如何作答。

倒是艾曼紐又道：

「我有一個主意！上我家來吧。有的是吃的東西呢。您還不知道我家在那裡呢。」

「您不要我帶您嘗嘗當地的特產麼？」彼伊建議道。就在這附近，有一家非常別緻的暹邏小飯館。我請您吃飯。」

「不，不！」艾曼紐挺固執。「下回再來嘛。現在我旣碰上了您，就想請您上我家裡來。」

「聽您的吧！」

彼伊打開車門，在艾曼紐身旁坐下。

艾曼紐很開心。她突然感覺到重新發現了自己，對自己的心願很清楚、對自己喜愛的一切頗自豪，既不會矯飾、也不能等待。她幾乎高興得大聲喊叫出來，同時忘記了任何謹慎，在城市中心的「蟻羣」中駕車。她毫無理由地大聲笑著。她似乎在放射著光芒。一首希望之歌在她的腦海裡迴響。哦，我堅實的土地！我那展翅召喚的美人兒，我的美人喲美人！哦，那展翅召喚的土地，哦我的美人喲、親愛的美人！我那允諾給展翅召喚的港灣，我的愛人喲、親愛的美人！美人，我的土地，我的港灣、我的翅膀！

她以溺水者的急切伸出了雙臂，搖晃著汗涔涔的頭髮，以幸福的嗚咽，去親吻那「溫柔土地」美麗的容顏。嗨，終於盼到啦！海浪把她沖上了這片土地，她濕潤的髮絲、重新修飾的前胸和光赤的雙腿是這麼美麗！對她呈獻的身軀又是如此歡迎。她所學到、丟棄的一切，統統都已忘記；自從她送一片天地漂向另一片天地、在八月魔幻的夜色中徜徉以來，一切都已忘記。永恆的曙光在她的雙唇上灑下一片金光。

彼伊贊賞地、有些迷惘地瞧著她。

寓所的華貴和現代裝飾使來訪的彼伊感到滿意。她稱贊了插花藝術，那是艾曼紐在巴黎學到的本領；還欣賞陶瓷制的傢俱；半透明的石瓶、中間嵌著珊瑚和海貝；以及放在客廳中央的大型現代雕塑——那是一具金屬製品，塊兒大、富於挑戰意味，鐵片做的枝葉會發出答答的細聲。

她們匆匆吃完了晚飯。艾曼紐變成了啞巴。她那歡快的目光一直沒離開彼伊。然後她們便冒著灼熱的日光去參觀花園。艾曼紐牽著她的手，從樹芽和根苗之間走過，好讓她預感到，將來這些灌木小樹都開花時，這花園裡將會是怎樣一種萬紫千紅的美景。

艾曼紐摘下了一枝長莖玫瑰，將它遞給彼伊。彼伊用手指護著花萼，將它貼向腮幫。艾曼紐將嘴唇伸過去，吻了吻那朵玫瑰花。

她們回到屋裡時，兩人臉上和脖子裡都淌著汗水。

「咱們沖個澡好嗎？」艾曼紐建議道。

彼伊認爲這是個好主意。

她們一走進臥室，艾曼紐就像著了火似地霎刻把衣裳剝個精光。彼伊直等到艾曼紐扯下最後一塊布片時才開始脫衣。她先說：

「您的體形多美啊！」

接著她不急不忙地卸去假領。當她掀動貼身小衫時（她同艾曼紐一樣，直接穿小衫而不戴乳罩），艾曼紐不禁喊出了聲兒：原來彼伊的上身竟同男孩一樣。

「您看，我的胸部太平板啦。」那年輕女人道。

但她並沒有任何自卑的樣子。她對艾曼紐的驚奇感到很有興趣。艾曼紐仔細觀看那粉紅色的斑點，如此短小而且色淡，就好像尚未發育。彼伊不怎麼當眞地問：

「您是否覺得這很難看？」

「噢，不是的。正好相反，這也挺好呢！」艾曼紐大聲說，語氣裡是那麼熱衷，以致對方似乎很受感動。

「您本來有資格挑剔的啊：您的乳房是那麼漂亮啊！」彼伊道。「咱們倆成了明顯的對照，不是嗎？」

然而艾曼紐好像改變了信仰，固執地說：

「要有那麼大的胸脯兒有什麼意思？祇有畫報的封面照上才有那種玩意兒。您跟別的女人卻大不一樣。這才別緻呢！」

說到這裡，有些壓低聲音：

「您知道，我可從沒見過這麼有刺激性的。我不是跟您開玩笑。」

「我承認，我覺得挺好玩的。」彼伊說，一邊將短裙從腿部滑下。「我並不喜歡胸部太窄小；而一點胸脯兒也顯不出，您不覺得這很風趣麼？（她突然變得更加多話了。艾曼紐不記得聽到過她講這麼長的話。）有好長一段時間，我甚至很害怕胸部會發育起來。我會覺得自已失去了個性。我每天晚上都禱告：『天哪，叫我可別長出眞正的乳房來啊！』我是那麼循規蹈距，以致上蒼滿足了我的心願！」

「多麼走運啊！」艾曼紐嚷道。「您的乳房如果長大，那才可怕呢。我喜歡妳像現在這個樣子呢！」

她覺得彼伊的兩條腿也很美麗，它們是那麼修長、線條是那麼純淨，就像是時裝動畫片裡畫的那樣，不完全是血肉之軀。臀部比較窄，腰身纖細靈活，更加顯得精細和上乘。但更令艾曼紐驚奇的是，當彼伊脫下三角褲後，那剃了毛的陰阜非常突出。她還說未見過如此從腹壁上突現的，因而也就盈滿女性的性感。艾曼紐心裡想：世上還沒見過這麼美、這麼値得愛戀的東西。由於剃光了毛，就更加突出了陰戶的切口，使之微微向上隆起，並且刻畫出深深的印痕，清晰而深陷，毫不含糊地獻給別人的目光。這與少年般的上體形成對比；加之她全身微微發褐（所以很容易想像它是完全暴露在日光之下，並且曾有其他的目光鑒賞過這愛神式的裸體），這就形成某種挑戰。儘管彼伊的優雅是在一定的距離之外，但她的下腹光潔、隆起而有鮮明的切口，這就分外有肉感，並且具有如此向前呈獻的挑逗性，艾曼紐頓時感到有一隻手伸進自己的陰器裡使勁搜索著。她明白啦：彼伊必須馬上屬於她，這道誘人的溝槽、這條縫隙應當馬上向她敞開……。啊，這縫兒、這縫兒！見到它就令她顫慄！她正張開嘴要對彼伊說出心裡的願望，但那年輕女人卻轉向浴室：

「在哪裡沖澡啊？」她提醒道。

艾曼紐現在覺得再玩什麼花招已屬多餘。爲了打斷彼伊的動作，她乾脆下令道：

「上牀來罷！」

那位來客態度猶豫地在門前站住了，然後決定哈哈大笑：

「我是想涼快涼快，不是來睡覺的。」她道。

艾曼紐在想：彼伊是眞認爲被邀請上牀睡午覺呢，還是故意裝得天眞。她的目光與她的目光相交錯，但沒看出任何暗示並因此感到失望。

她走到彼伊身邊，然後打開了浴室的門：

「那麼，咱們邊洗淋浴邊作愛。」她堅定地說。

註釋：

❶此處的「河」應是指曼谷市內由湄南河派生的、縱橫交錯的水道。後文提到曼谷的「河」亦同。「市場」似應爲「水上市場」。

第四章　卡伐蒂納詠歎調或彼伊的愛情

停下妳的腳步，瞬間啊！妳是這樣地美！

歌德（《浮士德》）

我將像她離去時那樣，保留牀上的一切：凌亂而雜蕪，被褥交錯……。好讓她身軀的形狀仍舊映在我身邊。直至明日之前，我將不入浴、不穿上衣服、不梳理頭髮，以免抹去她撫摸的印迹。

今天上午、還有晚上，我將不飲不食；在唇上，我也不抹脂、不搽粉，好讓她的親吻依舊存留。

我將讓門板緊閉，也不去打開門戶，以免留下的回憶被風吹走。

皮埃爾．路易斯（《比利蒂絲之歌》，《殘留著的往昔》）

寬敞的白色浴室有好幾種淋浴設備。有一隻淋浴器是裝在天花板上；一種在牆上；還有第三種較小的、裝在一根環狀管子的頂端，可以用手操作、並且隨意定向。兩個女人在交岔的水注沖刷下，彼此站得很近，發出怕冷的尖叫。爲了保護頭髮，艾曼紐將它們盤到了頭頂上，這一堆砌她就變得同女伴身材相當了。

她對彼伊說：她將教這位客人如何使用活動淋浴頭兒。她將管子操在右手中，用左臂抱著對方的臀部，叫她微微張開兩腿。

彼伊微微一笑，照著吩咐做了。艾曼紐自下而上、斜著將溫水射向彼依的生殖器，然後越來越湊近，有時使那器官微微顫抖、有時又向它旋轉噴射。艾曼紐似乎精通此道。水像瀑布似地嘩哩嘩啦從彼伊的兩腿間流下。艾曼紐抬起兩眼：

「可以嗎？」她詢問。

彼伊好像覺得問題提得不是時候：她猶豫了片刻，似乎想說什麼，改變了主意，終於祇是點了點頭。過了片刻，她還是承認：

「嗯，非常好。」

艾曼紐以十分有把握的手，一直操作那淋浴頭；同時彎下身來，用嘴輕輕咬住那小小乳頭中的一個。她感到彼伊的一隻手放在了她的頭髮上。難道這是爲了將她擋回去嗎？或者是爲了把她摟得更近一些？艾曼紐將那布娃娃式的乳尖緊咬在唇間，用舌尖進行挑逗，吮吸著它。那小東西立即勃起，體積也脹大了一倍以上。艾曼紐得意地站直了身子：

「您看……」

但她不再作聲了：彼伊的容貌失去了平靜的外觀。美麗的灰眼睛變得更大了，嘴唇變得更厚、更紅了。那容顏幾乎像小孩，變得純潔，成爲艾曼紐尙未認識過的另一位彼伊。這彼伊由於聚精會神、也由於體態之美而極爲動人，靜悄悄地在享受快樂，沒有叫喊，沒有顫慄，身體的節奏一點也不顯露其强烈的快活。

這凝望延續了很長時間，以致艾曼紐在尋思，這位女友是否還意識到自己的存在。接著，那種飄飄欲仙的表情漸漸消失了；艾曼紐感到憂傷的是此種享受未能長久保持。她對自己看到的容貌變化有些驚恐，以致不敢再出聲。彼伊朝著她微笑了。

艾曼紐用手臂挽著彼伊的頸脖，在她的嘴唇上親吻著。當彼伊的軀體同她交溶在一起時，她發出了快感的呻吟：她倆在淋浴下清涼的肌膚本身就是一種撫愛。艾曼紐緊緊摟抱她，輕輕地用自己的陰阜摩擦對方的陰阜。

彼伊撫摸到艾曼紐想得到怎樣的快樂；她將兩手置於艾曼紐的腰部，輕輕壓著她的臀部，同她的腹部緊貼在了一起。在她張開的嘴裡，流入一種特別的味道：既多汁、又甜蜜，像異國的水果。她感覺到了在緊貼著她的美麗的肉體裡，自下而上升起一種抽搐。她盡最大努力幫助她。她聽見艾曼紐的嘴唇喃喃發出了表示愛情的聲音。

❖　❖　❖　❖

「艾曼紐聰明、好學、脾氣總是那麼好。但我娶她還不是因爲這些。」讓對克利斯朵夫說，這時他們正坐在一輛吉普裡，吉普開過留下了兩道紅色的輪迹。汗水使他們的皮膚生膩，空氣的沈濁更令他們的喉頭發燙。他們跨過了一座橋樑：男孩女孩們在水中嬉戲，光著身子，相互濺踏著泥水，發出尖昂的笑聲。

「你看，這不就是電影裡的東方情調嗎？」

讓停下了馬達。他們下車朝小河走去，洗了洗臉。孩子們高興得蹦蹦跳跳，用手指指著他們，異口同聲地叫嚷著：

「法朗！法朗！」

「他們說什麼呀？」克利斯朵夫有些不放心地問。

「祇是嚷嚷『歐洲人！歐洲人！』就像咱們國家的孩子們嚷嚷：『中國人！』一樣。」

一個小姑娘，披著一頭濕淋淋的黑髮，那些髮絲在肩部留下了長長的印迹。她朝著他們兩人走來。她從地上撿起一件深藍色的統裙，那顏色在她褐色皮膚上襯映得益發鮮艷。她一邊朝前走，一邊在腰間繫著這筒裙。

「坦—亞—蘇—頌—峨—梅—賈？」她問道，一邊朝這兩個外國人發出迷人的微笑。

「我不知道她要咱們幹什麼？」讓承認。

小姑娘指著一株麵包樹下的一隻大籃子，裡面盛滿了特大的柚子。

「哦，我明白啦。她向咱們兜售葡萄柚呢。這倒也不壞。」

讓點點頭，口齒清楚地說：

「噢—柯—代！」

小女孩奔向大籃子，拿過一隻比她的頭還要大的水果來。她伸出一隻手，五個指頭張開，同時說：

「哈—銖。」

「可以的，小姑娘！」讓說。

他遞給她一張五個銖的票子，她仔細看了又看。

「咱們的帳算清了嗎？」讓問。

「哈！」

她似乎對這兩種語言交錯的談話一點也不爲難。克利斯朵夫感到驚奇。

「她懂法語嗎？」

「一點兒也不懂咧。這可一點也不會妨礙她做生意。」

那小女孩把水果舉到自己臉頰的高度，以詢問的表情道：

「波—海—梅—賈！」

讓攤開雙手表示毫不明白。那孩子空著的一隻手圍著果皮畫圈圈，又做出剝果皮的樣子。

「哦，是呀！爲什麼不可以？」讓表示同意。「妳可眞熱心啊。」

她回頭走向水果籃，從裡面取出一把環形的鋒利的小銅刀。然後用兩腿綳緊裙子，把柚子放在上面。

兩位男子正對著她，站在草地上。

「你既然不是爲了艾曼紐的智慧而娶了她，如你方才所說，那麼我估計是爲了她的美貌囉？那是可以理解的。」克利斯朵夫又道。

「也許是罷，但光是這一點還不足以引誘我。」

「那爲什麼？是什麼征服了你？難道她有主婦之才？」

「不是的。是她肉體上的稟賦。我在世上還沒見過像她那麼喜歡作愛的女人，而且眞善於作愛！」

克利斯朵夫不勝驚奇！他覺得這類傾訴格調不高。然而，他又十分想聽下去。

「你運氣好哇，」他有些勉强地說。「可你不會擔心嗎？這……你稱之爲什麼？……這她具有的稟賦，別的男人也可能感覺到的……並受到引誘……加以利用，從你手裡奪走她。」

「不可能從我手裡奪走不屬於我的東西，」讓以說實話的口氣講。「她並不是我的私產、也不是我專有的美人兒。」

克利斯朵夫的臉上顯出不理解的樣子。讓又道：

「我娶她不是爲了剝奪她。」

那小姑娘合掌遞上了一片片柚子。讓點點頭接受了一片，以明顯的樂趣品嚐著。

「你不要嗎？」他問克利斯朵夫。

克利斯朵夫機械地接過那水果。他魂不守舍地瞧著這場面。讓又道：

「艾曼紐同我都對這世界有興趣。我們都想更多地了解它。」

他笑了，心情飽滿地說說：

「有許多事可做呢！」

說著又從小姑娘手中取了一片柚子。

「甚至就是兩人也有事可幹，」他作結論似地說。「一羣人就更有事可做的啦！」

克利斯朵夫思索著：讓的高論到底同他剛才提的問題是否有關。孩子們圍繞他們蹲成一圈，安靜地端詳他們，有時用手臂推推撞撞，然後瘋瘋顚顚地笑著走開，笑得幾乎流出了眼淚。

「他們好像在笑咱們呢。」克利斯朵夫注意到。

那甜甜的果肉使他的唇舌有清涼之感，不過他的喉嚨依然奇怪地發緊。他竭力向那些襲往他腦際的圖像抗爭，那些圖像雖然甜蜜誘人、卻令他恐懼。

「我對一位朋友的妻子竟會有這樣的想法！」他暗自想。

但這種幻覺仍在。於是克利斯朵夫以變了聲的嗓門兒建議再買一隻葡萄柚。然而，當那暹邏小女孩爲他們準備那水果時，他雖竭力去談水庫閘門和什麼千瓩之類，他的想像不斷再現的，卻是艾曼紐渾圓的乳房、她那富於彈性的屁股，和赤裸而誘人的腹部……。讓一蹦而起，宣佈該重新上路了。這時他才發現這位朋友情緒激動，在他那薄薄的白斜紋布褲叉下突現得極爲明顯。他表示驚訝地噘起嘴唇，大笑道：

「嘿嘿！」他開玩笑說，「我還不知道你在這方面雅興如此濃厚。以後不能再讓你碰上小姑娘啦。」

他嘟嘟嚷嚷地請他們的女招待作證，那女人倒一點兒也不見怪。

「你聽著！」讓接著說。「等這些小姑娘成熟些吧。剛才那小女孩兒還不到八歲呢！」

艾曼紐想給彼伊擦肥皂。她的方法很高明，一伸手就滑到了彼伊的兩腿間的那個處所。彼伊起而自衞道：

「不，不，艾曼紐，不能沒完沒了地搞！太累人啦。讓我恢復恢復體力。」

於是艾曼紐允許她涮涮身子，並且擦乾各個部位。她又哄著彼伊道：

「上我的牀上來吧！」

彼伊沒作聲，於是艾曼紐的瘋勁兒又上來啦。她吻著彼伊的眼皮。

「咱們上妳屋裡去吧！」她道。

艾曼紐將彼伊推倒在大牀中央，壓著她的身子，對著她的額頭、臉頰、脖子、耳根和胸脯兒就是一陣亂吻，還夾著輕咬。她自己一翻身滾到地毯上，跪在牀邊，將臉埋在對方赤裸的肚皮間。

「啊！多麼甜蜜啊！」她低聲歎息著。

她輕輕摩擦彼伊的左右腮幫兒、她的鼻子、雙唇，還有那富於彈性的突起的陰阜。

「親愛的，親愛的！」

彼伊不再動彈，依舊寧靜不語。艾曼紐有些不安。

「您覺得這樣好嗎？」

「好的。」

「您願意做我的情婦，是嗎？」

「可，艾曼紐……」

她不再說什麼，撫摸著凌亂的頭髮，期待著。

艾曼紐的兩手掰開了她修長的雙腿，輕拭了一下兩腿間的那開口處，然後輕輕伸手探入。彼伊歎息著，雙臂從身體兩側垂下，閉起了兩眼。艾曼紐用舌尖去舔那小小的穴，那東西狹窄、乾淨得像童貞的穴。她用舌尖潤濕了外陰的整個邊緣，又吮吸它們的內側，然後又尋找那穴蕊兒，使勁吸著它，以輕輕顫動刺激它，用唾液使它滑潤，在嘴唇間上下移動、當它做一根小小挺立的雞巴。接著又把自己微彎的中指伸進彼伊的陰道。她的另一隻手也繼續不斷刺激那穴。現在她的十指都浸滿了濃液。她將它們探進屁股之間。兩片屁股輕輕抬起，好讓艾曼紐更容易探入那最狹窄的開口處。手指伸到了底。這時彼伊才發出了叫聲。她一直呻吟，艾曼紐繼續舔著、吸著，手指從彼伊的這個開口伸向那個開口。後來，倒是艾曼紐首先承認累啦。於是她又重新躺到了她那「情婦」身上。兩人都不再有說話的力氣。

❖ ❖ ❖ ❖

過了一些時候，彼伊不再理睬艾曼紐的乞求，穿上了衣服。艾曼紐用雙臂摟住她的脖子，强迫她再坐在牀上。

「我要您對我說點兒什麼。但您要發誓說實話！」

彼伊祇是含笑表示同意。

艾曼紐說：

「我愛妳。」

彼伊在對方金色眸子的深處尋找著應有的回答，以及期待她說怎樣的實話。但這時，艾曼紐那嚴肅的、近乎急切莊嚴的表情，卻被矯揉的嘶嘴所代替。她用腮幫貼著女友的肩部問：

「妳確實認爲我討妳喜歡嗎？不，妳先聽我說：我是否同妳其他的女友一樣、或者甚至還更爲討妳喜歡？我給妳的歡樂是否也一樣多？」

這一回彼伊坦誠地笑了。艾曼紐很生氣。

「您爲什麼嘲笑我呢？」艾曼紐抱怨道。

「聽我說，小艾曼紐，」彼伊喃喃道，同時她盡量湊近了艾曼紐的嘴唇。「我要告訴你一大祕密：我還從沒幹過咱們今天幹的事情。」

「您是說：淋浴，還有……」

「都沒幹過，我沒有——像您說的——同女人一起作過愛。」

「哦！」艾曼紐不滿地說，一邊皺緊了眉頭。「我不信妳的話！」

「妳沒有理由不相信啊，因爲這是實話。我還要向您說別的事呢。直到那天下午、直到我認識妳的時候，我還覺得這有點兒可笑呢。」

「可……」艾曼紐支吾著，表情驚愕。「您是說您不喜歡這麼幹嗎？」

「我本來無所謂喜歡、不喜歡，因爲從來沒有這麼嘗試過。」

「這怎麼可能！」艾曼紐嚷道，那音調使彼伊立刻哈哈大笑。

「爲什麼？我使妳感到那麼在行麼？」彼伊非常細聲地問她，那口氣是既配合、又近乎開玩笑的，在彼伊口中是嶄新的，使艾曼紐深感意外。

艾曼紐也注意到：現在彼伊對她也以「妳」相稱了。

「您……妳並不是很驚奇呀。」

「是呀。因爲這是您。」

「哦？」艾曼紐道。

她在思索。然後她又提問，好像她剛走出夢境，好像她已完全忘記前面的談話：

「彼伊，您不愛我嗎？」

彼伊不帶笑意地瞧著她。

「我很喜歡您，說眞的。」

艾曼紐期待的是別的什麼。她又提了一個問題，與其說是重視這問題，倒不如說是爲了打破沈默：

「嗯……您喜歡這次的經驗嗎？您感到滿意嗎？」

彼伊突然做出一副下定決心的神氣。

「這一回，該輪到我來撫摸妳啦！」

艾曼紐沒來得及回答。彼伊毫不客氣地攔腰抱住她，把她按倒在牀上。她狂吻著艾曼紐的穴，就像吻她的嘴一樣。她把頭側向一邊，好使自己的嘴唇正好與對方的陰唇相對。她伸長了舌頭，盡可能伸遠一些，伸進那道非常順從的穴縫兒裡去。艾曼紐一舉之下就感到已浸透，既充滿了愛、又充滿了享樂。彼伊已無法嘗試其他的撫弄：她沒想到艾曼紐的性慾高潮來得這麼快，先驚奇得稍稍後退了一下。但當她看見艾曼紐還在顫慄、抖動，便再次將嘴湊上，仔細舔著那「愛人」器官流出的漿液。當她重新站立的時候，她笑著說：

「我可從來不敢想，會從這泓源流裡痛飲一番！好哇，妳現在看見啦，我愛上啦！」

電話的鈴聲打斷了迷夢。是瑪麗安娜宣佈要來訪。如果是平常，艾曼紐會非常歡迎；但正在這當兒，卻有些煞風景。彼伊脾氣好，幫她作了決定。她倆都不想一同會見瑪麗安娜，於是決定第二天上午再相見。司機將彼伊送回。

＊　＊　＊

艾曼紐等著客人，連穿上一件衣服的麻煩都省掉啦。奇怪的是，她這時連把瑪麗安娜拉下水的一點算盤也沒有打。

她無法掩飾自己的情緒，以致瑪麗安娜的伶俐馬上有所反應。

「妳怎麼啦？」小女孩問。「妳就像一個剛有人求過婚的姑娘一樣！」

艾曼紐竭力想避免「招認」，卻沒能抵擋很久。

「我有一個重要的消息，妳會有興趣的，」艾曼紐終於開口道。「妳就準備好大吃一驚而又樂不可支吧！」

「妳懷孕了嗎？」

「別胡猜。妳估計估計吧。」

「不，該妳說。妳在搞什麼名堂？」

「沒什麼名堂。我要告訴妳的，是我同彼伊作了愛。」

艾曼紐說了實情，卻一點也搞不清會有什麼反應。不過卻無論如何沒想到：瑪麗安娜的反應是那麼令人洩氣。

「妳要告訴我的就這麼點兒事嗎？」那小女孩以厭倦的語調問。「這可不值得妳說那麼多廢話。這有什麼奇怪？」

「不過，總之……」艾曼紐不知所措地說。「她太誘人啦！妳自己不覺得她也跟妳合得來麼？」

瑪麗安娜聳聳肩膀。

「可憐的艾曼紐，妳眞是呆頭呆腦！我眞看不出來，跟一個女人睡覺有什麼値得誇耀的！妳把這當什麼高招兒來對我宣佈，眞叫我覺得可笑！」

艾曼紐受到了挫傷。何況，她只是勉勉强强不覺得自己有罪。可有什麼「罪」呢？她努力想弄得更淸楚些。

「我不知道妳在發什麼火。彼伊跟我作愛，妳有什麼可反對？」

瑪麗安娜的判決帶有「終審」的口氣。

「不能跟女人作什麼愛嘛！」她說。

「是嗎？」艾曼紐道。

「作愛是跟男人作。」

她又以有些厭倦的權威口氣說：

「妳要是連這也不懂，我已對妳說過：我認識某個男人可以敎會妳。看起來空口說白話對妳沒作用，那麼最好的辦法便是我把妳立刻交到馬里奧手中。」

她好像正在腦子裡計算日期。

「今天是十六號。妳收到了十八號到使館參加活動的邀請吧，我想？好。我就利用這次招待會把妳介紹給他。你們如果不能安排好當天晚上作愛，那就必須在第二天幹起來。」

❖　❖　❖　❖

她已等得不耐煩了。她屈膝呆在一張軟椅裡，手扶著房間陽台的欄杆，雙手托著下腮，衡量著花園門頂上端露出的街道距離。忐忑不安的心情使她的嘴唇顫慄。彼伊會來嗎？為什麼她耽誤得這麼久？也許她會找個藉口不來看她了：她害怕電話鈴兒此時會響起來。

結果是她自己下決心打電話出去，那時預定的鐘點已經過去，等待已變得痛苦。已接近正午時分。接通彼伊留下的電話號碼後，答話的是一個男子的聲音。那大概是一名男僕。到這時，艾曼紐才明白：她不知該如何打聽，不僅是因為語言不通，而且是因為她連對方的眞名實姓都不曉得。難道她可以用綽號來向一名僕人來稱呼女主人嗎？她姑且這麼做，但又不明白人家聽懂沒有。她終於只好丟開電話跑開。

彼伊沒有親自接電話，也許這意味著她正在路上？那麼她很快就會到達。艾曼紐又重新觀察起來。萬一她碰到了意外呢？艾曼紐還有另一種想法：也許彼伊找不著她的家門，她幾小時以來或許來回遊蕩，在迷宮式的居民區裡往返？所有的街道都彼此相像，街道的名稱都唸不出來，何況都是用暹邏文字書寫的。彼伊迷了路是毫不足奇的。

然而，一個比艾曼紐的想望更強勁的聲音表示不同意。彼伊在曼谷已居住了一年，她肯定已學會辨別這裡曲曲折折的街道；她自己來了才兩個星期，不是也大體識路了嗎？怎麼能認爲彼伊還會迷失方向呢？她最多會晚到一些時候。而她本應在兩個多小時之前就來了。萬一她忘了她的住址，又有誰能阻擋她給當事人打電話，通知她本人一聲、讓她上街去接她呢？

說實在的，她爲什麼不能自己上彼伊家去呢？她到這時才發現，自己竟忘了問她的住址。瑪麗安娜提到過：她是美國海軍武官的妹妹。可這有點兒模糊。無論如何，她總不至於打電話去美國大使館問。但說到底，這又有何不可呢？不過同樣也有這個問題。她的名字叫什麼呢？也許有好幾位海軍武官。再說，她應當說什麼語言呢？

司機昨天倒是送彼伊回家去的！……艾曼紐急切得直哆嗦，要別人把司機叫來。但卻到處找不著人。他大概去吃午飯了罷。或者去玩骰子遊戲去啦。

她有多笨啊！為什麼早沒想到呢？只要給瑪麗安娜打個電話就行了嘛。但艾曼紐剛一想到這主意，就馬上退縮了：難道她要向那藍眼睛的小姑娘承認自己在等待彼伊，冒再次遭冷嘲熱諷的風險？尤其是，她的自尊心已遭傷害，她不能讓瑪麗安娜料到：彼伊沒有應約來到、艾曼紐的熾熱感情並未得到報償，昨日溫柔的「情婦」如今已不忠實。

現在艾曼紐明白彼伊是不會來啦。她不會在下午稍晚的時分來、明天也不會來。昨天她是在比自己更强的誘惑下屈服了，但一與艾曼紐分手，她就恢復了理智。她不愛艾曼紐，她不喜歡女人，她覺得這遊戲太荒唐，並且很厭煩；事後她覺得自己（借用她本人的話）「很可笑」。或者她對自己沈緬於肉體的快活感到羞恥了。艾曼紐猜測：彼伊也許有什麼宗教信仰、有什麼道德觀，使她對昔日的放蕩追悔無已。一句話，艾曼紐對彼伊毫無了解，她肯定是單身，既然她住在兄弟家中；她很可能沒有男情人。完全可靠的是：她絕對沒有「情婦」。

除非是……相反的假設在艾曼紐腦子裡開始成形：實際上，彼伊會不會另有一名「情婦」呢？也許她昨天是在說假話？不，這是她艾曼紐絕對不能相信的。……有一個情夫，她向他認了，這情夫醋勁兒十足，對她大發作，命令她不許再同「共謀犯」往來？就是這樣！這回艾曼紐確信無疑啦。她可不能隨便讓人家甩掉！她將努力奮鬥，把彼伊奪回來！她擁有愛情的力量……。

但一分鐘後，她就只剩下了單相思的軟弱和痛苦了。一種無以名狀的淒楚，淹沒了她殘存的一點信心、她賴以抵抗的一點餘力。彼伊不會來啦，她不想再見到艾曼紐。管它是出於什麼原因！唯一在眼前算數的，是她艾曼紐的被拋棄和孤獨感。她是這麼愛彼伊啊！她似乎覺得：自己來到這天涯海角就是爲了找到彼伊！她對彼伊眞是一見鍾情啊！她願意追隨彼伊到任何她願去的地方。如果她願意，艾曼紐肯爲了她而拋棄一切！然而彼伊沒提出任何要求。而她艾曼紐將永遠不能把自己準備奉獻給她的東西奉獻出去！是呀，她將從自己的記憶裡把她抹掉！她將忘記那張光潔潤滑的面容和那火紅一般的頭髮，她將忘記那對自己傾訴的沈濁的聲音：

「我也愛妳啊！」

她從童年之後，現在是第一次從兩腮流下了眞正的、長長的淚水。那淚水浸濕了她的雙唇、使她的舌頭感到鹹澀，落在陽台的欄杆上；可是她卻下不了決心從這陽台上離去。艾曼紐哭了，她伸長了兩臂——白白地伸向樹枝間的空隙；就在這空隙裡，不久之後、今晚、也許明天，也許是在任何彼伊高興的時候，這位女友將會露面，並且向她艾曼紐頻頻招手……。

◈　◈　◈　◈

這天晚上，讓和克利斯朵弗帶她去看戲。她不知道舞台上演些什麼。她的容顏說明她的痛苦。丈夫不向她提問題。克利斯朵弗對正在發生的事情一點也不明白，表情幾乎同艾曼紐一樣憂傷。當艾曼紐再次躺在牀上、被讓摟在懷裡時，她又痛痛快快地哭了一場。她覺得渾身輕鬆了一些。她向他傾訴不幸的愛情時，已不是那麼痛心疾首。

讓覺得她把這次的遭遇看得太認眞。首先，沒有任何證據可以說明：彼伊今天的失約不是由於什麼偶然的原因，也許明天她突然重新露面，而提出的失約原因又頗有理。而假如事實證明，她確實不想再見到艾曼紐，那麼這就說明她不配艾曼紐爲她操的這份心。她們之間的交往最好就此結束，因爲那只會給艾曼紐帶來更嚴重的失意和痛苦。無論如何，艾曼紐應當把自己看成被人追求者，而不是追求他人者。不管這彼伊怎麼美麗（何況讓從未見過這人，從前也沒聽人談起過），她絕對不會有艾曼紐一小半的風姿和素質。他決不答應妻子在這彼伊面前低人三分。這毫無信義的傢伙，假如她眞以爲可以就恩恩愛愛向艾曼紐討價還價，唯一的回答便是投入別人的臂抱以示報復。艾曼紐不難找到比她更勝一籌的伙件。她應當火速向彼伊表明這一點。

她溫順地聽著他這番道理。「讓說得對呀！」她心裡想，但她的痛苦並未眞正平息。不過，即使聽見人家談起如何自慰或報復，艾曼紐也覺得減輕了她的失意。現在她已覺得痛苦變得有些朦朧。也許這祇是昏昏欲睡的效應。她也不知道，墜入夢鄉之前的最後思念，是向著那忘恩負義的傢伙呢，還是向著有朝一日將取而代之、但尚不知其容貌的女人。

❖　❖　❖　❖

艾曼紐在法國做的洋裝當中，竟沒有一件是讓認爲領口足夠敞開、因而可以合乎他胃口的。

「可我在巴黎已經是最坦胸露臂的女人啦！」

「在巴黎最坦胸的，到曼谷還顯得過於封閉，」她的丈夫說。「應該叫這些人都知道：妳的胸脯是世上最漂亮的：要使他們相信的最佳辦法，還是在他們眼前展示一番。」

艾曼紐後來穿的、用來參加使館招待會的洋裝，恰好能擔當此任。那圓形的領圍，是在肩頭向下的部位才勉强扣住，以寬大的曲線突出了艾曼紐頸部的美，它祇是遮住了乳峯而已：她祇要稍稍前傾或坐下，那酥胸便暴露無遺。而且，這種飾有金銀線的料子非常之薄，穿在血肉之軀上極爲熨貼。如果裡面襯什麼內衣，反而會顯出、或者有些突出：因此艾曼紐在裙下什麼也不穿，連那種透明的三角褲也不要。其實在巴黎時，自從婚後，當她「整裝」而參加晚會時，也很少穿三角褲：覺得自己近乎裸體在她是一種很實在的快樂，也是一種撫愛。假如她要跳舞、或者穿寬大的短裙，這種感覺就更鮮明。

這天晚上，她的裙子從腰部到腹股溝，像一副手套似地緊緊貼身；但再往下便突然張口，成螺旋狀，那開闊的程度令人吃驚。艾曼紐放肆地朝一張軟椅坐下，以表現這條裙子如何可以自動向上張開，暴露她那曬成了金黃色的大腿。她表現得如此優美而大膽，以致讓突然彎下身來，在她腋下找到了那不易察覺的尼龍拉環，將它一拉拉到臀部的下方。同時他用另一隻手，儘量使妻子赤裸的肉體在絲質衣套外多多暴露。

「讓，」艾曼紐表示不滿了：「你在幹什麼呀？你瘋啦！咱們會遲到的。咱們應當馬上出發。」

他不再想叫她脫衣，而是將她從地上舉起，把她平放在餐廳淡綠色的大桌子上。

「不，噢，不行。我的裙子要弄皺啦。你把我弄疼了！萬一克利斯朵弗下樓來呢？而且僕人會看見咱們的！」

她被朝天放平了，屁股正好就著桌邊兒：她自己把裙子往上拉，把肚皮盡量暴露。她的兩腿半伸半曲，懸在半空。讓站著，一舉入進她體內，而且入到了頂端。他倆都因爲這個「即興節目」而興高彩烈。讓這個匆匆之舉使艾曼紐產生一種新鮮的快感，喉嚨裡好像剛剛長跑之後那樣，感到熱辣辣的。他自己用雙手擠著奶子，像是要擠出瓊漿玉液來：她自己的撫摸使自己呻吟不已，當然也由於丈夫的來回使勁往裡戳擊。她一尖叫，男僕就跑了過來，以爲女主人在叫他。他不勝猶疑地在門口站住了，兩手彬彬有禮地交叉放在胸前。大概在比鄰居更遠的地方也能聽見艾曼紐的叫聲。

讓將艾曼紐重新置放於地面時，他叫那男僕把留下了斑痕的桌子弄乾淨；還要他把艾曼紐的小佣女愛阿叫來，幫助女主人重新整裝。他們到達大使館衹稍稍晚了一點兒。

然而，到場的人數已經很多了。大使的任期已到，舉行此次招待會以示告別。

「美極啦！」大使贊歎道，接著吻了吻艾曼紐的手。「祝賀您呀，親愛的朋友！」他又對著讓補充道。「我希望，您的工作還能留給您一些閒暇？」

一位頭髮雪白的老婦人（她記得曾經拜訪過她），怒目圓睁地打量著新來者。亞麗安娜·德·塞義娜恰在這時露面，就把事情弄得更嚴重了。

「可假如我沒弄錯，這位就是咱們的『大膽娘子』啦！快點兒，讓咱們的好『劍客』都過來欣賞欣賞！」

她引起了一位正在同主教交談的體面男子的注意：

「吉爾伯，看呀！你覺得她怎樣？」

艾曼紐有心同時面對參贊和主教的評判。她覺得她在前者面前得分較多。她自己也曾料想亞麗安娜的丈夫是一位戴單片眼鏡而又浮誇的傻瓜；結果不然，伯爵的頭幾句話就使她哈哈大笑，她覺得他的體形非常合自己的胃口。

已經有屬於不同年齡層的一羣男士們圍繞著她，對她致送恭維之辭和頻頻秋波。但她的注意力不集中，她遠遠端詳著這許多陌生的面孔，既希望又害怕發現彼伊的面孔。整個外交使團都應當在場，難道可以祇請她兄長而不請她？也許可以不請吧。艾曼紐不知道自己該採取什麼態度，假如她突然面對那年輕的美國女人。她想，她一心一意希望不要遇見她。艾曼紐覺得每一羣人背後都藏著一個陷阱。她自己上這兒來幹什麼？她什麼時候才能逃脫，或者至少重新得到丈夫的保護？

然而丈夫卻被人羣吞沒了。亞麗安娜從此占有了艾曼紐，把她帶進一陣彼此介紹的旋風。男人們排著隊向她表示贊歎。這是她早已習慣的逢迎，眼下令她信心倍增。她臉上做出滿不在乎的樣子，但所有這些把她的肉體一看到底的目光，至少同伯爵夫人讓她喝的雞尾酒一樣令她熱血奔騰。伯爵夫人長時間地、靜悄悄地瞧著艾曼紐，後者正在觀看一羣飛行員的方陣：他們兩肩微微前驅，稍稍傾斜著上身。伯爵夫人驀然將她拉到了旁邊：

「妳漂亮極啦！」她嚷著，（她兩眼閃閃發光。她輕輕地用兩根手指捏了捏那巔巔搖動的乳尖中的一個。）「快跟我過來，到後面，客廳裡面，那裡一個人也沒有！」

「不，不！」艾曼紐反抗了。

亞麗安娜還沒來得及抓著她，她即已逃之夭夭，同大羣來賓混雜在一起；直至一位有禮的紳士把她帶到平台邊上她才感到安全，藉口是讓她過去欣賞發光的燈籠。瑪麗安娜發現了她在同這位紳士密談。

「對不起啊，騎士，」她以慣常的鎮定說，「我要同我的女友談談。」她伸臂挽起艾曼紐的胳膊而不管那蓄鬍子的長者怎樣抗議。

「妳跟這老傢伙在幹什麼？」她們剛邁出幾步，她就怒氣沖沖地說。「我到處在找妳，馬里奧已經等了妳整整半個鐘頭。」

艾曼紐早已將這約會置於腦後。她不覺得自己準備好了這次見面。當那老頭兒追求她的當兒，她至少可以安安靜靜地想別的事情。她竭力要為自己的自由辯護。

「有必要見他嗎？……」

「哦，妳聽著：艾曼紐！」（那小女孩的聲音裡含著煩燥）「妳等著瞧一瞧，再挑剔也不晚呀！」

這表情看上去有些可笑而又充滿了許諾，因而使艾曼紐恢復了興緻。她還沒來及譏笑那位小姑娘對這位「英雄」迷人之處的信任，此人即已悄然出現在眼前。

「多美的微笑！」他一邊點頭一邊說。「我多麼希望這能成為意大利畫家的模特兒啊。您不覺得，久而久之，那種含蓄的、暗示性的、翡冷翠式的微笑，看上去像在做鬼臉嗎？他們不要藝術呢。我不能接受一切有保留的東西。藝術許多世紀以來都以雕像來引逗我們喜愛，實際上祇有在開朗的容貌上它才存在。」

這段開場白有點令艾曼紐不知所措。

「瑪麗安娜一定要我被畫入油畫（她想到：那小姑娘甚至沒有費心爲他們相互介紹）；您是否是她認爲是最有資格完成這項任務的藝術家呢？」

馬里奧微微一笑。艾曼紐承認：這微笑具有一種罕見的優雅。

「夫人，我對別人的才能是有異議的；即便是我也沒有此種才能的百分之一，若有我一定將它獻給您：更何況這才能還得有個有天份的模特兒才能充份發揮。遺憾的是，連這百分之一我也沒有啊！我之富裕，在於擁有別人的藝術呀！」

瑪麗安娜插話道：

「他是一位收藏家，妳會看出這一點的！他家裡不但有當地的雕塑，而且有從墨西哥、非洲、希臘弄回來的古董。有油畫……」

「這些東西的價值僅在於記載眞正的藝術；而眞正藝術的風險和動態是向靜物的挑戰。」他又補充道：「我的小朋友瑪麗安娜不相信這些從樹上落下的樹皮，而那卻是生命之樹。我只是爲了紀念一些人才保留它們。這些人爲了將它們從樹幹或枝椏上剝下而受苦受難、甚至自我毀滅（他們剝到了最細嫩的枝幹、以及蔓延的嫩芽），有的不惜千辛萬苦、有的丟棄了理性、榮譽和鮮血，這是指畫家、但更多地是指被畫的對象。藝術是靠消耗生命而存在的。有價值的並不是那幅橢圓形的蒙娜麗莎像，而是肖像畫作者的妻子。」

「在她死後嗎？」艾曼紐問。

「不，是在她逐漸死亡的過程中。」

「可那幅畫卻變活了？」

「廢話！一種微不足道的古董，最多是一種機械運用、或者一種腦力遊戲！藝術只是在消失中的事物身上存在、在消亡中的那個女人身上存在。藝術就是自身的下落。在被保存、或仍留存的事物中不可能有美。一切被設計出來的東西生下便要滅亡。」

「人家過去對我說的卻正好相反，」艾曼紐說。「『祇有強壯的藝術才能永存』……」

「請問，有誰來管它永存不永存呢？」馬里奧激烈地打斷道。「永遠這東西是沒有藝術性的，它很醜陋：它的面目是死者的紀念碑。它的塑像是城區的屍體。」

他用一塊薄手絹擦擦兩鬢，然後比較緩和地說：

「您熟悉歌德的吶喊嗎：『停下妳的腳步，瞬間啊！妳是這樣地美！』但這瞬間只要一靜止，它的美也就完蛋啦！你試著使美永恆罷，那麼美就會消亡。美的並不是已是赤裸的東西，而是正在脫光的東西。美不是笑聲，而是正在發笑的喉舌。它也不是在紙上留下的印迹，而是藝術家肝膽俱裂的瞬間。」

「您方才說藝術家不如模特兒重要。」

「我所說的藝術家不一定是雕塑家或畫家。畫家有時可能是藝術家：如果他能把握主題、並加以解析。但最常見的情況是，模特兒自己完成這一命運，而畫家祇是一名見證人。」

「可是傑作在哪裡呢？」艾曼紐突然不安地問。

「傑作是正在消逝的東西。啊不對啦！我沒說清楚。傑作是已經消逝的東西。」

他將艾曼紐的一隻手握在自己手中：

「請允許我引用另外一句話來回答您方才的引語。那是米蓋爾・德・烏納姆諾的話：『最偉大的藝術作品抵不上最渺小的人之生命。』唯一不是空虛的藝術，便是您肉體的歷史。」

「您的意思是說：重要的是以什麼方式自我完成？為了繼續存在，就應當把自己看做一件藝術品？」

「不，」馬里奧說，「我一點兒也不信這些。不管人們試著做什麼、對自己或對別人做什麼，反正都是白費力氣。至少當妳想建設實在的東西時是這樣的。」

他露出看透一切的微笑：

「當然，如果妳想建設脆弱的夢幻之物也會是如此。」

他振作了一下說：

「如果我稍有一點資格向您提出建議的話，」他的語氣非常禮貌而又有些輕蔑，「那就是不要超越自我而生存，而是邀請您好好生存。」

馬里奧轉過了身子。他似乎認為談話已經結束。艾曼紐不覺得人家要她再在這裡待下去。這是頗為令人不快的。她以稍有慍怒的口氣朝瑪麗安娜道：

「妳見到讓了吧？他一到達便不見啦。」

另有一些女人抓住那意大利人不放；艾曼紐趁機逃走了。但瑪麗安娜很快追上了她。

「艾曼紐，妳把彼伊幽禁起來了嗎？」她問，但卻不使人覺得她很重視這問題。「我每次設法在電話裡找到她，都聽人回答說她在你家。」

瑪麗安娜露出了相當和善的微笑：

「但是我不想打擾你們的快活事兒……」

艾曼紐大爲吃驚。難道瑪麗安娜在嘲笑她？不會的。她似乎是認眞的。多麼具有諷刺意味啊！艾曼紐正想說出她的埋怨來哩！但人的自尊心再次阻止了她。難道她能向瑪麗安娜承認：她自己已經有整整一天沒找到這位「情婦」的蹤影了？倒不如讓這梳辮子的小姑娘保留對這位姊姊神通廣大的幻想吧！糟糕的是，艾曼紐如此不動聲色，便失去了找到彼伊的一條路子。她決定，取而代之的辦法是去問亞麗安娜。但她卻看不到亞麗安娜的短髮、也聽不見亞麗安娜的笑聲。她是否找到了另一個對象，去共享魚水之歡了？

瑪麗安娜重新提到那位看不見、抓不著的美國女人。

「我至少想跟她說聲再見。這對她眞是活該：妳就代表我向她道別吧。」

「什麼！她走啦？」

「不是的。是我走。」

「妳嗎？可妳沒對我提起過啊。妳上哪兒去呀？」

「哦，妳放心好啦，我不會走遠。我祇是到海邊去一個月吧了。媽媽在帕塔亞租了一處平房。妳應當來看看我們。雖然公路擁擠，但這是小事一段，總共才一百五十公里路。妳應當去看看那裡的海灘，那簡直是奇蹟。」

「我知道，那是一處福地，鯊魚跑過來到您手裡攝食。我不能再見到妳啦。」

「妳從哪兒聽來的這些廢話？」

「妳一個人在哪裡會覺得膩味的。」

使艾曼紐自己也感到吃驚的是：她心裡很難過。她會想念瑪麗安娜的，雖然這孩子令人不好受。但她不願讓瑪麗安娜看出自己的愁緒。她強迫自己露出笑容。

「我在任何地方，永遠也不會膩味的，」她的小女友說。「我會久久地洗日光浴，我還會玩水上滑板。同時，我帶去整整一箱子書呢：我得爲下學期開學做準備。」

「這倒是實話，」艾曼紐略帶訕笑地說。「我忘了，妳還得上學呢。」

「不是人人都像妳這樣生而知之啊。」

「妳在帕塔亞沒有女友嗎？」

「不，謝謝啦。我想安靜一些。」

「妳眞乖呀！我希望妳媽媽把妳管好，別讓妳跟漁民的孩子私奔！」

那藍眼睛只是露出了謎一般的微笑。

「妳呢，」那小姑娘又道。「沒有我，妳將怎麼辦呢？妳會像原先那樣死板嗎？」

「不會的，」艾曼紐隨口應道，「妳知道我就要許身給馬里奧啦。」

瑪麗安娜眼前似乎毫無開玩笑的興緻。

「這個話麼，」她道，「妳是收不回的啦。妳已經答應過，別忘啦！妳現在身不由己了。」

「這妳可弄錯啦。我想做什麼就做什麼。」

「沒意見，但你必須要馬里奧。我想，你現在並不想溜掉吧？」

瑪麗安娜似乎頗不以爲然，以致艾曼紐幾乎自慚形穢，不過她並不服輸。

「他並不像妳說的那麼不可抗拒。我覺得他有些做作。他說一些大話，自己說給自己聽，我覺得我彷彿是多餘的。」

「別賭氣啦，妳應當感到幸運：一個像他這樣的男人對妳有興趣！我的意思是說他很挑剔呢。」

「哦，是嗎？他對我有興趣？這對我可眞是榮幸呀！」

「一點也不錯。我對於妳給他印象甚佳感到滿意。我可以向妳承認，我原先不是那麼有把握的。」

「那就再謝謝妳一次。請問我又給他怎樣的印象呢？我的感覺是：他祇是自己管自己啊。」

「我比妳更了解他一些，妳至少承認這一點吧？我想？」

「當然！而且，我猜想妳大概早就把全部恩愛都給了他吧？妳可以把妳的印象悄悄告訴我，這可以讓我在作出犧牲的當兒，別顯得太不自然！」

「妳最好別做出那麼一副傻樣兒，假如妳不想讓他拋棄妳。他最討厭做蠢事。」

瑪麗安娜突然變得好商量了，她又道：

「我知道，那只是妳的一種做法。要不是那樣，我不會把妳介紹給他的。」

然後，她又熱切地說：

「我相信你們會談得來的。妳會幸福的。我再見到妳時，妳會更美麗的。我願妳越來越美麗。」

那晶瑩的目光變得如此溫柔，以致艾曼紐深深爲之打動。

「瑪麗安娜，」她喃喃道，「妳走了眞是可惜。」

「咱們不久會重逢的。我不會忘記妳，走罷！妳放心罷。」

她們交換了一種友好的目光，彼此突然有些怯生生的。接著，瑪麗安娜又展開攻勢，似乎是要找一個不那麼動感情的話題。

「妳再答應我一遍：妳對待馬里奧要像我叮囑的那樣，好嗎？」

「哦，可以的，假如妳眞是那麼願意。」

她們相識以來頭一回，瑪麗安娜將腮幫向艾曼紐貼過去，在她的臉上匆匆一吻。艾曼紐正做出姿勢想抱住那滿頭細髮的臉龐，但瑪麗安娜已遠離而去。

「不久再見，小貓頭鷹！明天出發之前我再給妳電話。妳到海邊來看我吧。」

「是呀，」艾曼紐小聲說。

「現在咱們應當跟大伙兒重新相聚！」

她倆原已離羣獨處，現在又重新與衆人合流。艾曼紐從一羣人走向另一羣，不讓少數人纏住她。她在尋找亞麗安娜。可正好是亞麗安娜先發現了她。

「您在這裡呀，貞潔的弗吉妮婭！」亞麗安娜喊道。「我還以爲您在什麼苦行修道院修行呢！」

艾曼紐注意到，在公開場合，伯爵夫人不用「妳」呀「妳」的來稱呼她。

「正相反呢，」她以同樣的語調回答，「一位黑暗王國的王子，正在把我的笑聲同脫衣舞作比較呢。」

「這位行家是誰啊？」

「人家祇告訴了我他的小名，叫馬里奧。您準知道他是誰……」

亞麗安娜開玩笑說：

「哦，這一位呀，風流話不能約束他的……!您要是美男子，您的道德會更受威脅呢。」

「您的意思是說他……」

「如果他自己諱莫如深，我就不更揭人之短了呀。他還沒向您講他最津津樂道的理論嗎?我看他並沒有眞正對您表示信任呀:他對我可沒有那麼多祕密呢。何況這是個極好的男人，我很喜歡他。」

「也許他對我隱諱他的某些愛好，正是因爲我引起了他別的愛好？」艾曼紐不樂地反唇相譏著。

她暗自責怪瑪麗安娜隻字未提這位人物的此一特點。她是否眞地不知道這一點呢？——她可是無所不知的喲。

「誰走進這扇門，誰就拋棄一切希望[1]！」亞麗安娜背誦道。「您那位美學家可是一位講原則的人，他不會受人影響而轉移自己的信念和道路！」

「哦，您要知道，我是敗壞過另一些男人的！」艾曼紐吹噓著。

她幾乎已是憤憤然。她的這種尖刻態度，使亞麗安娜大爲高興，於是便有意刺激她：

「這一位呀，我擔心他是不被腐蝕的男人哩。」

「咱們走著瞧吧。」

「好極啦！能叫馬里奧改變信仰的女人，應當授予金質陽具獎！」（她說到這裡壓低了嗓門。）「不過假如我處在妳的地位，我是不會浪費時間去幹勞而無功之事的：想要快活快活，其他的辦法可有的是。我再告訴妳一遍：我認識的男人，有一百個同這一位一樣有魅力，但他們只求別人去擺佈他們。妳要我向妳介紹幾個嗎？」

「不用啦，」艾曼紐說，「我喜歡得之不易的勝利。」

「那很好，祝妳走運！」亞麗安娜最後道，語氣中不無譏誚。

她瞧著艾曼紐，就像在俱樂部那次一樣。

「最近這幾天妳快活過嗎？」她喃喃地問。

「有呀！」艾曼紐道。

亞麗安娜靜靜地打量了她一番。

「同誰呢？」

「我不說。」

「妳跟男人作過愛，這不錯吧？」

「對啊。」

「假如妳願意，今晚我給妳作了點兒準備。」

「準備了什麼？」艾曼紐情不自禁地問，因爲她感到好奇。

「我也不說。」

艾曼紐撅起了嘴。亞麗安娜心軟了：

「有兩個巴黎男人，只在這裡路過一天。首先，我把他們都讓給妳，只給妳一人。」
「妳呢？」
「妳留一丁點兒殘羹剩飯就行嘍。」
艾曼紐受到樂呵呵氣氛的影響，也笑了。亞麗安娜問：
「妳裙子裡面沒穿內衣吧？」
「是呀。」
「讓我看一眼。」
這一回，艾曼紐心神不定，無力抗拒了。她倆漸漸離開客人們，當間有一具屏風將他們隔離開來。亞麗安娜用手指提著那裙子的下襬，將它翻起：
「好哇，」亞麗安娜說，兩眼盯住她那黑色和褐皮膚的腹部。
艾曼紐感到她的眼睛在「撫摸」她的那東西，就像手指或舌頭在觸摸它一樣。她挺直了腹部，好讓亞麗安娜的目光「舔」個夠。
「再多暴露點兒呀！」亞麗安娜命令道。
艾曼紐竭力想順從，但那裙子卻脫不下來。

「乾脆剝掉吧！」亞麗安娜道。

艾曼紐點點頭。她急切地希望暴露身子。她乳房的尖端和陰器的肉丁兒都急於要獻出去。她放下了肩上的帶子，拉開了腋下的拉鍊。

「哦，」亞麗安娜驚歎道，「這麼多礙事的東西！」

迷人的事已經做完，艾曼紐走出了夢境。她又拉上了裙子的拉鍊，理了理頭髮。亞麗安娜挽著她的臂膀，帶著她走向遠處。一位侍者帶著食物盤走了過來，兩人都喝了一杯香檳酒，一口就飲完。

亞麗安娜叫回那侍者，她們又以空杯換了盛了酒的杯子。艾曼紐口很渴。她們也不知彼此該說些什麼，便朝前看、但又看不太清楚。人們正在尖聲怪氣地講話，一邊不停地彎腰鞠躬。她們覺得氣溫升高了。也許會有雷雨。於是開口道：

「妳看會有雷陣雨嗎？」

「肯定會有。」

「天太熱啦！」

「這條裙子眞熱得誇張。」艾曼紐心裡想。

有人向亞麗安娜做手勢，而亞麗安娜似乎正要走開。艾曼紐突然想起問她的事。

「妳聽著，」她道，一邊抓著亞麗安娜裙子上的一個折邊，「妳認不認識一個紅頭髮的美國女人，那頭髮紅得發暗？她是一位海軍武官的妹子，名叫……」

「彼伊？」亞麗安娜打斷了她的話。

艾曼紐的心震顫了一下。她本會覺得，假如誰也不認識這個外國女人，那才是正常的。雖然她正是要打聽她的情況，但一聽到伯爵夫人提到彼伊的名字，她卻很不高興；這種自相矛盾的心情，反映了她當時思緒的混亂。

「對呀，」她承認道。「今晚彼伊來了嗎？」

「她應當在場，不過我沒見到她。」

「她若收到邀請，又爲什麼不來呢？」

「那我就不知道啦。」

亞麗安娜突然顯得含糊起來，好像希望換換話題。此類做法不合她的習慣。艾曼紐堅持問道：

「照妳的看法，她是哪一類女人？」

「妳怎麼結識她的呢？」

「我是在瑪麗安娜家中的一次茶會上遇見她的。」

「哦，是這樣嗎？這並不奇怪：她是瑪麗安娜的女友之一。」

「妳呢，妳常見到她嗎？」

「比較常見。」

「她在曼谷幹什麼事呀？」

「就同妳我一樣。她令人羡慕呀！」

「爲什麼她的兄弟願意養活她，而讓她無所事事呢？」

「我想她不是靠兄弟養活。她錢多得很，不需要任何人養活。」

最後這句話在艾曼紐聽來很不吉利。不需要任何人？她毫不懷疑。她也不知道還該問些什麼了。不知何故，她竟不敢打聽彼伊的地址，好像提這個問題會顯得很不知趣。

「怎樣呢？」亞麗安娜問。

艾曼紐知道她在想什麼，但故意裝糊塗。對方想問個明白：

「今晚我帶妳回去？」

「不可能的，我丈夫在。」

「他會把妳交給我的！」
但誘惑已經過去了。亞麗安娜意識到這一點。
「好吧，」她道，「那就這樣！我就自娛自遣啦！」
但她這份樂呵呵的勁兒聽來不順耳，似乎她自己也失去了尋歡作樂的興緻。艾曼紐憑直覺感到招待會一結束，亞麗安娜就會去就寢啦。亞麗安娜驚歎道：
「妳那位馬里奧！我看得出他似乎在找什麼人：我敢肯定是在找妳！別讓他等得發膩啊！」
她推了推艾曼紐的胳臂。
但那位意大利人自己發現了她們，便朝著她倆走來。伯爵夫人藉口給他們找飲料而走開，從此就沒見到她回來。
「瑪麗安娜常對我談起您。」馬里奧說。
這話可不能使艾曼紐平靜。
「她對您說些什麼呢？」
「她對我說的，更增加了我想了解您的欲望。您願意在最近某一天晚上到我家來共進晚餐，咱們從從容容地談一談，好嗎？在這嘈雜的人羣中恐怕談不了。」

「謝謝你啦，」艾曼紐說。「可現在我家裡正有一位客人。我很難……」

「爲什麼不可以？有妳丈夫陪他就好了，妳丈夫不會不准妳單獨外出吧？」

「當然不會。」艾曼紐說。

她在想：讓會有什麼看法呢？她有些調皮地補充道：

「難道你不想看看我嫁的是什麼樣的男人？」

「不，」馬里奧一點兒也不爲難地說。「我只請您一個人。」

這回答非常直率。但艾曼紐覺得有些驚奇。這種邀請的風格，同亞麗安娜賦予馬里奧的名聲並不相稱。她想把這一點弄清楚。

「對於已婚的女人來說，」她以平淡無奇的語調說，「單獨一人赴一位先生的晚宴，那是不很得體的。您的看法如何？」

「得體？」馬里奧口齒清晰地說，好像他是頭一回聽見這詞眼兒。至少他覺得這個詞兒不太好唸。「您很看重得體不得體？這是您的原則？」

「不對，不對！」艾曼紐驚覺地自衞著。

不過，她試著重新換個方式來說：

「可對一個女人來說，如果她事先預知事態的危險，你說她還會往這陷阱裡跳嗎？」

「一切都取決於妳說的危險是什麼意思。在這個問題上，妳所謂『危險』是什麼意思？」

艾曼紐重新處於被告席上。如果她提出婚約的義務、人世的習俗或道德倫理，馬里奧的駁斥是很容易預見的。另一方面，她沒有足夠的勇氣或習慣，以適當的用詞來承認自己關切的事。她只是很可憐地找到這麼幾個字來回答：

「我並不膽小啊。」

「我相信妳。那麼妳明天願意來麼？」

「可我不知道您住在哪裡？」

「把您的住址告訴我：我派出租汽車去接您（他笑得很有魅力）。我自己沒有汽車。」

「我可以自己開車來嗎？」

「不，您會迷路的。出租車八點鐘到您家。同意嗎？」

「同意。」

她留下了區名、街名和門牌號。

馬里奧端詳了她很久，但卻看不出他自己的表情。最終他表示了看法：

「您很美麗，」他並無誇張之意地說。

「這不值一提呀。」艾曼紐禮貌周到地應道。

註釋：

❶引自但丁「神曲」「地獄篇」，爲地獄入口處之警句。

第五章　規律如此

來吧，朋友們，尋找一個更新穎的世界還不太晚。

丁尼遜（《尤利西斯》）

你創造了黑夜，於是我製作了明燈。
你創造了黏土，於是我塑就了杯盞。
你創造了沙漠、山脈和森林；
我便開闢了果園、花園和樹叢。
是我，將石塊磨洗成為明鏡；
是我，將毒藥轉化為解毒劑。

穆罕默德．依克巴爾

馬里奧請艾曼紐坐在紅皮半榻上，那紅皮柔軟得像緞子，兩邊是日本式的燈籠。一名男侍者端上了飲料，他只穿了貼身短褲，並且在大腿內側開了岔兒。他跪在一旁，將托盤放在那張狹長的桌子上，那也是革製的。

馬里奧的住房是用圓木材建造，瀕臨一條黑乎乎、卻閃耀著光影的運河。那是一座平房，從外部看去，很像是森林中的幽會處所。進室內一看，傢俱和細軟之講究、豪華才令你驚歎不已。客廳整個是沿著一條河建成的。從她現在坐的位置上，艾曼紐可以瞥見一葉葉用樹皮做成的小舟，上面裝滿了甜飲料、榴蓮果、椰子果和米飯竹筒，在黑夜裡航行於粗藤亂葉之間，順著湍湍流水而下。駕船的男人或女人站在船尾，在那條獨槳之下屈著身腰，一邊搖動腿腳、一邊吭唷吭唷地叫喊著，不時向屋內投以平淡無奇的目光。在鄰近一座寺廟的山牆外，一串串銅鈴鐺兒做成菩提樹葉的形狀，在微風吹拂下發出叮叮噹噹的清音和濁音。遠處傳來鑼聲，是叫和尚們就寢。一位婦人的聲音，爲搖籃裡的嬰兒唱起清脆的搖籃曲。

「有位朋友立刻就到。」馬里奧說。

他那低沈的語音，與牆上燈影暗淡的光線照出的佛像正好相諧動。艾曼紐有一種身體上的恐懼感，一口便飲下了那侍者遞上的半杯濃雞尾酒。但酒精的刺激不足以解開她心上的疙瘩。她出了什麼毛病？她爲這種捉摸不住的恐懼而羞愧，竭力想打破這荒謬的迷夢。

「我認識這位朋友嗎？」她問。

祇是在她開口之後，她才感受到了失望情緒：這麼說，馬里奧根本不想與她單獨相處！她本以爲他想隨意支配她；他不同意她的丈夫也來，但卻另外請了一個男人來，一個同性戀者。馬里奧回答道：

「應該不認識。我是前天、在一次晚會上才認識他的。他是一個英國人，一位非常可愛的人。他的膚色令人驚歎！那些國家的陽光給了他一種均勻的、曬黑的色澤……。怎麼對您說呢？……一種氣味很好聞的色澤。您會喜歡他的。」

忌妒和屈辱撕裂著艾曼紐的心靈。馬里奧對她提起這個人時是帶著一種戀慕，使他每說一個字都停頓一下，好像是在良心上爭論之後才選定了用詞——艾曼紐想像他似乎端著盤子，站在一家點心鋪的櫥窗前探望著。她現在還能對她的癖好、品評能力有什麼懷疑呢？亞麗安娜早就話中有話地事先向她打了招呼。不過與此同時，艾曼紐又產生了一種奇特的印象，他提起這位新朋友，似乎不僅僅是出於欽慕之意，並且似乎也是衝著她而發的。

她恢復了正常。假如是馬里奧占有她，她毫無異議。她正期待此事。她到這裡來正是爲了這一點，她下了決心幹這件不成體統的事，以便使瑪麗安娜高興——或者僅僅是因爲，不過她不願承認罷了；並且由於確信自己會退讓，因而得到一種肉體上的快感，就像方才那樣：她會自己解開衣裙、張開雙腿、感受到自己不熟悉的男性器官進入肉體。也不管它是一舉戳入（多麼痛快的「强姦」！），或者正好相反，是慢慢地、一寸寸地伸進來，過一會兒又縮了回去（這樣就讓她敞開下體等待著，有求於人、乞討著，無法定下心來，陰部濕漉漉地，那又是多麼甜蜜的懸念啊！），然後又攻進來，一次又一次，堅持不懈，多麼美妙！如此堅硬、如此腫脹、如此鋒利，如此迫不及待地摩擦著她的陰道，美不勝收地將最後一滴好東西都傾瀉在她體內，非給她播下種子而絕不肯離去。好比被挖掘、被設置坑道、被灌溉、被私人占有的濕土……。她咬著自己的嘴唇，她已作好準備，她喜歡這種對她肉體的占有，她簡直是熱望這個時刻。但她不要那種過於複雜的安排：這種想法事先就令她生厭。她本應當對意大利人的稟性有所戒備啊！

她差一點兒就要對馬里奧表示：「您既然已拐我上門，而我也露出我本來的面目。那麼就快跟我作了愛罷，然後把我送回家，躺到我丈夫身旁。我走了之後，您愛跟您那個英國男人怎麼玩兒就怎麼玩罷。」不過她也在想像：假如馬里奧以那種敬而遠之的有禮表情端祥她（實際上是蔑視的表情，她已領教過），並且回敬道：「親愛的，您弄錯啦。您當然是很討我喜歡的，非常非常！可是呀……」

馬里奧的聲音，打消了她的幻想：

「我要求您把大腿展露到盡可能往上的部位。昆丁將坐在這墊子上。您願意轉向這邊嗎？要使您的雙膝正對著他，他的目光就好對準您裙子下面那塊不明亮的處所。」

艾曼紐被攪昏頭腦了。馬里奧將一隻手放在她赤裸的肩部，伸得頗爲向前，那長長的手指觸到了乳房的根部。他讓她輕輕地往右轉動，同時用另一隻手輕輕抓住了她那黑短裙的側襬，將它提起，使艾曼紐的兩腿暴露的程度不同：左腿是到大腿之半，右腿則一直到腹股溝附近。

「不，不要兩腿交叉，」他說，「這樣就很好。無論如何不要動。他來啦。」

馬里奧的手縮了回去。她覺得那隻手從她身上滑開，就像海浪輕輕從海灘上退卻。

馬里奧安排男客坐下，同時向艾曼紐微微一笑，以示鼓勵，就像善意的考官鼓勵有些緊張的考生一樣。但最「怯場」的似乎是那個英國男人。

「他」連我的大腿看都不看一眼，艾曼紐發現。她已不是懊惱，而是感到一絲復仇的快意。馬里奧的精心策劃失敗嘍！這對他可是報應！這一下子，昆丁對她來說，與其是對手不如說是盟友了。於是她向他表示了討人喜歡的情緒。的確，此人挺好。說他是同性戀者，簡直是胡言亂語。遺憾的是，新來者似乎一句法語也不會說。

「這倒是我走運呢！」艾曼紐自嘲自諷地想。「我大概是命中注定，專門碰上沒有語言天份的旅客！」對方含混的表情使她暗自開心，她竟有一種頗刺激的遐想：假如昆丁的舌頭尋找她的舌頭，然後那舌頭一直往下舔向她的腹部，那該是什麼滋味！她想像著那舌頭伸入了她的下體……。接著她又做出正經的樣子，頗爲努力地說了幾句她到曼谷三周以來學會的蹩腳英語。她表達不出太多的內容。但她的對手卻似乎很高興。

顯然，馬里奧並不怎麼想充當翻譯。他正在調酒，並且向他的僕人說一種抑揚頓挫分明的方言。艾曼紐的耳朵已經習慣聽暹邏語的語音，這方言卻是另一碼事。

後來，這馬里奧過來坐在地毯上，就在艾曼紐的沙發面前。他大半個身子背向著她，主要是面對他的男客。那客人不時瞧瞧艾曼紐，試圖也讓她參與交談。過了一會兒，艾曼紐覺得這難堪的辦法已拖得太久，便示意道：

「我聽不懂。」

馬里奧揚揚眉，說：

「這沒什麼關係。」

然後，她還未及指出此話的無禮，他就一躍而起，坐到了她身旁，用手臂圍著她的腰身，將她微微後仰，對那男客大聲說了一句話，那情緒之熱烈，令艾曼紐愕然：

「她是不是很美，親愛的？」

他使她處於這種不平衡的狀態，迫使她抬腿（她意識到這一點，這回有點兒覺得好玩兒）、更多地暴露。他用手指摸摸她的嘴唇，然後鄭重其事地拉開了她的領口。他先暴露了她的肩部、上臂，以至乳峯。他撅圓了嘴唇欣賞著：

「她很美，美得實在，你不覺得麼？」他重複說。

那英國男人點了點頭。馬里奧重新遮住她的乳房。

「你喜歡她這兩條腿嗎？」馬里奧問。

他是用法語提問，那位男客祇是眨眨眼睛。馬里奧强調：

「這兩條腿很美咧！尤其是因爲：從腳趾到臂部，純粹屬於奢侈性器官。」

他用手指輕拂了一下那金黃色的脛骨。

「有一點非常清楚：它們絕不是用來走路的。」

他朝著艾曼紐微微傾斜。

「我希望您把您的兩條腿贈送給昆丁。您同意嗎？」

她不太明白馬里奧的意思是指什麼，並且覺得頭腦有些發脹。但不管人家要求她做什麼，她不願顯出向後退縮的樣子。她決定保持不動聲色的表情。馬里奧倒好像已感到滿意。

他的手又來提起那短裙了，但這一回卻在很高的部位上。由於短裙的狹窄，他不得不用另外那隻手去扶著艾曼紐的身體，以便一覽無餘地展現她的兩腿和下腹。這天晚上，艾曼紐不顧天氣炎熱，第一次穿了襪子。在下股溝同吊襪帶形成的長方形當間，那黑色的三角褲像蟬翼一般透明，將褲下的絲絨般的陰毛弄得整齊熨貼。

「過來呀，動手罷。」馬里奧說。

她感覺得到另外那個男人移身向她走來。一隻手撫摸著她的踝骨，然後是兩隻手；然後只剩下一隻，那第二隻手卻順著一隻腿、接著是兩隻腿的膝彎上溯，在膝彎裡停了一會兒，又摸到了大腿下方，前前後後撫弄一番，就停住了。似乎這隻手對這「體統的最後據點」以上的距離頗有些畏懼。

這時，另外一隻手來幫忙啦，同第一隻手相聯，圈了圈大腿。大腿靠近膝部還比較細，幾乎是併攏在一起容納在十指做成的圈圈中。

然後那十指一道前進，先是在大腿外部、接著是在腿面上、腿面下，直至快要碰到臀部。到了這地方，它們毫不猶豫地掰開了兩腿，以便隨便隨意撫摸它們的裡側。那處所是如此地敏感，以致艾曼紐感覺到陰唇正在腫脹。

馬里奧在端詳她。但她本人卻並沒有看他。當她睜開兩眼，想在馬里奧的眼中看出他期待什麼時，他只是微笑，不讓她看出什麼含意。這時，既是出於挑戰、又是因爲她渴望快活快活，她自己把短裙提得更高了，一把抓住了內褲的鬆緊帶，就將它脫下。那英國男人的兩手更大膽了、也更願「幫忙」，竭力促成那短褲下滑，順著兩腿將它往下拉，終於一直拉到了地面。

幾乎同時，馬里奧的聲音比原先更低啞、更沈濁，使艾曼紐微微顫抖。他說著英語。幾句話剛一說完，他便過來爲她翻譯：

「您不應當把一切都給了同一個人，」他道，那語氣像是傳授難以弄懂的眞理。「昆丁得到了你的兩腿：讓他眼下就到此爲止罷。您身體的其餘部份，就等另一個機會，給別人留著吧。您身體的每一部份給每一個人：您先設法將自己『零售』出去罷。」

艾曼紐沒敢喊叫出來：「可您呢，您要什麼呀？我身體的哪一部份能對您產生誘惑？」她在想（多少有些取笑的意思）：馬里奧對他方才輕拂的乳房是否感到滿足？在一刹那間，她恨他。但他卻快活地、情緒很好地站起身來。他鼓掌叫嚷道：「假如我們去進晚餐呢，親愛的？來吧，我要您嚐一些菜餚，那些菜會叫您的身體覺得如醉如癡哩！」

他從半榻上將她抱起，一隻胳臂伸到她的兩肩之下、一隻胳臂伸向腿下。那兩腿懸在半空就顯得更修長了：紙燈籠的燈光在這兩條腿上影影綽綽灑下了痕迹。當他讓艾曼紐重新站立在地上時，那裡短裙又重新放落了。艾曼紐以極其優美的動作向旁邊側身，以便將衣裙收拾平整。她看見地毯上留下了一塊薄薄的尼龍衣衫，不知該怎麼辦。馬里奧動作靈敏，用手指撿起，然後用嘴唇含著。

「『同現實的事物決裂沒有什麼了不起，但同往事決裂就非同小可！』他高聲朗誦著。『在脫離夢境時，你將爲之心碎！因爲人類體現的眞實太少太少！』」

然後他將那三角褲（上面還有香水的香味兒）塞進西裝上端的口袋裡（那西裝是柞蠶料子的），用手攙著不勝驚愕的艾曼紐，帶她走向小圓桌：圓桌旁邊放了三張老式木椅子，椅背很高，樣式幾乎是中世紀的。

艾曼紐不敢直視昆丁。然而，她現在身不由己地爲這奇特的經歷嘖嘖稱奇，慢慢忘記了對馬里奧的怨憤。她仔細一想，覺得他阻止自己委身於這陌生的男子也許是有道理的，因爲這男子對她態度漠然。她總不能隨便跟誰睡覺、總不能對凡是把手放在自己膝上的男人敞開自己的肉體吧？她在飛機裡的那種行爲已經夠放蕩的了；而在此之前，她一直善於彬彬有禮地拒絕男子對她使用雙手以外的器官！對馬里奧，顯然是有些不同的……。她完全同意這種看法，即一個已婚的女人，讓自己的丈夫與一名情夫「平分秋色」是沒有什麼可以大驚小怪的，但只能是一個情夫！假如這情夫便是馬里奧……。她突然想：不管他自己怎麼說，馬里奧同昆丁爭奪，也許還是爲了把她留著自用。這麼一假設，她的脾氣也就變好了。

但她不願太便宜了這意大利人：她正在嘲弄他那套哲學的教條和儀式，倒不是因爲她眞正重視這一點，而更多的是出於嬉戲，也是爲了證明她自己並不是那麼天眞。

「我不太明白，您這種『延期式』的愛情，怎麼能跟您昨晚所宣佈的美學相協調？如果應當消耗自己、暴露自己，那麼您爲什麼今天又勸我要等自己來討價還價、要『零售』自己呢？」

「那麼您就一次捐軀罷！搞完以後又怎麼辦呢？」馬里奧問。

「搞完？」

「爲『蒙娜麗莎』作模特兒的那個女人，她獻出最後一分姿色、呼出最後一口氣息之後，還有可能存在什麼『藝術』呢？喜劇就終場啦！您的嘴唇發出最後一聲快樂的尖叫之後，這件作品也就被消滅了。它將像一場夢幻一般消失，它將如同從未存在過一般。最緊迫的責任，也是這普天下最獨特的責任，歸根到底不就是使事物延續嗎？展露自己？當然要的！但應當是持續不斷地做！」

「您也要讓我去想像自己快要完結了嗎？可您同您的門徒瑪麗安娜應當協調一致呀：她催促我消耗自己、您卻催促我節省自己。而你們兩位都是以生命短促爲理由！」

「我看您對我的理解是完全扭曲啦！親愛的！大概是我沒把意思說清楚。瑪麗安娜把她同我兩人的想法說清楚了。小姑娘是有陳述才幹的；年齡大了，便漸漸失去此種才幹了。」

「不對呀！你們二位的教導完全是相互矛盾的咧。您是教導要苦行……」

「這可是最不公正的指責了，」馬里奧很開心地打斷了她。「可您的怒氣會不會使我們註定要苦行呢？」

「怎麼說？」

「這脆皮餡餅可慢慢涼下去啦……」

艾曼紐有點兒傻裡傻氣地笑了。馬里奧想這樣來迴避令人爲難的問題，這可太輕鬆啦。

在一段時間裡，他們只談論菜餚和葡萄酒。昆丁很少加入談話，儘管馬里奧經常從一種語言改用另一種語言說話。艾曼紐誠懇地贊揚晚餐之講究。她說，平常她並不重視自己吃些什麼，但這天晚上即使她也發現自己對一份燒烤的質量甚爲敏感。

「假如您覺得生活中最重要的事並不是美食，那麼應當是什麼呢？」馬里奧問。

艾曼紐明白：說一些話可以提升一些方才她用冷盤時過於謙遜的姿態。她在思考。她爲了符合他們的語調，又應當回答什麼呢？同時又要避免對主人的怪癖過於遷就啊。無論如何（她心裡想），這次晚上聚會的宗旨是明確的：她上這裡來是爲了肉體享樂，而不是爲了談論哲學。於是她非常自然地回答：

「應當是多多享樂。」

馬里奧甚至不表示贊賞。她毋寧說有些不耐煩。

「沒問題，沒問題，」他說。「但是否要隨便以什麼方式來享樂呢？到底是享樂本身最重要，還是以什麼方式達到享樂最重要呢？」

「當然是享樂本身，這還用問！」

她其實並不眞正這樣想，而是有意要向馬里奧尋釁。但她似乎只是令他大吃一驚而已。

「我的天呀！」他歎息道。

「您是不是宗教觀念很深？」艾曼紐驚訝地說。

「我指的是美學標準的『天』，」他糾正道。「那是一位應當多多熟悉的『天老爺』。我的意思是指厄洛斯。」

「您認爲我對這愛神效忠不夠嗎？」她反抗道。「我知道厄洛斯就是愛之神。」

「不正確。厄洛斯是色情主義之神。」

「哦，這嘛，這可是別人塑就的形象！」

「一個神還會是什麼呢？您好像對色情主義沒有很高的評價。」

「您弄錯啦：我贊成。」

「哦，是嗎？確切地說，您是怎樣設想它的呢？」

「這個嘛！色情主義就是……怎麼說呢？……就是對感官快樂的崇拜，而不受任何道德的約束。」

「完全不對，」馬里奧說，「恰恰相反。」

「是對貞潔的崇拜囉？」

「這不是一種崇拜，而是理智對神話的勝利。這不是一種感官的動向，而是頭腦的一種運作。這不是過份的快樂，而是從過份中產生快樂。這不是一種特許，而是一種規律。它就是一種道德。」

「說得眞好！」艾曼紐拍手歡呼道。

「我是說認眞的，」馬里奧教訓道。「色情主義不是關於如何聚在一起娛樂的藥方教程。那是關於人類命運的一種觀念，一種尺度、一種教規、一種法典、一種儀式、一種藝術和一所學校。這也是一門學問——或者說，是學問的優秀成果、最新成果。它的規律建立在理智、而不是建立在輕信的基礎上。建立在信任、而不是恐懼的基礎上。建立在生活的情趣、而不是死亡的神祕感的基礎上。」

馬里奧以手勢制止了艾曼紐，沒讓她說出已到嘴邊的一句話，自己卻繼續道：

「色情主義並不是墮落的產物，而是一種進步。因爲它有助於將性事非神聖化，它是使精神和社交健康化的一種手段。而且我敢說，它是一種精神促進的因素，因爲它設想性格的培養，放棄幻想式的激情、促成頭腦清晰的激情。」

「好哇！這很快樂呀！」艾曼紐含譏帶諷地說。「您覺得這樣的描繪有誘惑力嗎？保持自身的幻想不是更愉快些嗎？」

「我稱之爲幻想式激情的，包括：自己獨自占有、或單獨屬於某一個人的狂熱，强壯或奴役的意志；以使別人痛苦、死亡爲享樂；被痛苦吸引、渴望或喜愛痛苦；喜愛死亡、或對永恆很有興味，等等。這類激情對您有吸引力嗎？」

「不是眞有吸引力，」艾曼紐表示同意。「但請告訴我，哪些事情應當對我有誘惑力？」

「我比較希望最高的道德是對美的激情。這就包含了一切。美的便是眞的，美的便是有道理的，美的東西挫敗著死亡。美暗寓在另一種天地中，如果不具有美的知識和美的永恆氣息，我們謹小愼微的頭腦和我們凡俗的心靈是不會認識這種美的。由於愛美，我們才有別於牲畜。大地的精華養育我們而令我們漸漸產生了思想，但思想導致的最初恐懼又把我們打翻在這同一片大地上，使我們用脆弱的手足，在諸神限定我們的可憐地域裡爬行。於是美這個奇蹟從咱們反叛的好奇心和自豪感中誕生，成就爲咱們騰飛的機遇。因爲美乃是人世的羽翼：沒有這羽翼，思想將無以昇華。」

馬里奧沈默了瞬息，但艾曼紐的面部表情鼓勵他講下去。於是他道：

「是怎樣的人類天才（比天使還要機敏）以這羽翼保護著我們！科學之美，使我們免於遭受幻術製造的醜陋。理智之美又令我們厭惡神話的粉飾。正是爲了對於美的愛，才有幻覺劇場裡的表演：韜略家和曝光之面具慢條斯理地上演影子的技藝；終於使觀衆拒絕入席。運動中的世界將會嘲笑他們永遠不變的心願。而人類將醫治好的心靈，靠的是性格——它將在智慧的不斷進步中找到救藥，根除他們的惡夢與幻想。」

那主人傾身向昆丁，好像是要讓他作證，同時攤開雙手，好像是在說：「事情再清楚不過了」。

「因爲咱們的生活也單純得出奇：世上並無其他責任、而唯有智慧；並無其他的命運、而唯有愛情；並無其他善惡標誌、而唯有美。」

他又重新轉向艾曼紐，並以命令的手指向她指去：

「可是請記住：美不是在已完成的作品中恭候著您。美不是已有的成就。不是應先給老實的工匠的天堂、也不是虔誠勞動之後的寧靜黃昏。它是從未沈寂的創造性呼喚、是任何東西都難以滿足的提問、是不知疲倦的勇往直前。它是挑戰，也是努力。它有挑戰之迫不及待，也有努力之不可窮竭。就是我們自身向偶然的自殺性天賦挑戰之力量。它相當於我們命運裡的勇敢精神。」

艾曼紐朝他微笑，他似乎明白了哪些話語打動了她。他自己也同情地端詳著她。然而他還要往下講，好像他最關切的是：這位女客不要對他這番宏論的最終對象有任何懷疑：

「美並不是由一位神明施捨給人類的：而是人類自己發明了美。人類造就了美：它具有同詩歌一樣叛逆的名稱。美不是大自然的命令，而是對它的反抗。美是人類急切的希望，這希望與大自然的命令相抗爭；美是人類身處異地和在世間孤獨所誕生的品德——他們從人世間趕走了天使與魔鬼；美是對草原、對風雨的必然之勝利。美是想像中的皎潔月光，是從洶湧的海濤裡揚起的美人魚之歌。因此我要說：色情主義是夢幻對大自然的勝利、是詩魂的高雅隱居地，因爲它否定了『不可能』。美就是能夠做一切事情的人。」

「我不太能想像這種權力。」艾曼紐表示異議道。

「女人相互之間的肉體行爲在生物學上是荒謬的，是不可能之事。但色情主義卻立即將此夢幻中的發明變做了現實。同性戀是對天性的一種挑戰：色情主義卻搞同性戀。五個人一起作愛是違反天性的：但色情主義卻想像出此種行爲，指使這樣做，並且做到了。而此類勝利中的每一項都要美的。當然，爲了充分發展，色情主義並不需要這類例外的格式：它只要求思想的青春與自由、要求對眞實的熱愛、要求一點也不抄襲傳統與習俗的純淨。色情主義是對勇敢精神的熱愛。」

「瞧您這麼說來，這種色情主義大概是某種苦行！吃這麼多苦頭値得嗎？」

「太値得啦！即使僅僅爲了享受嘲諷那些鬼怪的樂趣！首先是嘲弄它們之中最醜惡的：愚蠢與怯懦——那正是人們珍惜的兩條毒蛇。而這些人在霍布斯的呼喊中最能辨識自己——這呼喊雖然歷經三百年，卻一日比一日更眞實：『我平生唯一的情慾便是畏懼！』畏懼同別人不一樣。畏懼思索。畏懼獲得幸福。所有這些畏懼都是反詩意的，卻已經成爲人世的價値：正統主義、對禁令和規矩的盲從、對想像力的仇恨、拒絕新鮮事物、受虐待的色情狂、惡意、忌妒、卑劣、虛僞、謊言、殘酷、恥辱。總之，是惡！色情主義眞正的大敵，便是惡之魂。」

「您眞是高妙啊！」艾曼紐歡呼道。「我還以爲，從前有些人稱爲『色情主義』的，便是如今另一些人稱之爲『惡習』的那些事情。」

「您說是惡習？您賦予這兩個字的意義是什麼呢？惡習的本意是指缺陷。色情主義正如人類其他作品一樣，不多不少也難以免除缺陷、錯誤和倒退。如果可以這樣講，那麼我們要指出：惡習乃是色情主義的代價、它的影子、它的沈渣。但有某種東西是不可存在的，那就是自卑的色情主義。色情行爲的產生要求若干品質：首先是思想的嚴密和堅定；想像力；幽默感；勇氣；更不用說要有信念、有組織才幹、有鑒賞力、有美學上的直覺和崇高感——若沒有這些，則所有的嘗試都將歸於失敗。這些品質必定會使色情主義成爲某種自豪的、慷慨的和成功的事情。」

「正因爲如此，您將它說成是一種道德？」

「不，這樣說還有許多的理由。色情主義首先要求一貫的精神。它的人物祇能是有原則的人、創造道理的人：不應當是尋開心的浪蕩公子、也不應當是廟會上的食客，那種人專門在開懷暢飲之餘，向年輕的女僕宣佈自己占了多少便宜。」

「總之，色情主義就是同作愛恰恰相反囉？」

「這樣說就太過份啦：但有一點卻不假，即作愛並不等於色情主義行爲。如果只有衝動的、習慣的、義務的性快樂，那就不是色情主義；如果祇是生物本能的反應、祇有肉體而無美的目的、尋求感官而無精神的快樂、愛自己或別人或並不愛美，那也絕非色情主義。換句話說，凡是屬於天性的東西，就不是色情主義。色情主義正如一切道德一樣，是人類爲了反對天性、克服天性和超越天性而作的努力。您很清楚：人類之成爲人類，是因爲它把自己變成了非天性的動物；只有當它進一步與天性分離時，它才能更多地成爲人類。色情主義是人類最有人性的才能，它不是愛情的反面、而是天性的反面。」

「跟藝術一樣嗎？」

「說得好哇！道德與藝術是同一回事。聽見您談論藝術像談論『反天性』一樣，我非常歡迎。我不是已對您說過嗎：美只有在天性失敗之處才能展露自己。從一個時代到另一個時代，在我們生命之壁上玩弄影子戲的人企圖說服人類（經常是以皮靴『踢服』它）：只有『回到自然或天性』才能擺脫機器和建築的纏繞。這眞是一種令人作嘔的恐懼、眞是智慧的可怕墮落！又回到腐殖土的爬蟲地位去嗎？難道數學和芭蕾舞舞衣發明者只配得到這樣的未來？如果人類急於了結自己，那麼就在原子的蘑菇雲中了結吧，這還算是壯美的！於是在各種天體與最後的驕傲之歌的痕迹間，出現了眞空。這眞空比地球上多出一種猿猴來還要更好一些！我仇恨自然或天性！」

這樣的激昂慷慨令艾曼紐忍俊不禁。但他卻繼續不斷地往下講：

「可是，當精神邀請咱們創造時，我爲什麼要向您談論毀滅呢？」

他突然將一隻手放在她的手上，緊緊抓住，幾乎使她痛得直叫。他的聲音又變得特別優美：

「有一次我從科林斯海灣上空飛過，飛向今晚咱們同在的這個國度。在我的右側，是白雪皚皚的伯羅奔尼撒山峯；我的左側，則有溫暖的阿提卡金色海灘。有人給我送上一份報紙，使我一時間不能欣賞這景緻，但並非爲了背離這景緻：因爲報上顯著地、以通欄大字刊載的，是人類有史以來寫的最美的詩。這首詩古老的樹根，就埋植於這片大地上：現在這片大地正在將它的嘴唇伸向我——這『嘴唇』半啓於瑪瑙色的波濤之上，並且被陽光熱烈親吻；它們仍像奧德修斯中的黎明一樣美麗，仍然翻動著代表魚美人慾望的波浪——波浪大膽、狂放，有著迫切的求知慾望，既在挑戰而又順從……。這首詩是這樣寫的：

一月三日，清晨三點五十七分，將在三個星座構成的三角形中央出現一顆白色的星星。這三組星是牧人星座、天秤星座和處女星座。

這星星果然出現了，是人類投出的一顆鋼質石塊，這石頭投向了宇宙的面龐。而剛剛開始的新時代將永遠是咱們的時代。從今以後，咱們的地球可以滅亡，咱們人類的肉體也可以滅亡：一顆新星、一顆以咱們的手鑄就、刻著咱們的數字、唸著咱們的語句的星辰，將會旋轉，並且以它的歌聲摧毀著無限空間裡冷峻的莊嚴。哦您們這些主星，過去曾爲我們無悔的征伐守夜，現在我們的生命興緻正在將赤裸的腿跨向您們炎熱的海灘！」

馬里奧緊閉雙目，過了好幾分鐘才重新開口。他的聲音又恢復了那輕蔑的迂緩：

「您剛才提到了藝術，是嗎？最完善的藝術創作，是最遠離上帝形象的創作。噢，上帝創作了些什麼並不重要，同人類的作品相比尤其如此！我們的星球現在是多麼美麗，自從我們塡平了它的溝壑、建造了玻璃城堡、以大合唱的頻率振顫著它的氣體！它是多麼美麗，自從以人類的光輝，將它從上帝的黑夜中解救！它是多麼美麗，自從人類的城市興起，將它從上帝的叢林和蟒蛇下解救！它是多麼美麗，自從平整了它的景物、用考德爾的鐵器創作、用蒙德里安❶之輩金碧輝煌、或血色墨色的方塊畫裝飾之後，面目爲之一新！您們：音樂家、畫家、雕塑家、建築師，將天地溶合、而成爲人類的王國，這王國異常之美，以致人們不再注意那上帝的王國！」

馬里奧凝視艾曼紐，猶如在她的臉上看到了他所熱愛的大地之形態與火焰。他對著她春風滿面地說：

「藝術，不正是通過它，第四紀的原始人才同野獸分離而變成了人？人是宇宙中唯一留下的東西比取走的要多的生物。但是，色彩、線條和聲音的藝術已不能滿足他那創造性的熱情。現在他要按照自己的天稟來塑造其肉體與思想，就如同他過去曾從自己的夢幻裡挖掘過阿斯帕拉斯和科拉依斯❷。這個時代的藝術不可能再是冷石、青銅或石膏的藝術。不能只是活生生的血肉之軀的藝術，不能只『靠生活獲得生命』。而唯一的藝術是將格局下的人適當安排，處理作品的才華（正如同過去赭色和薰煙的藝術曾將洞穴之壁向未來敞開），那便是色情主義。」

馬里奧說得如此地鏗鏘有力，以致艾曼紐覺得聽到這些句子就好像當頭棒喝一般令人爲之一震。

「一種藝術以人的肉體爲對象，將這大自然的作品變做自己反自然之作，還有比這更動人心弦的藝術嗎？能工巧匠從大理石或線條平衡中製作一件作品、而不用與天地爭所有權，這是比較容易的。但人啊！將他放在手中，並不像捏軟泥那樣，不是爲了感覺到他的結構、輪廓，也不是爲了贊同他或愛他、不是爲了從他身上得到享受；而恰恰是爲了非議他的外形和內涵，使它擺脫細胞的愚蠢的摸索，改變他的材料本身，從他身上拔除那自然物的面貌，就像除去一件實驗室動物蝸牛或嚙咬蟲類的遺傳因子一樣。重新製作人！將他從物質中拯救！以便使他能夠自由地賦予自己以規律：這些規律將不再把他同天象或分子混同、並使他掙脫精力的衰退和肉體的沒落。說眞的，這超過了藝術，這是精神本身存在的理由。」

他站起身來，走向高踞於水道之上的窗口。

「你看！」他道。「鴻溝不是在死物與活物之間：而是在有感覺的東西與一切其他東西之間。這爛泥、這狗，與樹木、與藻類並無差別，而後者與水、與石亦無不同。但另外那些，您看呀：他們正在划槳、正在沈思，衣衫襤褸但非常固執，手指緊握，頭髮稀疏……這就是人啊！哦，得有對人的狂熱之愛，才能眞正恨起大自然來。人類喲！人類，我是多麼愛你們！你們將飛往遙遠之處！」

艾曼紐幾乎是羞澀地詢問：

「那麼在您看來，唯一可能的愛情，便是違反天性、違反自然的愛情嗎？」

她提問時伴之以親切的笑容，那意思是她並不想難爲馬里奧。但這並沒有危險，按照他的習慣，他是用詞藻堆砌出思想來。

「這是一句廢話，並且是意義上的重複。愛情總是違反天性的。它是絕對的『反天性』。它是罪惡、是對世界秩序的最大反叛，是空中音樂的不協調音。它就是人，即是說，它哈哈大笑著逃出了人間的天堂。它意味著上帝謀略的失敗。」

「您把這稱做道德！」艾曼紐揶揄道。

「道德是使人成之爲人的東西！不是那些令他異化、從屬，成爲奴隸、太監、修行者或小丑的東西。愛情之被發明並不是爲了使人淪落、奴役別人或叫人做鬼臉。這並不是窮人的電影院、或激動者的鎮靜劑，不是一種消遣或遊戲，不是鴉片、也不是幼兒玩具。愛情、肉體愛情的藝術，這就是人的現實、沒有幻想的彼岸、堅實的土地、眞正的一局遊戲。『對我來說，不是愛情的東西都發生在另一世界、鬼影的世界。對我來說，不是愛情的東西都發生在夢中，在一種醜惡的夢中……。只有當胳膊摟抱著我時，我才會重新成為人！』唐璜這清醒的吶喊，也有許多別的人聽見或明白了，不管其稟賦的形態多麼相互不同。您方才提到了苦行主義：對某些印度教派來說，這就完全相當於色情主義，即是一種責任。但有趣的是，阿瑪東忐的小神女也是這麼看的，不過設想得更含情脈脈、更羞澀而迷人：『去利諾，你以爲愛情是一種休息嗎？這可是一項任務、而且是最艱巨的任務！』」

「我不同意這種看法！」艾曼紐說。「我更願意在想到愛情時便想到快樂。而且，做愛從來也沒使我感到疲勞。」

馬里奧禮貌地點了點頭。

「我並不懷疑。」他道。

「在作愛時貪圖快活是否就不道德呢？」她糾纏道。

「我想向您證明的恰恰與此相反哩，」他耐心地回答。「色情主義的道德，便在於快樂構成道德。」

「一種有道德的樂趣，我覺得這已失掉很大一部份味道。」

「爲什麼？我弄不明白啦，」馬里奧感到驚奇，「這是否因爲：您把道德原則等同於匱乏和强制？但假如這種原則使您免於匱乏呢？假如它迫使您充分利用生命呢？哦，我明白啦！道德的概念令您反感，因爲在您的思想上它同性禁區是混在一起的。道德準則不是意味著這樣的內容嗎？」

「決不要淫蕩，既不能做、也不能同意；只許在婚姻內發生肉體行爲。」

「我請您別讓此類欺騙在您的心目中損害了『道德』這個體面的用詞。這本已是早已拆穿了的一種歷史上的騙局；您不應以之爲藉口來同樣譴責善與惡，或者（那將更爲嚴重）說善與惡是根本不存在的？」

「聽著，馬里奧，您變得越來越深奧了。我怎麼知道您要得出什麼結論呢？您是從色情主義談起，結果卻講得像一個正在佈道的神父？我簡直摸不著頭腦啦。您所謂的善與惡是什麼？」

「請放心，我們還會再談此事的。我先想解決的，是別人稱之爲善與惡的東西，特別是那些我們視為即道德的各種『品德』，如謙遜、貞潔、節制、夫妻間的忠誠……」

「那不僅是對我如此！這不就是所有人說的道德嗎？」

「我知道。不過我覺得好笑！因為那是由於對一種罕見的滑稽過於相信，所以性的禁區才被納入道德王國，並在那裡以它們不公正的法律肆虐。它們並不是天定地居於這個王國。不僅如此：它們的性質和意圖都是完完全全不道德的——因為它們產生於一種特別實際的算計，即為了向地主確保其子女的產權；而子女是生產的手段，並且同工具、瓶罐一樣是財富的外在標誌。」

馬里奧一躍而起，走向紅色暗影中的一個書架。然後手上拿了一本皮脊的書過來：

「請看，」他道，「我並不是隨便引經據典、或者勉強拚湊。我只引信條裡最無爭論的，即摩西從西奈帶回的道德『十誡』。在『出埃及記』的第二十章十七行，明明白白地寫著：

『不要覬覦鄰人的屋子；不要覬覦他的妻子、男僕、女僕、耕牛、毛驢，或任何屬於這鄰人的東西。』

您看，這是說得最不含糊、最不加掩飾的了：女人啊，要知道上蒼爲你們安排的位置！是在穀倉與牲口之間、跟其他的勞力並列！而並不是排第一名！女主人啊，您得低於磚瓦、草棚一等咧！女奴啊，您的價值不及種田的男僕，僅僅略高於一頭牛或騾呀。」

馬里奧闔上了聖經，將右手放在書上，以牧師的語調說：

「人家說中世紀發明了愛情，其實中世紀差不多令我們對愛情產生了厭惡！如果說今天愛情出現了一線復興的希望，那是因爲我們的時代是摧毀神話的時代。封建的教士把他那套『道德』作爲有毒的禮物贈給我們，以爲可以永生永世革除我們享樂的慾望。請看他的陰謀和策劃還剩下了什麼？過去地主們在他們的妻妾和牝驢腰間圍繞的貞潔腰帶，那本是用來區分善惡的，現在卻從當年看見它們出現的古堡殘垣斷壁上碎裂落地了。咱們就讓它們不勝光彩地被送入博物館吧。請注意：它們的結局是非常合乎道德的，如果說它們的出現並非如此！我們應當贊賞的是：當時代掃蕩了假道德之後，剩下的東西便是眞正的道德。」

他從喉嚨底裡發出了嘲諷的笑聲：

「關於性道德價值的說教，差不多可以說集中反映在拉丁詞pullay上，它同時演生出法語的pucelle（童女）和poule（母雞）兩個字來？您可以看見善與惡的選擇是多麼帶有偶然性！相反的情況也完全可能發生：成爲『母雞』即妓女變做了最高的榮譽和品德，而保持貞潔少女的身份倒成了反上帝、反教會的彌天大罪！」

艾曼紐在沈思。她同意馬里奧的這種判斷：即傳統道德觀的戒律具有極大的偶然性；但正因爲如此，又爲什麼要浪費時間，硬要在舊道德觀的基礎上，重建一種新的道德觀呢？難道不可以隨心所欲地、自由自在地去作愛，而不必挖空心思制定新的法典，並且向四面八方宣佈一番呢？是否有這樣絕對的必要，硬要給自己作出法律規定？艾曼紐心中想：任何地方也不存在一種道德、即便是『色情的』道德，能夠比完全不要什麼道德更好。

當她把此種懷疑訴說一番之後，馬里奧駁斥道：

「靠無政府狀態是戰勝不了壞法律的。不是要回到荒林中去，而是要承認人類的某些權力（現代社會踐踏著它們、使之殘缺不全），是完全正當的，並且賦予我們人類以獲得幸福的手段。新的法律、好的法律祇是宣告：作愛恰恰是件好事，應當自由自在地去作愛；貞潔並不是一種品德、一夫一妻也不是劃定的界限、婚姻更不可能是監獄；享受是一門重要的藝術，爲此不拒絕享樂是不夠的，應當貢獻自己、提供給別人，把自己的肉體和更多的肉體結合，並且認爲不是在別人懷抱裡度過的時光都是虛度年華。」

他舉起食指又道：

「如果，在這條主要法律或規律之外，您聽到我在以後提出其他法律或規律，您要記住：那是些次要的規定，旨在幫助遵守我方才宣佈的原則，防止心靈的膽怯和肉體的慵懶。」

「然而，」艾曼紐又道，「假如資產階級道德的禁區來自經濟方面，那麼您的色情道德觀的建立便要求名副其實的革命了。這是不是共產主義之類的東西呢？」

「絕對不是！這要更加重要、更加徹底得多了。這就好比哪一天魚類厭倦了海洋，改名叫艾曼紐，想知道陸地的新滋味是否會讓牠們生出腿來，是否會在呼吸時將輕輕掀動牠們將會生長的乳房。」

她聽了這比方微微一笑：

「色情的人將是一種新的動物嘍？」

「他將高於人類、但也還仍將是人類。祇是在進化的階梯上更成熟、更先進罷了。這就好比（其實方才我已向您提到過），在穴居處所的內壁上出現了藝術，這就可以看出時機已到：第一個人已有別於最後一隻猿猴。總有這麼一天，就如同藝術價值區分了人與牲畜，色情主義的價值將會區分光榮的人與自慚的人——後者悄悄躲在現代社會的小屋裡，遮飾著自己的裸體、懲罰著自己的生殖器官。我們還仍然是人類可憐的試驗品，還只是人類的雛形、身上還沾滿了地質歷史上更新興的泥沼裡的汚泥！咱們很喜歡那些自我抑制的規矩，熱衷於自己粗野的苦難，以全部的盲目性與佈道式的頑强，來反抗希望的潮流，而這類潮流正是爲了要使咱們走出人類的童年時代！」

「但你有什麼理由，說這類潮流會占上風呢？說您的道德觀將會取勝，擊敗現有法律、習俗和宗教所保護的道德觀呢？要是發生了恰恰相反的情況又該怎麼辦？」

「不會的，我絕不相信！因爲我覺得，人類既然已走了那麼遙遠的路程、其起點又是如此之低，竟會到此爲止、停步不前，突然拒絕前進、拒絕變成有所不同的新東西！人類會繼續向前的！肯定會有摸索，會充滿顫顫危危的擧止，但義無反顧！它將始終比其他的種屬要獨特。我們現在已不像矛尾魚那麼蠢笨，這就表明將會有一天，我們將還要變得比牠們聰明得多！」

馬里奧在讓那位男客有閒暇略加思考之後，便作結論似地說：

「我們有能力做到的，便是增進智慧，並竭盡全力以求幸福。」

艾曼紐半張嘴唇；但他還繼續道：

「當然，沒有任何人向我許過願，告訴我可以到達這未被認識的彼岸，而我祇能稱之爲幸福的彼岸。不過，艾呂雅曾很有道理地宣佈：『並不是需要許許多多的東西才能締造世界。只需要幸福，而不需要任何其它因素。』可是，爲了達到這彼岸，需要多少勇氣啊！難道不是嗎：對於人這種動物，在童年時代，不就需要擺脫神明的護佑嗎？如今仍然是這樣，難道還要孤獨地等待那心靈謙卑溫良者受到獎賞的王國，並且爲此而同普通人去冒生與死的危險、而又進不了天堂嗎？」

「還要去冒自我欺騙的危險，」艾曼紐指出，「即對自己的天性製造幻想的危險。以及自以爲對力量和自己的份量很了解的風險。」

他突然對她有幾分懷疑地相看：

「您是否贊成那些認爲人的冒險毫無意義的傢伙？」他詢問道。「您是否，認爲人類注定要失敗、即同它的幼稚相當的那麼大的失敗？您是否認爲，我們正在被自己的語言所玩弄，而我們的毀滅早已寫在生死簿上？您是否有這樣一種高傲的信念，認爲我們同兒童玩具一樣，發明了就是爲了消失，而且我們也衹有這麼一點用處？甚至於，按照您的感覺，人類的消亡倒是世界可能得到的最佳效果，因爲他們干擾世界？而且，您大概正在等待這一結果，堅持遵循您那冷酷的、性迫害的學說行事，因爲這種不人道的『公正』非常時興？」

「不，」艾曼紐說，「我可不這樣想。不過您得承認：您本人的信心也是一種信仰，一種宗教。」

「不是這樣的，」馬里奧說，「我之所以對人有信心，是因爲我看見了人類從事工作。人類的進步也就是我的進步，它在於越來越不迷信、越來越看得明明白白。神明衹是在眼皮緊閉之後才會誕生。」

「也許您只見到了愛因斯坦式的大學者，而沒有充分地看到罪犯們。否則，您自己也有時會覺得恐懼的。」

「自己不是艾因斯坦，這並不是一種罪過，」馬里奧說。「但這肯定是一種缺陷。假如我沒有把人們從死亡中治療過來，我就無權抱怨說人家在把我弄死。我可以一死，但我將明白：這是我的弱點而並非我的光榮。」

「您明明知道：沒有人能找到治療死亡的良藥。」

「我明白：是思想在死亡，如果我們的神話就像肉體上的腫瘤一樣，在腦子的位置上取代了好細胞，及安頓他們失序、絕望之處，而此處曾是我們理想的好運所在之處。我們只會因無知和醜陋而死亡。死亡是對有知的一種突襲。」

馬里奧聚了聚神，又道：

「無限地擴展智慧，就是向死亡漸進。我們的未來是無限。我們已不再是上蒼這位醫生所照看的病人，我們的耐心已用盡。我們將會忘記我們面臨死亡的那些早晨，猶如已被治好者將忘記他們的病痛。我們將在空間時間之中找到自己的天地：這小小的港岸便將是我們的愛情與理智。我們將不抱幻想地渡過生命中長時間的守夜，用來聆聽雷射電源的噪音。我們會感到幸福的……。」

他不再說話了。

艾曼紐等了相當的時間，然後以比較謹慎的語調，把馬里奧又拉回到原話題上：

「色情主義能幫助發現這片新天地嗎？」

「不僅如此：它與這天地是同一的，它即是進步。」

「您不是在誇大其詞吧！」

「您應當理解：我說過，並非要改造社會。甚至於也不是要另外設想一個社會、建立一個淫蕩的共和國！這只是一種生物的進步，一種變革，是在未來某個早晨人腦裡的一轉念。一道閃光——於是妥啦！他的思路不一樣了，他變成了另一種生物。他跨進了一步。過去種屬的無知、恐懼、以及屈辱都不再與他相關。他甚至於不懂這一切是什麼意思。他是否作愛、以及如何作愛，那並不重要！嶄新的情況是，他精神自由地去作愛。這是因爲，在他看來，善便是使人享受的事物；惡便是令人痛苦的事物。事情就是如此簡單。這便是他的善惡觀。這便是他的道德觀。他的善，便是美的東西、便是誘惑他、令他勃起的東西。他的惡，便是醜惡的、煩膩的、限制他和令他失望的東西。不安、神祕的恐怖的滋味和毒害，都已不能再打動他。他不再需要幻覺的器官、哲學家或修行隱遁來治癒自己的絕望。這人，您不覺得比穿苦衣者更加先進嗎？他難道不是取得了進步嗎？」

「是一種進步，我同意這種見解。但這是一種個人的進步，只涉及他自己。但方才您談到進步，似乎涉及到全人類。」

「是涉及全人類。但各種種屬的進化並不是成羣地、通過全社會來完成。蛻變始終是少數份子的行爲，這少數份子被嫌棄，伸著脖子、睜大雙眼，而且軟弱無力的大多數拒絕與他們共同進食。但如果這蛻變的樹枝是從人類之樹上伸展出來，整個世界就會因此而改變。假如明天出現了一個人，對他來說羞恥、同性戀、通姦、亂倫等詞藻變成了毫無意義的標誌；如這個人即使努力也不懂它們的含意；那麼我們所謂的品德就進了博物館的陳列櫃，同始祖鳥的牙齒以及劍龍的龍冠陳列在一起。」

「可是呀，既然這樣的人還沒有出現，那麼色情時代還祇是一種對於未來的幻覺。您同我的運氣都不好，咱們出生得太早啦！」

「誰知道呢？」馬里奧說。「進化的規律大部份對咱們來說還都是祕密。也許絕對只有必要把我們自己降生下來。也許咱們根本未曾誕生呢！」

「要誕生下來，該怎麼辦呀？」艾曼紐嚷道。

「要做得像是自己生命的主宰！做得像是在生活！該是借用帕斯喀爾辦法的時候（或者永不借用了）：但不是用聖水，而是把實行色情主義作爲生活準則，這將給我們以光明，而且被照亮的將不僅是我們自己：願我們當中相當一部份人將色情價值尺度，作爲唯一的道德價值尺度，毫無保留、明明白白地做去罷——就像那隻四肢動物、它毅然決定是立起行走，而並不想知道其他動物是否更願意繼續聞嗅精土——；祇要機緣再次向人類展現微笑，這可以成爲決定性的一步、成爲必要和足夠的舉措，使我們可以從恐懼的時代過渡到理智的時代。」

他歎息道：

「當然，我們更願意在一百萬年以後再誕生！至少，我們應當盡最大努力，以使這個理智的時代同我們接近。如今，假如對此種『過渡』沒有作用，就不值得做、說或者寫任何東西！應當留心自己的言論、自己最微不足道的舉止：不要說任何話，使人們確認這種愚蠢的信念——即他們似乎已經找到了他們前來尋找的東西。這將大大延遲他們的發育期。至於我，我知道自己的責任是什麼：向人們不斷說明，他們的肉體是有理的，肉體的能力是無限的，而甜蜜的生活也就是生活的依據。」

這時，昆丁的說話聲音突然使艾曼紐一驚：她本來已經忘記了昆丁的在場。她聽見昆丁跟馬里奧對談，那熱烈和滔滔不絕是始料未及的。他們共同的主人對自己聽到的話似乎很有興趣。他不時發出快樂的贊歎聲。最後，他爲艾曼紐充當起翻譯來（艾曼紐明白過來：原來這英國人聽懂他同馬里奧交談的程度超過她的想像）：

「昆丁對我說的話令人抱有各式各樣的期望。似乎那『蛻變的樹枝』——或者至少是這樹枝的一丁點兒幼芽——現在已經存在、甚至更好的是，業已存在了一千年。咱們的朋友在一位知名社會學家（名叫維里埃·艾爾文的）陪同下，曾到印度的一個部落裡做客。那部落被『文明的』印度人稱爲『原始部落』，但卻有種種理由足資認爲：它恰恰是智慧的一支先驅。這部落被叫做『穆里亞人』。他們社會建立在一種性的道德觀上，那觀念與咱們適巧相反。一種非禁止性、而是薰陶型的道德觀。他們教育制度的基石，是男女同宿，兩種性別的孩子從最幼年起即可住在共同的公共宿舍裡，以便學習愛情的藝術。這種機構叫做……你怎麼叫它來著？」

「叫做戈圖爾。」

「對啦，戈圖爾。在那裡，在發育期之前很久，小姑娘就自大男孩開導，學習肉體之愛；小男孩則由大姑娘開導。而其方式並不是本能式牲畜式的：教給他的色情藝術在經過千年實踐之後，看來已達到無比精通的程度。每個兒童都必須作數年之此種實習，同時也培養藝術能力：戈圖爾的住宿生在相互摟抱的空隙時間裡，把空間用來裝飾他們宿舍的四壁。素描、繪畫、雕塑無不以色情爲靈感。昆丁告訴我：這些作品非常成功，以致你不可能在參觀此種畫廊時不立即產生強烈的感受。人們可以看見十一、二歲的小女孩和小男孩——仿效著這座愛情博物館裡最大膽的形象——毫不遮遮掩掩、毫不爲難，敞開著大門，在父母自豪的目光下，畫著眞人眞事的圖畫；而這些畫如在歐洲，將會立刻導致將他們逕送感化所，並且還要先在『正統』報紙登上頭版頭條新聞、作爲一種轟動全城的消息；此情此景，會令人覺得：這些穆里亞人也許不是落後一千年、而恰恰是超前了整整一千年！」

馬里奧說罷，昆丁補充了細節，也都翻譯了給艾曼紐聽：

「最值得注意的是，這類『性知識的實習活動』雖派到了該部落每個兒童頭上，卻分明是一種制度、一種擬定並嚴格執行的規章使然，而不是由於該部族先天繼承的道德廢弛、網紀敗壞之類的毛病，戈圖爾集體生活的紀律很嚴，年長的要負責教會年幼的。所謂的放任自由，那裡不存在的，有的只是倫理和規範，那裡的『法律』嚴格禁止男孩女孩之間持久的愛戀。誰都無權說這個或那個女孩是『他的』，而若有男孩偶然同一個女孩連續度過三個夜晚，他就要受懲罰。進行了各種安排，以防止綿綿無盡的强烈愛戀，同時也是爲了消除忌妒。『所有的人屬於所有的人。』如果有某個男孩對某一女孩表現出私有觀念或有排他傾向，或者當他看見她同別人作愛而臉色陡變時，集體將會負責把他引回正道，並幫助抑制天性。他自己應當致力於讓所有其他男孩占有他所愛的女孩，並親手將伙伴的男具引入女孩體內，直至不僅不因此而感到痛苦、並且願意如此，爲此而不勝欣喜。在穆里亞人當中，最重的罪過不是盜竊或殺人（這都根本不存在），而是忌妒、吃醋。因此，當男孩女孩到了婚嫁之時，他們不僅具有舉世無雙的性知識，並且業已屬於地球的另一時代：咱們這種文明裡的猜疑、怨憤和失望對他們而言是格格不入的。他們是屬於幸福的行列❸。」

艾曼紐似乎深受感動。不過她還是表示不以爲然：

「馬里奧，這樣的道德觀不可能是自覺地、經過思考地在一個民族中發展。它肯定在這個民族中是一貫存在的。這應當是天生的風雅。您應當記住：方才您將色情主義的稟賦同詩的稟賦等同。這就意味著那是不可能靠用功或意志獲得的。如果在問世時沒有獲得這種稟賦，那麼無論怎樣折騰，也是不會有任何結果的。」

「眞是俗人之見了！我應當再次告訴您：自然界裡除了人類放入的詩意外，是無詩可言的。沒有其他的諧協、沒有其他的美。而對於創造著一切的這個人類而言，一切都將在理智的時代才會到來，其中包括詩歌、包括天才。穆里亞人的例子向我們證明：是可以達到這較爲年輕的時代的。人不是與生俱來地成爲詩人。不是與生俱來地成爲優等民族。生下時什麼也不是。必須學而知之。我們這些活著的人要想成爲人、變成人，就要拋棄我們的無知與神話，就像寄居蟹拋棄牠的舊殼，進入眞理猶若罩上新衣衫一般。這樣我們便可以無限地誕生和再生：在每次『突發性蛻變』時變得更成其爲人，更好地按照我們的樂趣來創造我們的世界。所謂學習，便是學會享受。請記住：馬里奧已經說過，『由於無知，才不去求知』。」

艾曼紐記不得這句引語，胡亂地在心裡翻譯著。馬里奧並不想幫助她弄明白，繼續道：

「而我們得學多少東西啊！藝術、道德、科學：美、善、眞——也就是說什麼都得學啊！（因爲除此之外也沒有什麼了，學習聖事的時代已經過去。）幸好，爲了方便我們完成任務，這『一切』爲自己生了一個孩子，即厄洛斯。因此，祇要有色情方面的思考、經驗和明智，就可以獲得詩意、道德和知識——這一切歸根到底是同一課程、即人的課程的不同反映，也就是在學校裡講的關於事物之課程。」

「馬里奧呀，您的論證變得越來越抽象了。請您給我舉些例子，來證明可以做些什麼。」

「例如，色情主義的源泉之一便是想像、看見以及（在必要時）引起這類意想不到的相遇和結合，而沒有這些就不會有詩的場面。」

「您稱之爲『意想不到的』，這是不是意味著對意想可及的東西，就不可能得到其樂趣？難道祇有在令人手足無措的事情裡才色情？」

「至少應是在與已有習慣決裂的事物中才有。一種快樂如果成爲慣常的快樂，那麼它就失去了藝術性樂趣的資格。祇有非平凡的、例外的、不同尋常的東西才有價值：『人們永遠不會見到兩次的事情』。只有在古怪的東西裡才有貨眞價實的色情事物。」

「照這麼說，當色情道德觀建立之後，色情主義就將不再有吸引力了嗎？也許，對穆里亞人來說，作愛還不如做飯好玩兒呢？」

「昆丁向我講述的情況並沒有給我這樣的印象。看起來恰恰相反，他們既然從童年時代即已擅長於作愛的藝術，他們便在終生之中將兩性的遊戲置於至高無上的地位。他們在印度是以熱烈宣揚肉體愛情而聞名，是甘湦莎的受啓示者。不過我同意你的見解，即他們的經驗未必適合於我們，我們的思想仍然表現出（也許已永遠被削弱）性僞善的烙印，它們比顯而易見的理智表現還要更加强烈。讓我們希望，就咱們自己而言，天性將會有一次飛躍。但無論如何，我們不能自稱可以預見並有效地描繪出咱們子孫、即蛻變者的心態。我們應當只關心自己的故事，咱們還沒有

『跨出那一步』呢。讓我們承認：對咱們這些囚徒來說，色情激動之解放奇蹟，常常祇有存在對習俗挑戰時才會產生。所以千眞萬確、並且能使我們得到報償的是：現在殘存的虛僞道德規則——或者不過是社會禮俗（讓我們記住關於裙子長短的荒謬準則：對某些女人是折磨；對另一些女人則是荒唐得可愛的邪端）——增進著我們的樂趣，使我們有驚天動地的力量並獲得被震撼的刺激，雖然我們拒絕這兩者。丈夫在入睡前、在自家牀上給妻子受精，這不是色情行爲。而如果在吃點心的時間，妻子叫來兒子，讓他爲小妹妹準備一份精液汁糕點，那才叫色情。其之所以如此，是因爲這份菜還未納入當今的習俗。當一般市民接受了這份菜之後，就得發明別的什麼花樣了。」

「所以，馬里奧，我在前面說得有道理呀：如果說色情主義需要奇特、需要新鮮，它的進步本身卻也會使它受到威脅。總會有這麼一天，所有的辦法都已用盡。」

「親愛的朋友，您甚至可以毫無風險地補充說：很長一個時期以來，就沒有發明出任何一點新東西。不過，您的擔憂是徒然的，因爲色情主義不是一種承受而來的遺產，它是一種個人的操守。當然，我們應當高興並毫不客氣地予以利用的，是如今的社會用各種辦法蒙蔽我們，這就使我們佔著便宜：我們不但有實行這種種辦法的快樂，而且還要加上暗中竊取帶來的興奮。不過我們可以放心：即使在擺脫了性禁區之後的人類，色情主義仍將保存其個人征服所特有的價值。公佈作詩法的規則，難道就可以免除詩人自己去重新發現作詩的祕訣嗎？」

艾曼紐點頭表示贊同。馬里奧接著說：

「藝術家創舉之合理，並不是因爲他爲了歷史在搞創造發明，而是有其自身的價値。與科學發明有所不同的是，藝術發明並不因爲已經存在過就有任何損失。如果中國人已經畫過這匹馬、或畫過拉斯科人[4]，這與我又有何關係？對我來說，我的手指首次使我從幻覺的美感中將它表現出來時，這事使我擺脫了四條腿，其程度不亞於世界之令我覺得興味盎然。順便提一句，這就是說，是在我與它同在、我能夠表現它的限度內神思飛逸。方才咱們還爲社會之造成咱們躲躲藏藏而感到好笑，現在咱們是需要這社會來觀察咱們。在沒有觀衆的地方，是不會有上乘的藝術的。」

馬里奧期待著反應而凝視艾曼紐。她卻不動聲色。

「穆里亞族的兒童，」他又接著說，「可以在同學、或路過的客人面前作愛。

兩人待在一間房屋裡搞，那就很可能以厭倦而告終。您擔心習以爲常會減少樂趣。您想得對。然而別人的目光不是可以用來開拓新的視野嗎？」

馬里奧的語調有些做作了：

「您在這裡碰到了色情主義的第二條規律，即它需要『不對稱』。」

「您的意思是什麼？而且，第一條規律是什麼來著？」

「第一條是『古怪』。但正像我已對您說過的那樣，這都是些『次要規律』。主要的、也是唯一必須和充足的規律，您當還記得，是極爲簡明的……」

「是指：要在不斷更新的摟抱中『藝術地』快活；而凡不是用在這上面的分分秒秒，一律均爲時間上的虛度。是這樣吧？」

「差不多如此。雖然我覺得『不斷更新的……』這種說法不很理想。那意思似乎是說：隨著獲得新的伙伴，就應當拋棄那些老伙伴。那就大錯特錯了！是他們的數量增加，而不是他們的前後沿襲，在影響您那樂趣的質量。對那些輕薄多變的心靈，厄洛斯不願公開他的祕密。如果將來還要從您這裡取回，那麼現在又何必施之予您？對您來說，世界也不會因此而變得更偉大。」

艾曼紐皺了皺眉頭。她咬著食指，這本身就是聚神凝思的形象，想著如何改善她的言詞。此種文體上的練習使她不勝欣喜，而馬里奧明白地看出了這一點。他繼續道：

「而且，雖然我明知享受這思想對您是多麼珍貴，但我卻不強調『享樂』，而強調『藝術』，正如我已詳加說明的那樣。您能夠原諒我嗎？」

「好呀！」艾曼紐說，口氣是好商量的。「咱們就管它叫『享樂的藝術』，而不叫『藝術的享受』罷。您對這段言詞是否滿意呢：

『所有的時間，如果用於在越來越多的臂膀摟抱中進行享受的藝術之外，即爲虛擲之時光。』」

「好極了！」馬里奧表示同意。「您很善於找到一種格式，有綜合的天才。您應當發揮它。將來某一天，我要約請您編一本『格言集』！」

馬里奧不像在開玩笑，但艾曼紐高興地笑了。她並不關心她那句『格言』是否重要。倒是馬里奧執意要說明：

「當然，在這句格言裡，適宜賦與『在別人摟抱中』以狹義的理解。毫無疑問，這是指多種多樣的色情關係：既包括您對別人的摟抱、也包括別人胳臂之外的種種摟抱，如眼神、聽覺（包括肉眼看不見的，例如在門背後聽見、或在電話機上聽見）、通訊，或乾脆是指在您心靈深處他的形象而已。而且，當然這『摟抱』是不限性別和數量的……但咱們不必再深入討論語法問題了。」

「也許，說『愛情的藝術』，比『享受的藝術』要雅一點兒？」

「無疑地，雅是雅了，卻不準了。何況，您同意我說『藝術』，我則接受了『享樂』：這交易就不反悔啦。不要毀掉您的偶像嘛……。何況，『愛情』所指太含混，也太局限：爲了有愛情，就至少得有兩個人。享受呢，就可以單幹啦。」

「當然是這樣，」艾曼紐道。

「甚至可以說：必須單幹以求享受，」馬里奧添油加醋地說。「色情主義的王國將對那不知向自己開放的人永遠關閉。」

他嚴峻地瞧了一眼他的女賓：

「您懂得自己對自己作愛嘍，我想？」

她點了點頭。他又道：

「您喜歡這樣嗎？」

「是的，非常喜歡。」

「您常這樣幹嗎？」

「常常幹。」

她對公開講出這件事一點也不感到羞恥，而是恰恰相反。而且，她的丈夫也曾經鼓勵她這樣做。所以她手淫時並不想避開他，正像她洗澡不避夫君一樣。她甚至覺得：他喜歡看她手淫是很容易理解的；所以也就盡量選擇他能親眼目睹的時候去做上述這兩件事。她覺得這似乎是一種夫妻間的義務，跟其他義務至少也是同等重要的。她深知讓也是這樣想的，並且對此深爲贊賞。

「那麼，您將不難理解什麼叫做『不對稱規律』。」馬里奧搶過話題道。

「哦，是呀，我倒把這條規律忘啦！我得向您承認：我不太明白這規律的內容是什麼。奇特古怪，這好懂。可爲什麼要不對稱呢？」

「我再次借用科學方面的形象，對您這麼解釋吧！色情主義爲了問世，要求具備與任何生命出現同樣應當具備的那些條件。大概人家告訴過您：創造活細胞要求存在豐富的氮分子。然而，此類分子有這樣一個特點，它們的結構、它們各種成份的佈局，帶有高度的不對稱性。如果在起點上沒有某種不平衡，則沒有物質的高級組織、並且不可能有生命，因此也就不會有進步。再往後，不適應性也將顯示出是生物進化的一個決定因素。色情主義乃是此種進化的高級階段，當然受相同的規律制約。生命、以及由此而來的色情主義，都討厭四平八穩的平衡。」

馬里奧的修長的手指在眼前畫出了一個星球的形狀：

「不過假如我們還是更願將色情主義看作一種藝術，我們發現，爲了使這種藝術能推廣，還是應當有不對稱。比如做愛人的數量應當是奇數。」

「哦！」艾曼紐驚奇地喊道，與其說她是反感，不如說是感到新奇。

「絕對如此。比如，一，是奇數：手淫的人既是表演者，又是看表演者。因此，手淫是標準的色情行爲：那是件藝術作品，那也是唯一可以排斥他人的作愛。」

……自己摟抱自己的處女，

忌妒……可忌妒誰、又受誰的威脅呢？

馬里奧似乎乎思考片刻，然後又道：

「通姦也是色情行爲。三角關係便彌補了一對夫妻的平淡無奇。夫妻之間除了加上第三者之外，是不可能有色情主義的。的確，第三者經常並非不存在！即使不是本人在，也至少會在夫妻一方的思想上存在！當你們夫妻作愛時，不是也出現過您喜歡受其撫愛的第三方的形象嗎？您丈夫那個硬梆梆的器官會變得更加可愛，假如您在閉目受用之時，夢見自己全家的某位男友、某女友的丈夫、在街上交臂而過的男子、電視上的英雄好漢，或者您童年時代的相好！不是這樣嗎？請回答呀！您喜歡這個嗎？您是這樣做的嗎？」

艾曼紐並不比方才更猶豫，也同樣點了點頭。一想起曾經有過那麼多次，她身在讓的懷抱中，腦子裡卻經歷了別的男人的摟抱，僅僅回顧這一點就使她的肉體產生了强烈反應，以致覺得馬里奧也應當是知情的了：昨天夜裡，她正是這樣把身子給了他呢……。正如同在克利斯托弗到達的當晚，她是給了這位來客的。也給了她甚至不認識的亞麗安娜的男友們。給了讓的兄弟，自從她認識他以來便發生過。而在最近這幾個星期中，常常是給了飛機裡的那兩個陌生人、特別是那位希臘壯漢。所有這些容貌如此熱烈地在她心中再現，以致她覺得自己就要暈倒，並且不敢做任何手勢——惟恐控制不了自己的那隻手。馬里奧帶著譏諷的微笑繼續道：

「您一定會注意到：如果作愛的雙方的做法彼此相同，就不會帶上色情的痕迹：當一方逃逸時，另一方則應當恰恰相反、以其全部的慾望貫注始終，表現出熱誠、立刻見效的肉體快樂，並且由於這種强烈的排他性情慾、這種荒謬的從一不二的忠誠，而堵塞任何遐想。否則，就沒有出現『不對稱』，就會有同步的走神，就會有平衡、對等，而這是要力戒的。」

馬里奧用雙臂做了個姿勢，意思是『顯而易見』：

「當然，在這個問題上，現實比幻想還更好，一個有血有肉的看客比任何想像的觀衆要更受歡迎。情夫的天然位置是在夫妻之間。」

這一回，艾曼紐覺得馬里奧的『格言』有點兒違背正常的鑒賞。不作任何應答是使他明白的最高雅的辦法。但馬里奧卻一點兒也不在乎。正好相反，他更加强調他前面的命題了：

「雖然，認眞地說，眞正的藝術家總是願意有好幾位，而不是一位看客。」

在這放任自由有助於保持喜劇情調的領域，艾曼紐覺得比較自在。

「換句話說，」她開玩笑說，「沒有暴露身體的癖好，也就沒有色情主義？」

「嘿！」馬里奧道，「我不很清楚，這些詞眼兒的含意究竟如何。但我知道的是：比如，在夜深人靜的時分，街上如果祇有少數人穿著皮衣、戴著輕薄的風帽在遊蕩，而在此時此刻如果當街採取立式姿勢作愛，那麼對於頭腦是有激奮作用的。」

「那麼爲什麼不可以在光天化日之下，在人來人去熙熙攘攘的廣場上如此這般一番呢？」她挖苦道。

「這是因爲色情主義——我是指高質量的色情主義，像一切藝術一樣，是遠離人羣的。它躲避擁擠、嘈雜、市場上的燈火，以及庸俗的小市民環境。它需要清靜、人少、奢華、陳設雅緻。它模仿戲劇，有它自己的程式。」

艾曼紐在沈思。她感到高興的是：現在覺得自己突然能夠誠懇地表示（而不知爲什麼，在幾秒鐘之前則不可能）：

「我想我滿可以這麼做。」

「當街作愛，讓少數幾個聚精會神的路人親自目睹？」

「沒錯。」

「是爲了作愛的樂趣，還是爲了邊作愛、邊被人觀賞的樂趣？」

「我想是兼而有之吧。」

「可假如人家讓您逢場作戲呢？比如一個男人假裝在占有您，那麼僅僅是當衆嘩然的效果是否就能滿足您呢？」

「不行，」她堅決表示。「如果是那樣，還有什麼意思？」

她補充這句話，同時意識到這也是指眼前：她急於馬上要作愛。她旣想要馬里奧、又想手淫，也不知到底想幹哪一件。但哪一種方法倒不是最主要的，祇要性器官被撫弄就行：

「我也得要有肉體的快活。」

「多多享樂，是這樣吧？對不對？」

「說對啦，爲什麼不要呢？」艾曼紐應道，口氣有些咄咄逼人。「這有什麼壞處呢？」

馬里奧顯得有一種不易察覺的嘲弄，她已有所感覺，並且難以忍受。

馬里奧卻一板正經地點點頭：

「壞處倒可能有的。」

他沈默了一會兒，又宣講道：

「色情主義問題上的障礙是肉感。」

「哦，馬里奧！您說得眞累人呀。」

「我使您厭倦了嗎？」

「不。但您過份熱衷於相反相成的論證啦。」

「這回並不是這樣。您當然知道什麼叫做『熵』罷？」

「知道，」她說，一邊試著回想那方程式，卻未能成功。

「是這樣的：『熵』，也就是大體來說，能量的耗盡、衰變，正如整個世界一樣，在伺機對付色情主義。而此種現象在色情主義，更多地並非社會的習以爲常，而是肉體感官的滿足。一種已完全滿足的性慾，就是走向消亡的性慾。請記住唐璜這句含意深刻的話：『凡是不能令我激動的一切，就正在殺害我！』我方才對您說的也是這個意思，所以向您提到平衡的問題。每時每刻、對每個人來說，滿足都在威脅著慾望。它以憩潮式的幸福感威脅著慾望，使之感到已充分滿足，因而變成長眠不醒。猶如在電影電視整個螢幕上，將『劇終』的字樣打在新娘的酥胸上。在『皆大歡喜、大團圓』之類的結局之後，前景淒慘。唯一的防禦就在於拒絕滿足的誘惑；當你不是確知還能享受時，就先不要享受；也就是說，在性慾高潮結束後，知道自己還能被刺激起來。」

「馬里奧……」

他說教式地舉起一個指頭：

「具有色情性質的不是射精、而是勃起。」

艾曼紐在放肆大膽方面不甘落後。她道：

「我覺得，您這個說法與其說關係到女人，還不如說是指男人。女人在這方面勝過她們大多數的男性伙伴。」

他降尊紆貴式地微微一笑：

「『普西舍❺總是應有占有者的。』」他引經據典道。

說到這裡，艾曼紐卻不同意馬里奧之見了：

「總之，按照您的說法，爲了符合色情主義，就得自戒而不去作愛，以免這令你快活、享受！我已對您說過：您的理論最終究與『教理課本』殊念而同歸——完善你們的心靈、折磨你們的感官吧！我想我還要堅持最初的觀點：我根本不在乎什麼道德不道德。而且同樣也不在乎色情主義，如果它竟要求有那麼高的品德！我更願意需要享受多少就享受多少。能享受多久就要享受多久。賦予我的肉體以它想要的全部樂趣。我不想給自己『定量』，即使我的心靈應從此類『定量』中得到什麼反常的刺激！」

「太好啦，太好啦！您要知道：我是多麼贊成您的看法！發現了一位願意全心全意去快活的女人，這是多麼令人愉快啊！我方才向您提的種種建議，無非都是爲了使您完全成功！我可沒說過：您在快活的時候要注意分寸。我只是問您：如果您想快活得頂多、頂好，不光在肉體上、而且在心靈中，您認爲應當做些什麼？我促使您做的，祇是要遵守這些基本規律：要避免孤立的摟抱，因爲那祇會導致昏睡；您在剛剛快活之後，絕不可淺嘗即止，而要再接再厲；不要讓輕而易舉的滿足超越色情主義的嚴格要求；不要學那些普通動物，牠們在交媾結束後，平平淡淡，不思不想地進入『全福』之境；不要把交配的概念同人類配偶的概念混爲一談：在配偶的概念，人類有什麼值得引以爲自豪的東西呢？其實，這可憐的發明不過給了他倆以登上諾亞方舟的資格，陪伴他們的只有霍狆狓、小老鼠和跳蚤。這沒什麼很令人興奮的東西。」

他突然發出了非常爽朗的大笑：

「跑來對我講，說我勸您自我節制！實際上正是我爲您敞開了無止境的大門！您要明白：如果您祇期待來自一個男人的愛情，那麼您的視野將始終是可怕地被限死了。我教您去搞的房事，不是跟一個或少數幾個男人，而是跟盡可能多的男人！」

艾曼紐撅起了嘴唇，這是表示堅持懷疑與拒絕，倒使馬里奧興奮起來。

「您眞是美呀！」他大聲說。

他凝視她良久，並且沈默無言，這弄得她也不敢輕舉妄動了。他喃喃道：

「『假如你願意，我們將相愛，

用我們的唇，而不必明言！』」

她搖動著她的長髮，似乎是爲了驅趕什麼魔幻，同時對著馬里奧莞爾一笑。馬里奧回報她一笑，表情中帶著她還未曾見到過的敬重。她勉强開口，爲的是壓下激情：

「應當做些什麼呢？」

他又引證了一段話，算是答覆：

「『哦，我的身軀啊！按照你快樂的使命，依舊臥著吧！你就津津有味地品嘗每日的享樂和那沒有前途的情火吧！不要讓死神的眼，發現有你未曾受過的快樂！』」

「對呀！這不正是我自己剛才說過的嗎？」艾曼紐得意之至。

「也是我說過的呀。」

她笑啦，但已無力再作爭論。他眞是「常有理」啊！

「可我說得更富於細節。」他又道。

「細節太多！」她抱怨道。「您有那麼多清規戒律……。我祇記得開頭那兩條……」

「我這才告訴了您那第三條：數量律。數量多本身就是色情主義的一個因素。反過來說，在限定數量時就不會有色情主義。比如說，限定爲二人。我剛才正在向您說明，我認爲男女成雙有種種弊端。」

「那咱們就宣佈兩人制爲非法，」艾曼紐表示同意道。「但這又會把咱們引導到哪裡去呢？是不是應當拒絕同單獨一個男人作愛呢？是否必須成三、成五、成七才幹呢？」

「假如您願意，」馬里奧表示贊同地說。「但也不是必須。數量不僅在空間裡存在，而且存在於時間之中。而且，可以有加法和乘法之外的其他辦法。比如，除法或減法。在今晚聚會之初，我曾告訴過您，我的朋友，各種除法中的一種。」

提起這件事似乎令她有些高興：一種頑皮的喜悅幾乎令她展開了笑顏；她正想說點兒什麼，可又改變了主意。馬里奧繼續道：

「至於減法，您有時可以試著從自己的感覺中扣除點兒什麼。在向您的感官最後作出讓步之前（當然是要讓步的），可以把魔幻之路終端的仙女之堡再往後推遠一些。讓樂趣和慾望持續得更久一些，而且，不僅是要使您自己沈醉於那不可企及的美妙之中：

『處女啊，我曾如此在黑夜裡變成可愛的祭品！』

把您從一些人這邊省下的，給予另一些人，要給得慇勤；而他們之中並沒有人值得此種贈予。如果有的男人自以爲要枯等數月之久，並且像格拉爾❻的騎士一樣爲征服您而戰鬥，那麼您就應當一次便獻出您的肉體，全部獻出、並且是在頭一天。而對於另一位男士，您曾經常並長時間地允許他進行最親密的撫愛，您則應當出於純粹的任性，而拒絕給以『最後的禮物』。您可以要求一位陌生男子毫無顧忌地占有您；但對一位從童年時代即夢想著滿腔柔情蜜意地與您肉體交融的男友，卻只能允許他在您雙手的掌心中快活快活。」

「您簡直可怕！您以爲我什麼時候會去幹所有這些敗壞道德的事？幸好您說這些祇是開開玩笑而已——」

「對。說任何事情都只應當是爲了笑笑而已。惟有羞恥是可悲的。但在方才我向您提的建議中，有什麼令您反感的呢？難道是使用您的雙手？」

「別說蠢話！我不是指這個……」

「我希望，您很善於使用這種滿足淫慾的手段？」

「當然是這樣！」

「您應該受到贊揚！有那麼多女人以為衹有她們的肚皮、乳房或嘴唇才有魅力。可我們之所以成為人類是靠了雙手啊！對於我們男子來說，除了女人的雙手之外，還有什麼東西能使我們成為男人呢？我們也可以入一頭牝鹿或一隻母獅，撫摸牠們的乳房，在牠們的舌舔下顫慄。但惟有女人可以用她們的手指使我們射精。從人道主義的角度來看，這種作愛的方式實在比任何其他方式都更可取。」

艾曼紐做了個平靜的手勢，表示她承認各種胃口都有平等的生存權利。實際上，她已經放棄了同馬里奧爭論：他顯然非常樂於同一般的見解唱反調。她心裡想，這樣度過今晚比其它方式更有意思。但她被一種想法所折騰，不知究竟出於什麼不明的原因，自己對馬里奧的這條「規律」比對其他規律更加重視。她又重提此話：

「您以除法、減法為理由，似乎實際上是在暗示：我應當把自己奉送給不少男人！這個給這一位；那個給那一位！您要嘛是鼓勵我成為輕薄女人，要嘛是叫我分身有術啊！所以我方才把您當做腐敗教唆犯咧。」

「您爲什麼不把一個可以從各方得到享樂的肉體，分送給許多、極多的情夫呢？您覺得這有什麼可以指責的呢？」

「馬里奧，您明明知道這一點嘛！」

她以爲，如此表示一下不同意，便可以讓對方恢復理智。但他卻偏不肯合作。於是她祇好反問他：

「我爲什麼要那樣做呢？」

「我已對您說過：爲了實行色情主義。因爲色情主義需要數量。對於一個女人來說，最大的享樂莫過於數一數自己有過多少情人了：當她是小女孩時，以十指計；當她是少女時，根據中學的學曆和暑假的節奏計算；等到成爲有夫之婦以後，則在記事本上某種神祕的記號標明情人名單上有所增補的間隔期——嘿，從上一個之後，已經快過去一個月啦！或者假裝追悔：眞可怕！同一個星期有兩個之多……；直至接受得意洋洋的成果，唱起自豪的凱歌：這可好啦，本周是一天一個呢！或者緊偎著親密的女友，咬著耳朵低語：『你呢，超過一百了嗎？』，『還沒有。你呢？』，『超過啦。』啊，快樂呀快樂！您的軀體裡可以容下一千個、一萬個身軀！您只會對沒有搞到手的情人感到遺憾。請記住我對您說過的色情主義的定義：那是由於過度而產生的樂趣。」

艾曼紐搖搖頭。

「不過呢，」馬里奧大聲說，「如果仔細研究一下，這數量律本身也祇是另一條規律的必然結果。我相信，您對這後者也不會持異議：要盡量完全滿足，很容易理解：爲什麼多數愛的來源必須是肉體之樂。而爲了不使您的感官退縮或自認已充分滿足，您就不能委身於一個男人，除非確信在他之後，還有別的男人準備將您占有。」

「但沒有理由這樣了結！」艾曼紐驚歎道。「在第二名之後，還應當有一位、然後還有後備的……？」

「爲什麼不呢？」馬里奧說。「不錯，這倒正是應當努力的。」

艾曼紐高興得笑了：

「人的體力總是有限啊。」她道。

「遺憾的是這樣，」馬里奧贊同道，表情有些陰沈。「但思想可以超越這些局限。重要的是，思想不要滿足、不要自以爲已經飽和。」

「如果我理解得不錯，爲了使思想不鬆懈，最可靠的辦法是無止盡地作愛？」

「倒也不一定，」馬里奧有些不耐煩了。「重要的還不是作愛，而是如何去作。肉體的行爲本身即使無休無止地重複，也不足以建立色情的質量。滿足，很可能是這樣。如果您連續同十個、二十個男人性交，也許這一天對您來說是難以形容的幸福之日，但也有可能覺得膩味之至。一切取決於時機、此前的情景，以及您期待事後如何。所以有規律而並無規則：爲了達到色情完美的極限，某天您將同這二十個男人以相同方式性交，讓他們的肉體像轉圈子一樣輪番插入您的體內、而不對之作任何區別；但另外一天，您同這二十個男人中的每一個，都應要求他們以不同的方式滿足您。」

「您是指那三十二種姿式？」艾曼紐刻薄地問。

「荒唐！色情主義不講姿式。它是從情態中產生的。唯一重要的姿式，是您的大腦如何運轉。跟您自己的腦袋作愛吧！讓它裝滿各種男性器官、以及享樂的感受，勝過整個世界的男人能給予您的！願您的每一次摟抱都包含和預示著所有其他的摟抱：在性交之中，應存在過去和未來的其他性交，別人對您、或您同別人幹的，這才能賦之以色情價值。同樣，當一個男人佔有您時，希望不要是他給這時刻以恩賜，而是在一旁牽著您的手、或爲您讀一段荷馬作品的男人。」

艾曼紐噗哧一聲大笑，但她受到的震動比她承認的要大。

「當我的丈夫要同我作愛時，我是否應當對他說：『不行呀，咱們只有兩人咧！』」

「採取這種態度也不無道理，」馬里奧認眞地說。「不過，像我對您說過的那樣，如果第三者肉體上不能親臨現場，那麼您的大腦便應當將他請來。」

艾曼紐愛聽此話。不錯，的確如此，她認爲，迄今爲止，她所經歷的最大樂趣，便是當讓的器官插入之後，她幻想著自己轉入了另一男人的懷抱，這男人又是她所隨意挑選的。她想：這是她自己無師自通的第一個色情發現，而且發生在他倆作愛的初期，也許是在他第四或第五次入她的時候。開頭，她給自己的這份「加菜」是頗爲吝嗇的，相隔時間較長，作爲一種額外的「獎賞」。後來便比較經常了。現在呢，她想實際上是夜夜如此。這太好啦！這麼頻繁，本身便是享受。從此，她急於要丈夫同她作愛，不僅是出肉體的慾望，而且因爲另一個男人會立即出現。這男人即是她當時想要的心上人兒。爲此，她已不需要克服任何羞恥，解決任何問題，或顧慮什麼原則、習俗等等，就可以給這心上人以最親近的恩愛、最無忌諱的優待，在夢幻中同他做那些在現實生活中她也許未必敢做的事情。由於她的快樂倍增，讓的情形也是如此，所以她也並未欺騙丈夫，而是恰恰相反：她成了他懷抱中日益熱烈、日益富於肉感的「情婦」。她決定，從現在起，她將有意這麼做去，每次都召喚這「第三位伙件」，以遵守「不對稱規律」。一想到這種極爲精妙的享受她便急不可待，渴望丈夫立刻占有她，便於她同另一個男人作愛。

同誰呢？她在想。顯然，不是同馬里奧，這沒什麼意思。那麼就同昆丁吧。「我得注意，別同時將兩個『影子』請到我的牀上來，」她自嘲自諷地說。「假如是那樣，不又變做成雙成對了嗎？一切都會因此垮台的。」

馬里奧微微一笑：

「還會有不對稱的，因爲雙數的分佈不均勻。當然，我絕不鼓勵您搞總共四人、每兩人一組的性交，即使是在同一張牀上。那是最平淡、最『家常便飯式』的了。應當把這留給那些循規蹈矩的小市民，他們往往急於在晚禱之後幹這件事。但如果因此就禁絕『四』這個數目字，那未免可惜。它可以提供一些有意思的辦法，但必須使它擺脫方塊式的平庸，將它劃分爲（比如說）三比一。這類情形可以『八』爲例，雖然它也是一個雙數，因爲它可能意味著六個男人、兩個女人，這將是最出色的組合之一，可以爲每個女人保證三個效忠的男僕（開頭這麼幹），而最終將這兩個分組結合在一起。」

艾曼紐試著想像那種場面。

「我也同意，簡單的做法也很誘人。」馬里奧帶著老好人的笑容說。「對於一個女人來說，最甜蜜的作愛方式，我想正如您剛才說的那樣，是同時委身於兩個男人。（這時艾曼紐皺了皺眉頭，聽說自己還高明到了有此種念頭，頗有些驚訝。）很少有比這更完善、更和諧的經歷；所以不難理解，這是一切講究品味的女人的『盛宴』。同一個男人與同兩個男人作愛，其天壤之別不亞於米酒與香檳酒的區分。」

說著他舉起了大酒瓶，並給艾曼紐斟了一杯。她不勝惶惑地嚐了一口這金色的消化酒；而馬里奧的兩眼卻緊緊盯著她。

「一個女人摟抱在一個男人的臂抱中，這已是一半被遺棄。一連串的情人固然是您的頭腦必然的反應，您的肉體同樣也理應同等重視這兩性的財富與它自身的天然趣向。任何時候都不能容忍您身體的一部份比另一部份更受歧視；也不能容忍，您一半被『開竅』、而另一半卻被閒置。您感官的所有通道都有同等獲得愛情的權利和具有同樣的長處。既然同一個男人不可能在您起始與終結時一直在場，就宜於讓至少兩個人共同努力，來解決您軀體方面的難題。不過，當他們同時在您的兩個入口處唱出雙重的享樂之歌時，您能否充分體驗到做女人的緣由和做女人是多麼美好？」

他彬彬有禮地詢問：

「您喜歡這個嗎？」

艾曼紐兩眼下垂，瞧著金波輕漾的酒杯，輕輕地咳了一聲嗽。他卻毫不動情地追問：

「我是指同兩個男人作愛。不僅僅是在睡夢中……」

她選擇了坦誠的解決辦法。

「我不知道！」她說。

「怎麼會呢？」馬里奧驚奇地問，聲音有些做作。

「我從來也沒搞過呢。」

「眞的嗎？爲什麼呢？」

她聳聳肩膀。

「您反對這種做法嗎？」他問，語氣中沒有什麼譏諷的成份。

艾曼紐的臉上露出一連串表情，很難確定其含意。馬里奧故意讓這沈默拖延下去，使他的客人更加尷尬。她覺得自己似乎是被告，犯了不知什麼反教會的罪。

「那您爲什麼要結婚呢？」馬里奧陡然問。

她不知如何作答，她覺得好像有人抓住了她的肩膀，讓她在原地轉動，就像玩捉迷藏遊戲的做法一樣，爲了教她分辨不清方向。她兩眼被蒙上，雙手伸向前方，不敢往任何方向走，惟恐落入什麼陷阱。她不願向馬里奧承認她之結婚是由於愛讓——也不好說是爲了同讓作愛。幸好她靈機一動，想出一個似乎合於當時情景的說法。

「我是女同性戀者。」她道。

馬里奧的眼皮眨了眨。

「好哇！」他贊賞道。

接著，又用懷疑的口氣說：

「您現在仍然是——或者僅僅在童年時期曾經是這種人？」

「我現在仍然是！」艾曼紐說。

同時，她自己未曾料到的一種失望的思緒浸透她的身心。這話說得眞實嗎？她還能夠在懷裡摟抱另一個女人嗎？她失去了彼伊，不就是失去了一切嗎……。

「您的丈夫知道您的癖好嗎？」

「當然知道。而且人人都知道。這又不是什麼祕密。我愛漂亮姑娘、漂亮姑娘也愛我，我深以爲自豪。」

她現在覺得需要大聲叫喊出挑戰性的話語；但那只會給她自己帶來損害。

馬里奧站起身來，在屋裡踱著方步。他似乎很激動。他走過來再次拉著艾曼紐的手，把她安置在半榻上，跪在她的腳前。令她驚奇的是，他竟輕輕地吻著她的兩膝，然後用兩臂圍合著她的腿。

「『女人都是漂亮的，』」他喃喃道，帶著一種熱情，而深沈的聲音又使這種熱情格外感人。「『只有女人才懂得愛。留下來與我們同在吧，比利蒂絲！留下吧。如果你有一顆灼熱的靈魂，你將在你情婦身軀之上，如同透過明鏡一般看到什麼是美。』」

艾曼紐以一種憂鬱的自嘲，想著自己眞不走運：她怎麼既愛上了一位不太算是同性戀的女人、又同時愛上了一位過於戀同性的男人呢？

他呢，卻恢復了原有的慵懶，繼續詢問著：

「您有過許許多多的女情人嗎？」

「當然有過！」

她暗自決定不要讓彼伊的那樁往事敗壞了今宵的聚會。她接著解釋：

「我喜歡經常換換情人。」

「您能想找到多少便找多少嗎？」

「這倒不難。祇需向她們提出就行啦。」

「有沒有一口回絕的呢？」

「很少有！」艾曼紐淡淡地說，同時她自己對吹牛也有點膩了。（他在催促她恢復原先的單純和坦誠。）「當然，」她以幸運的微笑改口道：「也有攻不下來的姑娘。可倒霉的是她們喲！」

「一點兒也不錯啊！」馬里奧贊同道。「您呢？您自己是否很容易被攻下來呢？」

「哦，是的。我願意隨波逐流呢！」

她為自己的招供失笑了，又加了幾句：

「但條件是追我的姑娘要眞正漂亮。我討厭所有不怎麼漂亮的姑娘。」

「這想法太好啦！」馬里奧又稱贊道。

他又回到看上去令他十分熱衷的一個問題：

「您對我說，您的丈夫了解您同女人間的愛情。可他贊成嗎？」

「他還鼓勵我幹呢。我從未像結婚後一樣有過這麼多的女友。」

「他不害怕她們的柔情蜜意會使您從他身上轉移？」

「怎麼會這樣想！同一個女人作愛，這跟同一個男人作愛可大不一樣 。這是不能相互替代的啊；兩種我都要。純粹的女性同性戀者和一點兒也不是，這兩者都很可惜呢。」

當下，艾曼紐的見解似乎十分肯定，而她的信心似乎令馬里奧也不得不以爲然。

「我猜想：您丈夫肯定也會利用您那些情婦的魅力呢。」他委婉地詢問道。

艾曼紐帶著否認的笑容道：

「一心一意想同他幹的倒是姑娘們。」口氣是開玩笑式的。

「您不吃醋嗎？」

「那太貽笑大方啦！」

「您說得對：兵分兩頭會使您平添意趣啊！」

他說著頻頻點頭，似乎想起了什麼甜蜜的形象。艾曼紐則回想起女友們赤露的身軀，如此地赤露、摸上去又是如此溫馨，並且還那樣美麗！不能肯定她是否聽見了馬里奧最後那句話。

「您丈夫自己呢？」他在沈默片刻以後又問。

艾曼紐睜大了兩眼，問：「您說他？」

「對，您的丈夫。他爲您介紹很多男人嗎？」

「什麼？」她反問，從內心深處感到震動。「沒有的事！」

她感到自己耳熱了。

「你們結婚以後也沒有介紹過嗎？」馬里奧不動聲色地又問。

她忍不住做了個憤怒的動作。

「如果是這樣，」馬里奧宣佈似地說，「我不太明白，您和他兩人結婚有什麼好處？」那語氣是冷冰冰的。

他飲了一口香檳酒，品嚐了一下，然後以不屑的語調詰問道：

「他禁止您同別的男人作愛嗎？」

艾曼紐急忙斬釘截鐵地說：

「不，一點也不。」

其實，她自己也不知道是否要把事情說得更好一些。

「他對您表示過您可以那麼幹嗎？」

她又覺得十分爲難了：

「當然沒有明講過。但他從未禁止我這樣做。他連我是否搞過也沒問起過。他讓我自由自在。」

馬里奧做了一個表示可惜的手勢：

「您正應當責怪他呢。色情主義可不需要這樣一種自由。」

艾曼紐試圖理解馬里奧這句話的含意是什麼。

「您一人單身在巴黎時，每次給您的丈夫寫信時，您向他報告有了多少情夫嗎？」他又問。

艾曼紐意識到自己的表現「太平淡」，感到頗爲壓抑。她搖搖頭，試著迴避這問題。

「我常向他談到我的女情人。」她道。

馬里奧做了個手勢，意思似乎是：這已是聊勝於無了。他們又再度沈默了。艾曼紐瞧了瞧昆丁。他以非常有耐心的態度微笑著。她琢磨：昆丁是否眞正聽懂了方才的對話，這微笑會不會僅僅只在掩飾他的厭倦。

「可千萬別以爲讓喜歡吃醋，」艾曼紐又道，她想挽回自己感到給馬里奧造成的不良印象。「反正他的忌妒心不比我重。喏，還是他敎會我多多展露大腿的呢。我也是爲了不叫他高興才穿這麼窄的裙子：這樣我下車時，短裙便提得很高了。您就可以想見：縱使在頂高雅的客廳裡，我坐在那裡也不顧什麼羞恥啊不羞恥的！」

她大聲笑開了。

「您看，我一點也不在乎。這不是證明：我同他都有色情主義的稟賦嗎？」

「是呀。」

「也正是他，爲我弄平大敞領。您見識過許多丈夫，願意如此慷慨地暴露老婆乳房的嗎？」

「您自己呢？您對敞開乳房覺得高興嗎？」

「高興呀，」艾曼紐說。「尤其是在讓具體指導之後。在結識他之前，我喜歡人家摸我，我是指姑娘們摸我。但對人家是否端詳我，可並不在乎。那時不覺得這有什麼可快樂的。現在不太一樣啦。」

她大膽補充道：

「我不是生來就是暴露主義者，但後來成了一名信徒！功勞就在他呀。」

她强調：

「您看呀！」

「您琢磨過嗎，爲什麼您丈夫有志使您這麼公開挑逗男人呢？」馬里奧詢問道。「如果僅僅是爲了叫您成爲性感女郎，這就不太值得稱讚。而假如只是出於一般的自鳴得意，表現妻子的色相、如同炫耀金銀財寶，並且訕笑鄰人之富裕不足，那也好不了多少。」

「哦，那都不是，」艾曼紐抗議了，她不能容忍人家說她丈夫的壞話。「他絕不是那種人。他之所以展示我的姿色，是爲了讓別人受益……」

「那麼，這可正是我說的啦！」馬里奧得意起來。「您的丈夫竭力令您煽動別人的慾望、並且讓您引逗他們的器官勃起，這說明他想叫您同他們性交。」

「可是……」艾曼紐試圖表示不同見解。

她可從來沒想到過這一層，因此一時找不到駁斥的理由。然而，她有些發怔了：能夠想像讓期待她做這等事體嗎？

「說到底，」她自我辯解道，「讓幹嘛希望我欺騙他呢？一個男人，看到別的男人入他的老婆，這有什麼好高興的？」

「瞧您說的，」馬里奧道，那聲調近乎嚴厲。「親愛的，您還不至於落到這個地步吧？您的意思是不是說：您不理解，一個已經進化了的男人，爲了把色情功夫做絕，有可能希望自己的妻子誘惑別的男人？『教士報』倒是比您更明白個中緣由，它寫道：『一個女人的姿色，正是她丈夫的快樂。』您自己也要前後一貫嘛：假如您的夫君對於您同別的女人作愛感到不勝欣慰，那麼他爲什麼對男人就另眼相看呢？在異性戀和同性戀之間，是否眞存在您似乎認爲存在的那種性質上的大差別呢？至於我，我堅持認爲只存在一種愛，至於作愛的對象是男或女人、丈夫、情夫、兄弟、姐妹或兒童，那全都一樣。」

「不過讓早就知道我喜歡姑娘們，在他使我破身之前就是這樣：那是我結識他的頭一天親口告訴他的。」

她抓住了馬里奧提到的一小點，便突然補充道：

「當然，如果我有一個兄弟，我是會因他作愛的。可我是獨生女啊！」

「那又怎樣呢？」

「怎樣？……我的意思是說，在撫摸另一個女人時，我並沒有讓自己的丈夫戴綠帽子。」

主人以乎開心起來。

「他呢，」馬里奧調查道，「他喜歡男人嗎？」

「不喜歡！」艾曼紐覺得：以爲她的丈夫可能是同性戀者，這想法實在荒唐。

「您不公正咧！」馬里奧指出，他猜到了對方的想法。

「這並不相同啊！」

馬里奧微笑了，於是她也就不敢咬定所謂的「並不相同」……

「您是否更願意他同別的女人睡覺呢？」馬里奧又問。

「不知道……。但我想是這樣的。」

「這麼說，」他又得意起來，「關於您這方面，他爲什麼不會也覺得同男人睡覺好呢？」

「這話沒錯！」她想。

「再舉一個例子，」馬里奧繼續道，卻並不指望人家回答：「您暴露大腿和乳房僅僅是出於習慣呢，甚至是爲了社交上的手段，還是自己從獻身中得到了刺激？」

「當然有刺激！」

「肉體上的？」

「對呀。」

「您丈夫在場時，您自己得到的快樂是否更大一些？」

她思索之後道：

「我想是這樣。」

「當您規規矩矩坐在一個男人身旁，而他卻力圖把目光掃到您的裙子內裡，您有時會不會幻想：他也會把手伸進來，如果不是別的更厲害的東西？」

「當然會的。」她笑嘻嘻地加以認可。

但這卻不足以令她相信：讓本人也會津津有味地想像同樣的場面。馬里奧猜到了這一層，於是歎了一口氣。

「您還得多多學習呢。從一般的性問題到色情藝術之間的差別，都得學啊。」

他又進攻啦，在艾曼紐用過的詞語之外，又加進了譏諷的語調：

「假如您的丈夫不願您給他『戴綠帽子』，他又爲什麼讓您今晚單獨赴約呢？他表示過反對意見嗎？」

「沒有。不過也許他想到過：去一個男人家進晚餐，不一定就等於把肉體獻給他。」

艾曼紐不失風度地假裝鎮靜。她不知道這影射是否擊中目標。馬里奧似乎深深沈沈進入了遐思。當她的思緒開始飛往他處時，馬里奧又問：

「艾曼紐，您今晚準備獻出來嗎？」

這是他第一次對她直呼其名。她努力控制自己的激情：那是因爲她聽見人家漫不經心地提出了這等問題。爲了表示自己有行動自由，她盡量使自己的聲音也同樣瀟灑：

「行呀。」

「爲什麼呢？」

她立刻顯得爲難。

「您很容易就聽男人們擺佈嗎？」馬里奧問。

她覺得自己蒙受了恥辱。難道今晚談話的目的便是折磨她嗎？她覺得必須重新肯定自己的身價：

「恰恰相反哩，」她很肯定地說，那強烈的程度在她是不常見的。「我對您說過我曾有許多女情人，而並沒有說過有許多男情人。爲了對您完全坦誠（她忽然有些衝動，於是作此補充；但也覺得爲難，因爲她不喜歡撒謊，而且盡量少撒謊），我要告訴您，我還不曾有過一個情夫。現在您該明白，爲什麼我在這個問題上，沒有任何東西要對丈夫說的——到現在爲止就是這樣！」她結束道，帶著很容易解釋的微笑。

當她以此品德自詡時，她想：實際上也沒怎麼說錯：因爲，那兩位在飛機上先後同她性交的陌生男人，難道眞可以管他們叫「情夫」嗎？瑪麗安娜認爲他們算不得。她自己也終於懷疑這次瓜葛的現實性，並且認爲：自己雖然在那次天地之間偶發的「白日夢」中一時軟弱，其實也算不得不忠實，因爲每天夜晚當丈夫戳入她體內快活一番時，她卻有意在品嚐那幻想中的摟抱。前者也並不超過後者啊。

她頭一回想到：假設自己已懷了其中一位旅客的種子：不久就會知道的。但這也不太要緊。

馬里奧突然好像越來越對這位女客人有興趣了：

「您不是拿我尋開心吧？我覺得好像聽見您說：您『也喜歡』男人的？」

「不錯呀。我不是嫁了人嗎？而且我方才還對您說，我今晚就打算把身子給我丈夫之外的一個男人呢。」

「那麼是頭一回嘍？」

艾曼紐用微微點頭來確認這半眞半假的說法。

（她突然不安地想到：瑪麗安娜可別泄露了我的天機！不會吧，馬里奧顯然是一無所知啊。）

「也許以前我曾準備接受過，但那時誰也不曾利用。」她又說，其中話裡有話；男主人必有所感，因爲他帶著微笑瞧著她。而艾曼紐不怎麼喜歡這微笑。

他反擊了：

「您幹嗎要欺騙您的丈夫呢？是否因爲他在肉體上未能滿足您？」

「哦！絕對不是！」艾曼紐喊道，她很激動，並且突然很沮喪。「啊，不是的。他是一個絕妙的情人。我可以向您保證：我絕對沒有受到壓抑。不是因爲這，正好相反呢……」

「哦！」馬里奧道。「正好相反？這可就有意思啦。您能不能告訴我，您這

『正好相反』是什麼意思呀？」

她對他氣憤已極。他對她發表了一通宏論，企圖證明讓本人希望她有情夫；現在他卻似乎忘記得一乾二淨……。

可說實在的，爲什麼今天，她會如此輕而易舉地接受不忠於丈夫的思想呢？她爲什麼平生頭一回、而且是如此突然地渴望做一個有情夫的有夫之婦呢？因爲她正是想幹這件事啊：同別人通姦。她要這麼幹，但毫不減少愛讓的激情——正好相反……。她怎麼啦？她還沒來得及思考要說的話有什麼含意，卻已脫口而出：

「正是因爲我很幸福。這是……這是因爲我愛他呀！」

馬里奧向著她微微躬身。

「換句話說，您之所以要欺騙自己的丈夫，並不是因爲他令您生厭、或因爲一時軟弱，或者是出於向他施行報復，而是正好相反：因爲他使您幸福。這是因爲他教會您熱愛美好的東西，熱愛那妙不堪言的肉體快樂——男人身體的一部份戳入您肉體深處產生的快樂。他還使您懂得：愛情就是當著精光赤條的男人壓在精光赤條的您之上時，感官的無限歡暢。使生活不斷重新光耀生輝的，使您雙手的動作：伸向您的兩肩，讓您的衣裙滑落到腰部、以便暴露您的豐乳；然後又伸向臀部，讓衣裙一直滑落到腳邊，使您變成比夢幻還要美妙的雕像。他讓您懂得：美並不是您軀體的孤獨，而是要讓它充分發揮。對於美來說，不是等待別人的雙手來展露你的裸體；而是要你自己手指的靈巧、純眞，來解放你，擺脫衣衫，把你奉獻給你注定要奉獻給它的那肉體。是您的丈夫告訴了您：不存在其他的美、不存在其他的幸福。您身軀這種人爲的激情、您的威力的此種組織，包含著無限的智慧——這智慧只有通過無窮盡地再現此種威力方能實現。任何意識的行動並無更多的意義，除了這瞬間自覺的追求與巧妙的摟抱：對於被咱們的本能征服的活物確實是這樣。這是創造的奇蹟，比將大理石塊鑄成美人胸像、比將音調抑揚譜成交響樂還要更加奇妙！這現實比繼承物質還更具人性：這咱們獲得自由而生的奇蹟、這肉體的靈性、這以生命做成的藝術品啊！」

艾曼紐靜靜地聽著，不知道自己是否應當浸沈在這連綿的詞語裡、讓它們決定自己的命運……。她從馬里奧手中取回那泛著光影的酒杯，向這男人投以堅定的目光。

「您決定獻出您的身子了嗎？」他想澄清這事。

她點點頭。

「您將告訴您的男主人，他可以爲您而自豪？」

她失去了鎮靜，發出一種警醒的聲音：

「噢！不會的。」

然後，在猶豫之餘：

「不會立即告訴他……」

馬里奧的表情是寬容。

「我明白啦，」他道。「您還要學著點兒。」

「我還得學什麼？」她不滿意地問。

「敍述事情的樂趣：那比保守祕密的快樂還更精妙、更細緻。會有這樣一天，您的各種風流事情的情趣不及想這樣做的意願；久而久之，那些風流事的細節比撫愛使您獲得更大的享樂，那敍事既是爲了您最專注的聽衆、也是爲了您自己。」

他做了一個寬大爲懷的手勢：

「但沒有任何理由著急。眼下迴避是最簡易的辦法；讓您的丈夫暫時不知道他這位弟子的進步吧。何況（他的微笑含著一絲刻薄的神情），也許更應當等待這些進步更加顯而易見，不是嗎？這喜出望外的效果，對他來說只有倍增。但在這考驗的時期，如果不是他，應當另一個男人做您的嚮導。因爲色情主義的道路有時是艱險的；祇有歷盡艱辛才能取勝❼。如果您孤立無援，您便有失去勇氣或迷失方向的危險。您的看法如何呢？」

艾曼紐認爲：徵求她的意見不過是做做樣子，因而覺得更宜於保持沈默。馬里奧接著說：

「但您知道：弟子的堅持不懈應當是無窮無盡的。世上的任何嚮導都不是取代您的意志：他將爲您指路。但勇往直前、目標明確的則應當是您自己。掌握一種藝術更多的是辛苦、而不是快樂。在沒有得到報償前即已氣餒的心靈，如果失去幸福的機遇，是否值得人們憐憫呢？有朝一日，這些艱苦勞作本身的回顧，對您即是十分親切的。如今，您應當自由地作出抉擇。您是否準備作一切嘗試呢？」

「一切？」她小心謹慎地問。

她記起，在幾天以前，這也正是瑪麗安娜的用語。

「就是呀：一切！」馬里奧說，突然變得精確簡練起來。

艾曼紐試圖想像出這「一切」可能包含什麼，但只能想到把自己的肉體交給馬里奧隨意擺佈。既然她已下決心把自己給了他，那麼他以什麼方式占有她究竟有什麼意義呢？她甚至不無譏諷地想：這位導師有些誇大他那套作愛方法的長處，如果他以爲，正在給艾曼紐準備的體驗會促使她「蛻變」！她的確同男人交往得不夠，這她並不否認。不過她還是相信：女人除了服從情夫的特點之外，還要作格外的努力，方才能夠有所進步。這種男性的自以爲是令她覺得有趣。但這並未使她過份氣惱、而導致他不鼓勵她前進。

然而，令她良心上多少感到有些不安的是：她不能解釋，爲什麼雖有馬里奧的保證，她還是願將這次的艷事瞞過自己的夫君。她想：馬里奧搞錯了讓的動機，並不眞正是由於害怕。這更多地是由於她剛剛隱約感到而未淸楚表達的原因：「欺騙一位自己熱愛的丈夫是一種特殊的享受，十分甜蜜，但她過去未曾想到；現在這種誘惑卻令她急不可待。她想：很有可能，在色情主義的天地裡，丈夫的共謀、通姦的一方訴說實況，是放蕩的更高級階段。但她還沒有走到這一步。在她心目中，保住她的祕聞有可能增進，而不是削弱她所期待的快樂。在學會馬里奧向她描繪的那種複雜的、規律繁多的藝術之前，她想先暫時滿足於最簡單的做法。通姦本身不是也讓人們可以發現許多美妙的東西嗎？

實際上，她自己幾乎不知道：一種抽象的色情主義正啓示著她，超過了她自以爲將被動接受的感官之快；因爲現在催促她趕快讓步、並已令她渾身酥軟的，並非提前享受情夫將會給她的快樂，而是原則上一定要「欺騙」讓的慾望，欺騙得如她熱愛他那麼深切，緊迫地、多多地投入自己的整個肉體、整個赤裸的器官、她肚皮裡的全部溫馨，而讓一個陌生男子的精液在她的肚皮裡暢流。

馬里奧的目光注視著她，這目光令她爲難。她在皮製的半榻上換了個姿式，像她自述擅長做的那樣展露著大腿。她想起：馬里奧對她說過要同兩個男人性交，大概是因爲他想同自己的朋友分享她。「也好，我要學一學。」她心裡想。她希望只要馬里奧；或者，假如迴避不了昆丁，就讓這傢伙扮演旁觀者，因爲馬里奧十分重視這種角色。但她已決意不反對這位男主人的要求。她心裡承認：也許自己隱隱希望同時被昆丁占有呢？既然馬里奧聲稱同兩個男人性交那麼富於魅力……！

「您至少是否已同時跟幾個女人作過愛呢？」她心目中的英雄問。

她再次贊歎：他竟能如此輕而易舉地看透她的心靈。馬里奧理應知道：她是多麼渴望著他。他在凝視她的大腿。因而她竟忘了答話。

馬里奧以吟詩特有的腔調，有板有眼、顫顫危危引證道：

「『哦，如此地純淨，我的雙膝——

預感到了沒遮攔的雙膝之恐懼！』」

她非常高興的是：對自己肉體的魅力，他是敏感的。但他並不輕易從自己好奇的對象上轉移目光。他又重新發動攻勢：

「我是指在同一次、跟幾個女人一起幹。」

「搞過的，」艾曼紐說。

他似乎喜出望外。

「這麼說，您也不是那麼清白無辜嘛！」

「可我幹嗎要清白無辜呢？」她不勝惱怒地說。「我可從來沒有自稱過如此呀。」

假定她是合乎道德框架的，那倒成了對她頂大頂大的侮辱。如果展露大腿還不能使她如願，那麼她願立刻站在榻上，脫個精光精光。衝動實在太强烈了，她將兩腳收攏，跪在了榻上。假如這種表演還不能說服男主人，她就當著他的面，立刻手淫！她的乳房已燒得火熱火熱：也許是馬里奧的香檳酒引逗得她天不怕地不怕。但那意大利男人卻依然故我。他似乎熱衷於口頭的色情主義，而並不付之於行動……。他繼續詢問：

「您跟兩個姑娘同時摸時，怎麼個具體進行呢？」

艾曼紐失去了耐心。爲了趕快結束這次「口試」，她描述了想像勝於實際的若干場景。她沒有興趣去搜索記憶中的細微末節；而認爲：有那麼一丁點兒編造，即使或多或少有些天眞，應當比忠於「史實」更使馬里奧高興。

「這些情況，我覺得無非是小姑娘在做遊戲，」他好心好意地插話道。「現在該是長大啦，我年輕的女友呀！」

她覺得被冒犯了，想回敬對手一句作爲報復。她後來發現，洩露前面那種不太合適的暗示，倒有可能妨礙她自己的打算，於是便想咬緊舌根兒，哪知爲時已晚。

「您呢，您同男人具體進行的辦法更高明嗎？」她那話是這麼說的。

但出乎艾曼紐的意料，馬里奧卻一點兒也不顯得爲難。恰恰相反，他的聲音倒更富於興高彩烈的情趣了：

「親愛的，咱們會讓您看見的！」

這時他對昆丁說了一句英語。艾曼紐心裡嘀咕：這兩個男人是不是當場就要向她表演一番呢？

註釋：

❶考德爾，美國雕塑家，擅長巨型雕塑。蒙德里安，荷蘭畫家，五世紀三十年代參與「圓形與方塊」，組畫創作，現代抽象畫大師。

❷阿斯帕拉斯，公元五世紀東羅馬帝國將軍。科拉依斯，現代希臘作家，積極在歐洲宣揚希臘文化。

❸關於穆里亞人風俗的描寫並非想像得來。爲了確信此點，不妨查閱艾爾文的著作：「穆里亞人中的青少年之家」。該書的法譯本已於一九五八年在法國巴黎「加利瑪爾圖書出版社」問世。

❹拉斯科，法國南方洞穴，歐洲史前時期重要考古遺址。

❺小愛神厄洛斯的情人，象徵永恆之愛。

❻耶穌用過的餐具。傳說後世的騎士孜孜尋找之。

❼原文是拉丁文。

第六章　三輪車伕

屬於我的城市，我支配它。

艾克里斯特
第八章十二節

清晨即去播種。
到了晚上，也別讓你手
閒著。

艾克里斯特
第十一章，第六節

科學之樹用它的臂抱環繞
著他，這臂抱就是我的胳膊。

艾曼紐發現的這個街區不怎麼像她到曼谷以後見到過的那些大馬路，那些路邊聳立著鋼筋水泥的大廈，或者零零散散，有一些別墅散落在路畔花園的綠叢中，更沒有那些火焰般熱烈的金鳳花。滿月賦予這場景以一種淡淡的色澤和動態的輪廓，這很適合於她正在進行的旋轉式快步前進，甚至使人覺得它不那麼眞實。「場景」是一個很適當的用詞：它使人想起經過處理的遠景、平台、人工的牆壁、不穩定的堆砌、以及拼湊的建築物。她跟在馬里奧後面、但走在昆丁的前頭，顫顫危危地一前一後將薄底皮鞋踩在一條跳板上，那是一塊長長的木板，約有十多米，寬度約爲一尺，兩邊像是搭起的戲台，下面是一條運河靜止而油膩的流水，倒更像是下水道。行走者的重量使木板微微彎曲，令它像跳板那樣忽高忽低：艾曼紐毫不懷疑，她遲早會被彈進汚泥中去的。

到達對面的架子上之後，就得斜跨一步才能踏上下一塊木板並走得更遠；但那塊木板看上去比前面那塊還更爛、更搖晃。這三位人物便這樣前進著，已經走完數百公尺，但沒有任何迹象表明這古怪的路程就要結束。隨著艾曼紐的前進，她更覺得自己在遠離所熟悉的那個世界。即使在這兒呼吸的空氣，也有一種不同的構成和氣味。黑夜是如此地靜寂，以致這位外國女人屏住了呼吸，也更注意一言不發，似乎怕褻瀆。某個時候，她感到實際上這「寂靜」不過是蟋蟀單調、尖利和不停鳴叫聲。

艾曼紐和她的兩位嚮導在半小時以前離開了那圓木做成的房子，乘上了一葉小舟。那小船是應馬里奧的招呼，前來停靠在這浮動的碼頭上的。他們用相當長的時間逆水道而上。接著，艾曼紐並不知道是出於偶然、還是馬里奧恰恰是在事先做過記號，反正他們從小船跳上了那塊窄木頭板，木板與那構成「軸心」的運河相交錯，架在一條更窄的、很可能不深的引水渠之上，因爲即使暹邏式的輕舟也無法駛入。

這水道兩岸是矮小的茅屋，牆壁是生鏽的鐵板或發黑的竹片，屋頂則是棕櫚葉兒，用一些更脆弱的吊橋與那塊大木板相連結：那往往是一塊已損壞的樑木、或未經加工的樹枝兒。門窗全都堵得嚴嚴實實，像瘟疫流行時一樣統統緊閉。艾曼紐不禁自忖：他們怎樣呼吸空氣呢？她比較能理解那些大木船上船戶的生活方式：他們利用不下雨的夜晚，男女老幼都在船頭那面睡覺；他們一個個緊挨著，張著嘴巴，有的人甚至睜開著眼睛。但在這裡，倒底有什麼祕事把這些人禁錮著、不讓他們呼吸一點兒新鮮空氣？關進這等潮濕的牢房？

隨著這景緻的延伸，這不可思議的現象更加劇了。很難想像，這樣一條充滿汚泥濁水和腐朽木料的「街道」（他們正在像走鋼絲繩的演員一樣在上面行走）能夠綿綿不絕地延長、而不通向某個地點。而在大白天，當岸上居民從洞穴中走出，在唯一通向他們領地的這獨木橋上，他們又怎樣交臂而行呢？艾曼紐已在擔心，萬一其他的夜遊者碰到他們這一羣，該怎樣走這「鋼絲」？不過，她估計不大可能出現此種情況，因爲伙伴們拉她去的地方很虛幻，不大可能有活物在那裡出現。

然而，就在片刻之後，一個男人從一間破屋裡突然出現。他身材高大，上身肌肉發達，膚色泛紅，腰間圍著一塊紅布。他若有所思地解開了那塊布，一邊瞧著正在走過來的三個歐洲人。現在，他已全身赤裸。他朝下面的水渠撒起尿來。艾曼紐即使在畫報上也沒見過靜止時的雞巴有這麼長的：那長度跟她丈夫的雞巴勃起時一樣。眞好看呀！她心裡想。那男人全身都很好看。當他們走到與他所在點一般高時，那人從不到一米的近處打量著她。她只想著一件事：那根長傢伙。要是翹起來……。但那暹羅人依然冷冰冰的。他盯著艾曼紐半裸的乳房，但那雞巴毫無反應。三位「走鋼絲」的人走了過去，漸漸走遠了。

前面是個十字路口。那地獄般的小路伸出了枝椏。馬里奧猶豫著。他問了昆丁的意見，終於選了一條支線。艾曼紐擔心路走錯了，因爲他們又走了很長時間。可她不敢表示什麼看法。自從離開小船以後，她還沒說過一句話。但突然間她冒出一聲尖叫：原來那條木板路拐了個彎兒，突然通向了某種庭院（艾曼紐幾乎在想：到了一塊林中空地！她簡直認爲自己差不多是誤入叢林。正對著他們，聳立著一具高達二十米的影子，突現在衆多的屋頂之上；她從遠處即已看見，但誤以爲是一株大樹。走近一看，原來是硬紙板做的成吉思汗像，鬍鬚濃密，眼神嚴酷，腰間插著刀子、手裡也握著刀子，肌肉暴突、但在月光下顯得稍稍柔和。艾曼紐的心怦怦直跳。毫無疑問，眼前出現的是幻術呀。再過一會兒，呲牙咧嘴的蒙古人將會跑出他們的巢穴：艾曼紐將被投入血腥幻術的儀式，聽人擺佈。正當她的想像力（它比理智的反應更快）構思出一個幻覺世界來的當兒，一聲神經質的大笑表明她沒有完全喪失冷靜：一名硬紙板做的、穿短裙的芭蕾舞女演員正半倚著那巨人的大屁股；兩者相較，那女演員簡直像是侏儒，正朝著星空似笑非笑。還有另外一些五顏六色的人物擠在一堆，有的站立著，大部份仰翻在地上。

「這些電影廣告牌放在這麼個地方，給人的印象古怪，」艾曼紐道，其實是以自己的聲音來壯壯膽兒。「眞不知道是怎麼運到這兒來的：除了這不堪一提的獨木橋外，有沒有別的入口處呢？」

（她有些懷疑：馬里奧這位「嚮導」是否在讓她承受一種毫無用處的考驗？）

「沒有別的入口處，」馬里奧答道。

他覺得不必作更多評論。

他們穿過了這硬紙模型倉庫，從成吉思汗的兩腿間走過，繞過一道彎曲的鐵片柵欄，走進一處小小庭院，那裡一扇虛掩的門透出一線黃色的燈光。馬里奧在門檻上停了一會兒，發出一聲呼叫，接著沒有等人應答便走了進去。艾曼紐越來越不放心了。這地方似乎對您懷著敵意。一種說不出來的氣味充斥於空中，好像是灰塵、油煙、甘草和茶葉的混合氣味。他們走入的那間房屋沒有窗戶，唯一的傢俱是一張長椅，上面罩著印花布做的破椅套。屋子的底牆上遮著一層極其骯髒的簾子，簾布的藍顏色令人望之生畏。幾乎就在這時，一隻手掀開了簾子，一位婦人立刻出現。

見到她艾曼紐覺得稍稍輕鬆了一些。出來的是一位中國老嫗（她準有一百歲啦，艾曼紐心裡想）：她的臉倒是標準的瓜子臉，但佈滿皺紋，看上去像一塊皺布。這「布」的染色像用舊了的象牙器，幾乎是泛著橘色。兩鬢亮晶晶的銀髮梳得非常整齊，在後腦上攏成一個髮髻。她的兩眼和嘴巴像細縫兒，埋在一臉的縐紋當中很難辨識。只是當老嫗以喉底的聲音開口說話時，因爲露出了嘴裡薰得發黑的牙齒，艾曼紐才確切地辨明了她那張嘴的位置。她的雙手藏在上過漿的長袍的袖筒裡，而寬大的黑綢褲子反襯出了長衫的乳白色。

她說了一長串話，馬里奧對之毫不重視，她令人驚奇地以靈活的身腰鞠著躬（本來人家還以爲她是一塊老朽的木頭），然後轉回身去，藏入了棚居的深處。他們一言不發地跟著她走。他們先穿過的小屋子十分陰暗。艾曼紐覺得裡面有人影晃動。她實在是很害怕的，其後，他們又走進很狹小的一個房間；在那裡，她很不愉快地發現兩個年邁、似乎已發霉的裸體男人躺在一塊漆亮的木板上。她張大了兩眼，及時瞥見了嶙峋的肋骨，包著這瘦骨的則是滿是白斑點的褐色皮膚；他們睜大眸子，似乎還在夢中，卻不像是看見了她。她在匆忙中也瞥見了那打皺的陽具和乾癟的睪丸；但他們這一羣已走入另一間屋子，跟前一間差不多，惟一的區別就是裡面沒有住人。那中國老嫗停住了腳步，她就是要把他們帶到這裡來。她又唸了一通符咒，然後好像鑽進了什麼地窖一樣銷聲匿迹了。

「出了什麼事啊?」艾曼紐有些發愁。「她唸的什麼咒?咱們跑到這個嚇死人的地方來幹什麼?這裡的一切都那麼令人作嘔!」

「那是您自己的想法作怪,」馬里奥說。「我也覺得這地方太狹窄,但很光潔嘛。」

又出來一個女人,比第一個年輕得多,但也醜陋得多。她用一個托盤托著一盞酒精燈。酒精燈上放了一塊約一寸厚的狹長玻璃(艾曼紐還沒見過這麼厚的玻璃,連放大鏡的鏡片也沒這麼厚)、另有一些小小的圓錫盒兒、長長的鋼針,同用來織襪子的那種差不太多,曬乾後切成長方形的棕櫚葉片兒,以及艾曼紐乍然無法識別的一種器械:一根褐色的竹管,非常光滑,大約有一臂之長,按直徑算同笛子差不了太多。初看起來這管子似乎兩頭都沒有開口,細細一看其實有一頭鑿了一個火柴棍兒那麼粗的一個小眼。管身從頭到尾都刻上朱色的花紋。在大約三分之二的長髮處,從有孔的那一端有一種木製多面體,非常地光滑,以致火焰在那裡不停地跳動並且變幻著色彩;那東西也很扁平,大約有艾曼紐的拳頭那麼大,似乎均匀地粘在竹管上,實際上卻只有一個小小的接觸點將它們連在一起。它的表面的中心刻成一個凹形,約有一粒珍珠那麼大,那底部是一個很小的管道口。

馬里奧搶先提到了他那位門徒心中的問題：

「親愛的，您現在看到的是一杆鴉片煙槍。這難道不是一件精品嗎？」

「竟是煙槍，這東西！」她大笑道。「看上去可不像。煙草往哪兒塞？往這微乎其微的小洞眼兒裡。那可一會兒就抽完了咧。」

「不是放煙草，而是放一團鴉片煙。每一團只抽一口。然後再往煙管裡塡。不過您最好自己弄個一淸二楚。」

「您的意思不是叫我吸這種毒藥吧？」

「有何不可呢？我要您知道這遊戲，或者說這門藝術，是怎麼回事兒。因爲什麼都該知道呀！」

「那……要是我吸上了癮呢？」

「有什麼害處呢？」

馬里奧笑了：

「放心吧：我領您到這兒來，並不是叫您變成鴉片煙鬼。這不過是序曲而已。」

「以後還會有什麼呢？」

「到時候您會知道的，別那麼性急，親愛的。抽鴉片的儀式，要求心情完全平靜。」

艾曼紐來了個大轉彎兒：

「要是我喜歡，我可以再來嗎？」

「當然，」馬里奧道。

艾曼紐的問題似乎使他產生了興趣。他寬厚地、幾乎是動情地瞧著她。

「我還以爲抽鴉片是被禁止的呢？」她又問。

「當然是這樣。在婚姻之外性交也是禁止的呢。」

「假如警察來查緝，咱們該怎麼辦？」

「咱們可能要進監獄。」

馬里奧撅著嘴，又道：

「但先要試著用您的色相討價還價，看能不能買通警察。」

艾曼紐狐疑一笑，刻薄地說：

「既然我是有夫之婦，我好像只能做另一種罪過的籌碼囉？」

「這種罪過嘛，您同法律的那些化身，是會在上帝幫助之下照犯不誤的。」

說著，他又像在自己家裡那樣用老辦法幹起來：先暴露出艾曼紐的肩部一隻乳房。他用手捧著這隻乳房問：

「可不是嗎？」

艾曼紐的面容表現出懷疑，但也挺滿意：她對馬里奧剝她的衣服並且摸她的身體，感到甜滋滋的。

「您願意爲咱們三人服務嗎？」他詰問，一臉大驚小怪的樣子。

她向他保證：

「願意的。您是知道的……」

接著，她頗躊躇地問：

「那……那些警察呢，進行搜查時一般是多少人呀？」

「噢，不會超過二十來人。」

她又笑了。

那女傭將器具放在了鋪板正中。馬里奧放開了艾曼紐的乳房（她依然讓它暴露著），用一隻胳臂挽著她的腰，把她往前推了一步：

「在這兒躺下吧！」他道。

「我嗎？可這地方乾淨嗎？看上去好像也沒鋪墊什麼！」

「人家店裡幹嘛要花錢買一個牀墊呢？這吞雲吐霧的一套已經能把一切稜角抹平、能使最糙的牀具變得軟綿綿的了！何況您也不必抱怨：牀墊不如木板容易清洗呢。這麼一想，您也就不會有什麼好擔心的啦。」

艾曼紐很不情願地坐在這油漆鋪板的最邊緣。而她的兩位伙伴卻舒舒坦坦躺下，在她左右兩側各一個，於是三人便以煙燈爲中心形成了環狀。過了不一會兒，她戰勝了厭惡情緒，學著那兩個男人的樣子，撐著自己的臂肘，頭向著自己的手心。她的兩眼已離不開那筆直升起的火苗兒，那火源正是厚厚的玻璃煙燈。從那裡面冒出了魅力。

那中國女人跪在鋪板腳下，打開了小盒兒中的一隻。裡面塡滿了的是一種半透明的、黑色的、類乎固體的蜂蜜。那女人從中剔出一大塊，放在長針尖兒上；那塊兒約有一粒麥粒那麼大，在燈上方停留了一會兒，在那多纖維的葉子上滾動了一下（她的另一隻手托著葉子），然後又送到火苗上去烤一烤。那被薰烤的小球發出了吱吱聲，脹大了，體積擴展，染上了可愛的反光，變得如此純淨、光澤，以致附近的物件在上面反光，映出了火焰；它洋溢著活力。

「眞美啊！」艾曼紐喃喃道。

她現在認爲，這場面本身即說明此行是値得的。「我將不斷地盯著這小小的圓球兒。這就像一粒寶石，自有其意義。但任何寶石都沒有這麼美。」

二十名警察！她忽然想起。這可多了點兒……。但爲了免於馬里奧進監獄，她肯定願意同他們幹。

那管事女人終於使那一粒鴉片變成了小小的透明圓柱形，同煙膛大小正好相當，她敏捷地將它塞入，抽出了煙針；這時艾曼紐頗感婉惜。她一點也不耽誤地轉過煙槍，將煙膛朝下，對著煙燈，幾乎觸到了那灼熱的玻璃燈管道。她將煙槍口遞給了馬里奧；馬里奧將雙唇湊上，連吸幾口，火焰上升著，燒焦了那琥珀色的珍珠。馬里奧猛吸那神祕的煙氳，艾曼紐覺得他那口氣似乎無窮無盡。

「該您啦，」他道，「不要讓煙從您的鼻孔逸出，不要嗆著，不要咳嗽，慢慢地、持久地往裡吸。」

「我恐怕怎麼也做不到！」

「那沒有什麼關係：不過是鬧著玩玩。」

那位僕人在準備另外一袋煙：褐色的火苗再次從那根磨棍的一端上升，膨脹起來，像受慾念驅使那樣氣喘咻咻。艾曼紐覺得它很像自己的那個器官，以它腫脹的唇召喚那根穿刺它的火棍兒，使這棍兒受傷、被焚、受到了滿足。當那一滴鴉片在火焰上亮晶晶地脹大時，她心裡想：好舒服啊！下面那地方水汪汪的啦！她喜歡這儀式，就好像在如此這般的同時，她正在公開地、符合規矩地準備作愛。她用手心托著那隻赤裸的乳房；她感到很快活。這場面只欠一樣，即可十全十美：那幫忙的女人若是一個年輕貌美、百依百順的女子就好啦：她若是一臉天眞無邪的表情，而且自願地獻上身子，馬里奧、昆丁和她便可一點點將她的衣衫剝個精光，三人一起或輪流地玩個酣暢淋漓！她的導師竟未料及此點，這可眞是美中不足了。她差不多要嗔怪他考慮不周，卻是欲言又止了。不過有一會兒工夫，她渴望著有少女的大腿與她的玉腿相交、有一隻穴可供她將手指伸入，以致她以為那中國女人似乎也還漂亮。

當煙槍向她遞來之時，她讓那煙土燃燒、卻並不去享用。於是這一回就未能吸成：那中國女人只好用鋼針又戳了一塊。在第二個回合，這位初學者才差强人意地吸進了半口，於是頓時笑逐顏開。

「我喜歡這味道，」她說，「更喜歡用鼻子聞。有點兒像焦糖，但嗆喉嚨呢。」

「應當喝幾口茶。」

馬里奧對那女僕吩咐了幾句。於是她站起身來，端過幾隻沒有茶托的刻花茶杯、一隻小小的陶茶壺，和袖珍開水爐子。那小人國的茶壺放滿了綠茶葉，似乎要溢出來的樣子。她衝進了開水，那動作準確無誤，立刻又將茶水倒入一隻小杯：這「春藥」已現出了古銅色澤。從那兒溢出的芬芳沁人肺腑：其中茉莉花香蓋過了茶葉的清香。艾曼紐不小心燙著了舌頭，發出一聲尖叫。馬里奧告訴她：

「您每喝一口，就要同時用嘴唇吸點兒空氣，那茶汁便不太燙了。或者說準確一點，這樣便可既喝到熱茶、又不傷著自己。像這個樣子……。」

他做出一種漱口的聲音。

「這可太沒有教養啦！」那徒弟惱怒了。

「在中國，這正是講禮貌。」

現在輪到昆丁吸煙了。他不如他的朋友那麼在行。

「我想再試試，」艾曼紐急不可待地說，她已被這新鮮的體驗激發起來。「我這回有把握啦，準會有飄飄欲仙之感的。我會產生什麼夢幻呢？」

「什麼夢幻也沒有。首先，鴉片不是叫人做糊塗夢的，它使您清醒，消除肉體的困惑和精神的障礙。其次，要想覺得有什麼效果，先得吸上好幾口才行。」

「好呀，那我就吸嘍。」

「再吸一口，就得打住啦。要是過了頭，您今晚得到的唯一樂趣，便是由我托著您的頭、而您的腸胃將要翻江倒海，折騰得夠您受的！」

對馬里奧的此番禁令，艾曼紐倒也不十分抱怨，因爲吸這第二口後她便咳嗆起來，而且那滋味已不如頭一回。至於馬里奧和昆丁，他倆根本不願吸第二口。

「你們就那麼怕中毒嗎？」他們的女伴譏諷道。

「親愛的，」馬里奧應道，「我得向您透露一個重大機密。如果鴉片抽過了頭，就會大殺男人的雄風。您也知道，咱們可不是上這兒來搞精神享受的；咱們是來快活快活身子的嘛！」

「那倒是，」艾曼紐說，她又有些不大自在了。

她覺得這地方太寒傖，不適合做牀上遊戲（因爲她自己的慾火已燒過頭啦！）。她也在琢磨：自己應當扮個什麼角兒。

「您別忘了，」她的導師又說，「您問過我們，跟男人一起是怎麼個搞法？告訴您吧！那位威風凜凜主持這祕密鴉片館的老祖宗，爲了天下太平，還養了一批很夠味兒的少男；咱們不妨請她推出十個八個來看看。」

他對那女僕吩咐了幾句，女僕拔腿就走。她帶了那滿臉縐紋的老媼回來，老媼仍是頻頻鞠躬如儀……。馬里奧三言兩語便說畢。老太婆又行了行禮，然後尖叫一聲。那塡煙槍的醜女人急急走了過來。

「老祖宗只說中國話。不光是這樣呢！是一種誰也不懂的中國話，」馬里奧解釋道。「她把助手叫回來，給她當翻譯。」

「您呢，您跟她們說什麼話？」

「說暹邏話。」

他又同兩位女主人說起話來。對話必須經過那複雜的轉述，其間的出入也就可想而知。交談幾分鐘之後，馬里奧報告：

「她應我的要求，但另外提了建議。這是符合此地規矩的。」

「什麼建議？」

「當然是送幾個姑娘上來。我不得不說了一通。然後，她提出給咱們放風情影片。」

「嗨，」艾曼紐道，「爲什麼不可以？」

「咱們上這兒來，不是這樣就能打發的。她還建議爲咱們來個專場演出：兩個姑娘如何作愛。艾曼紐，這不可能引起您什麼奧趣，是吧？」

她只撅了撅嘴，那意思則可以隨便理解了。

馬里奧同她重新開始談判，然後報告說：

「我對她說：咱們要十二至十五歲的童男，舌頭要靈便、屁股要有肌肉、精髓要旺盛、雞巴要壯實的。」

艾曼紐遮上了她的乳房。老太婆仔細打量者她；老人又開口說話了，聲音老是那麼刺耳，每次都叫這位法國少婦聞之不悅。女僕翻譯過來，於是馬里奧只以一句話作答。

「她說什麼？」艾曼紐問。

「她想知道童男是爲您還是爲我而要的。」

「那……您是怎樣回答的呢？」

「爲咱們倆呀！」

艾曼紐忽覺牆壁有些旋轉了：是不是鴉片已在發作？不會吧，馬里奧不是說過嗎……。

老祖宗還在唸什麼咒。她似乎正以誦「耶利米書」❶的長氣在吟誦，還不停地鞠著躬，最後以一個尖利的叫聲告終，同時將雙臂舉向蒼天。

「我覺得好像無法安排。」馬里奧道，那女僕還未及做翻譯。

「其實呢，」後來他說，「這瘋老太婆故意一口咬定：這天晚上她已沒有可以調動的『雛雞』。說什麼已經有一些尊貴的外國人來過，使她的『後宮』損兵折將。她大概是想叫咱們多付點兒錢。」

他又重提了要求。跟隨而來的是新的手勢和鬼臉，表示失望。但馬里奧仍在堅持。過了一會兒，他只好說：

「她什麼都不想搞清楚。得上別的地方找艷遇去啦。」

他同昆丁又長篇大論了一番。

「昆丁主張留在這兒，」他轉向艾曼紐道。「他宣稱自己一定能得到自己要求的東西。我很懷疑，但這是他本人的事情。我主張把他留下，咱們繼續往前走。您的看法如何？」

艾曼紐正好求之不得。這棚內的氣氛已使她難受。但在同昆丁分手時，她覺得很惋惜、甚至有些後悔。「這可有點兒受不了！」她自語道。「我當初把他當做一個闖進來的外人，挺礙事的。整個晚上我都埋怨他不該在場，除了當我根本忘了他這個人的當兒。我同他總共沒說上兩句話。可現在，我想到他還挺激動、挺同情。這可叫人受不了！我的感覺不健全……」

同昆丁分手，未免令她心情沈重。

他們再次經過那兩具「骷髏」面前。

「這兩個女人引不起您的興趣吧！」艾曼紐刻薄地說。

她埋怨馬里奧和他的朋友堅持要找童男。反正就一夜，難道他們不能跟她一人將就將就嗎？要不然，假定他們眞地不喜歡女人，那麼爲什麼又都假裝對她那麼感興趣呢？而那小笨蛋瑪麗安娜呢！她怎麼一點兒頭腦也沒有，竟把她交給男性同性戀者擺佈？她要是再抓著這小傢伙，一定叫她把自己的辮子吞下去！

「昆丁爲什麼覺得童男那麼有意思？」她攻訐道。「他這麼把咱們拋下，這實在不怎麼光彩啊！」

她還想補充一句：當昆丁摸她的大腿時，好像對女人也並不討厭嘛。但馬里奧沒讓她有開口的時間：

「跟男人作愛，對有品評能力的男子來說，是別有一番風味的。那是跟女人作愛所罕見的情趣：即其本身是違反常規的。換句話說，它符合我在今晚一開頭告訴您的藝術作品的定義。對我來說，跟童男作愛是色情的，正因爲這是『違反天性的』（如那些傻瓜們所宣佈的那樣）。」

「您能肯定，不是正好相反嗎？即這是由於您自己的『天性』！」

「一點也不錯，」馬里奧說。「我是愛女人的。在很長的時期裡，我曾覺得同一個男人睡覺是不可思議的。我跟自己爭辯過。去年我作了初次嘗試。不用說，效果是好得不得了。您看，即使在我，思想也不是很快就通的啊！」

艾曼紐感到一種自相矛盾的激動。她尤其在想：對馬里奧的說法應當怎麼看。

「在初次嘗試之後，您經常從事這種『藝術』……嗎？」

「我始終堅持『物以稀爲貴』：『佳句不怕重複』……。但如您所知，事實正好相反呢！」

「可是，」艾曼紐追問道，「這一年來您同女人作過愛嗎？」

馬里奧大笑起來：

「虧您問得出！我像是一個吃素的嗎？」

「作得多嗎？」她又進一步問。

「肯定比不上漂亮女人的情夫多——假如我生來有幸是個漂亮女人的話。」

他又帶著向這位女伴致意的微笑補充道：

「情夫外加情婦啊！」

這回答不能令艾曼紐滿意，她倒有些惱火：

「您更喜歡其中哪一類？」她幾乎憤怒了。

馬里奧止了步：他們走到了「林中空地」被獨木橋取代的地方。他抓著艾曼紐的雙肩，一把拉到自己面前；艾曼紐以爲要吻她：

「我喜歡美的東西！」他聲音鏗鏘地說。「而美的東西永遠不是已做過的事、也不會是輕而易舉的事情。那是你自己同另一個人，以自己的姿態創造出的生命、然後在它具有消亡的形式之前，被拋向了永恆。」

男人與女人——那是在已創造的世界中的另一個天地。

「美的東西，那是在您之前不存在、如果沒有您即不會存在的東西；當不公正的命運將您掀翻在這您所熱愛的世界上時，這美的東西也就不在您力所能及的範圍之內了。」

為他們孤獨的知識而自豪。擁有他們堪稱典範的意向而強壯。

「美的東西，即是無足稱道、您卻使之難以忘懷的頃刻；是區區不足道的活物，但您卻以其之獨特，來對付殘缺的芸芸衆生和命運。」

令人迷惘的迷路者，你們廢除了現成通道的地圖。

「美的東西，即在於超越你們對本民族、本世紀的虔誠，超越對出醜和對你們失勢的恐懼，以便使新的人類誕生：誕生於你們拒絕模仿你們膽小的父輩、沒有特色的母輩、僞善的兄弟和無精打采的姐妹。」

各不相同——但來自怎樣的醜陋？

步入歧途——但由於怎樣的蠢事？

形同陌路——但在那一羣人中？

被人擊敗——但為了什麼而復仇？

流落他方——但朝向怎樣的前途？

「美之所在，就在於您加快發現、在於展翅飛翔而不斤斤計較風險、忘掉昔日的甜甜蜜蜜，在於做您尚未嘗試之事、以及不會再有的遭際，因爲您畢生的日日夜夜惟有特殊表現者方能留下記憶。無論天上人間，誰能償還您歲月、假如您自己將它們丟棄？」

月光將他們塑成雕像：馬里奧的形象有一個女人握在掌心。

「美之所在，」那石像開言，「就在於敢去嘗試一切而不拒絕新事、在於能夠知曉一切。有無數的身軀與你我相似，不管他們是男男女女，『地獄還是天堂，都無甚干係……。深入未知的王國、發現新鮮的樂趣』！」

在空蕩的十字路口，向四方走去：那些天橋！畢直、虛幻，而且還彼此相像。

「美之所在，就在於永無同一味覺、亦與其他一切並不同味的東西。」

黑色的頭髮披散在赤裸的肩上，捻在衛隊長的手指之間。

「美之所在，就在於不要做與生俱來的羣居、易怒和懶惰的動物。」

那韃靼英雄魁梧的體形遮沒了月光。

「美之所在，就在於永不停步、不要坐下、不要就寢、也不要回頭。」

夜間的時辰業已轉換，鋼做的星星在明亮的天空、肉眼不及之處上升。

「美之所在，就在於對某種誘惑說不。這誘惑使您不能動彈、綑縛著您或把您限死。就在於不管您怎樣疲憊，要對與您一再合作的女人說『是』，她鞭策您前進，促使您做得比應有、必要或別人所做的更多。」

對著黃色燈光虛掩的門：有人影兒進、也有人影兒出。那是不眠之夜啊。

「美之所在，就在於每天找到一個新鮮的驚奇之題、一個驚歎的理由，和一個作出努力並贏得勝利的開頭，即戰勝自滿自足、戰勝歲月的愁緒。」

「美之所在，就在於不知疲倦地去變革。因爲一切變革都是一次進步，而任何恆久都是一處墳墓。滿足和忍受祇是同一種絕望。停步不前和拒絕變成新事物即無異於已經選擇了死亡。」

寺院的鑼聲，被唧唧的蟲鳴聲弄得柔和悠緩。

「當然，您在任何時候都可以偏愛碑林的寂靜，偏愛在平庸的生活中爲自己敷香施粉，像蠟製的貞女在寶石鑲嵌中毫無慾念。」

兩個孩子從陰暗中突然出現，他們手牽著手走過。

「但我一直想爭取您生、而不是死，我說過：那麼您最好是未曾誕生。因爲每個凝「不前的生命在咱們的星球上都增加無益的重量，人類的前進便因而受阻。」

他們是兄妹關係。他們將作愛。

「艾曼紐，您應當知道，大地的未來將是您身軀的發明能力將鑄成的那樣。假如您的夢幻隱沒了、您的雙翅收合了，假如不幸您的好奇心倦怠了，您的清醒和恆心衰弱了，您發現和創新的意志動搖了——那麼人類的希望和機遇都將完結——未來將永遠同既往一模一樣。」

身著素裝的女芭蕾舞演員站在武士的兩腿當間。

「對於作愛的喜好，使您變成世界的新娘。如此所有人的命運取決於您的情慾和您的勇氣；假如您放棄征服某個單一的男人和某個單一的女人，哦，充滿愛心的新娘喲，這就足以使人類放棄征服光年和戰勝星雲。」

馬里奧的聲音使蟋蟀的歌唱歸於沈寂。

「您明白了嗎？我給您帶來的不是眼下、而是最遠方的快樂。幸福不是在您所在之地，它是在您夢想到達的那個地方。」

投入越來越多的臂抱。

「哦，是的，艾曼紐！我不是用幻想來給您止渴，而是用現實使您熱血沸騰！」

在牧人星座、天秤星座和處女星座所形成的三角中央……。

「我不教您最方便的事，我教您的乃是最大膽的事情。」

艾曼紐說：

「快入了我吧。您還沒嚐過我的滋味。我對您來說會有新鮮味兒的！」

她很驚奇地在馬里奧的眼神裡發現深深的敬意。他搖搖頭說：

「那太方便啦。我要比這更好的。讓我帶您走吧。」

他請她走在前頭。

「走吧，再走一遍鋼絲繩吧！」

她馴服地走在了前頭。當他們來到十字路口時，馬里奧決定走一條與來時並不相同的道路。

「我將讓您看一些非同尋常的東西。」他應諾道。

他們不久便來到一條寬闊的河岸邊——也許這是一條天然的溪流。它似乎蜿蜒而流。它的兩岸長滿了青草。

「咱們還是在曼谷市內嗎？」

「在市區裡邊呢。但外國人不知道這個地方。」

他們眼下走進了一片草原；由於艾曼紐的鞋後跟往軟土中陷，她乾脆脫了鞋。

「您要弄破襪子的。您願意脫下襪子來嗎？」

她對此種關心深爲感激。她坐在腳跟前一棵鋸斷的樹幹之上。她提起了裙子。清新的空氣使她回想起那條三角褲還在馬里奧的衣袋裡呢。月光是如此皎潔，所以能清清楚楚看見她的腹部；她正在解開吊襪帶。

「我看不厭您那兩條美麗的有細毛的腿毛腿，」馬里奧說。「也看不厭您那長長的、富於彈性的大腿……」

「我本以爲您對什麼都厭倦得很快呢？」

他只是微微一笑。她並不想挪動身子。

「您幹嗎不把裙子也扒了呢？」」馬里奧出主意道。「那樣您走起來更方便。我也喜歡看您那個模樣兒。」

她一點兒也不猶豫。她站起身來解開腰帶。

「我怎麼處理它呢？」她問，一邊伸著拿了裙子的那隻胳膊。

「將它留在樹枝上吧，咱們回來的路上再取走。無論如何，回來還得打這兒過。」

「假如有人把它偸走呢？」

「那有什麼要緊？您不要反對不穿裙子回家吧？」

艾曼紐竭力不去爭論。他們又重新出發。在黑絲襪套下面，她的屁股和兩腿雖然曬成了褐色，在這樣的夜景下卻顯現得特別清楚。馬里奧站在她旁邊；他牽著她的手。

「咱們走到這兒啦！」他過了一會兒說。

一堵坍塌了近半的牆壁出現在他們面前。馬里奧幫助他的女伴爬上了一層層磚塊，跳到牆壁的另一側。當她抬起頭來時，她顫抖了一下。一個具有人的形狀的東西蹲在那裡。艾曼紐的手在馬里奧的手心裡直抽筋兒。

「別害怕。他們都是很和善的人。」

她想說：可我的穿著不像話呀！但這一次也是由於害怕馬里奧的刻薄，而使她欲言又止。但她覺得羞愧難言，竟一步也挪不動了。要是從頭到腳都赤條精光，她還不至於如此難堪。馬里奧毫不留情地拉著她往前走。他倆走得離那男人僅有咫尺之隔，而此人以火熱的眼神瞧著這一對。艾曼紐不禁又顫抖了。

「瞧呀，」馬里奧說，一邊伸出一個指頭。「您從前不可能見到過這樣的東西吧？」

她順著他手勢所指的方向看去。原來前面有一棵巨樹，那樹幹碩大無比，樹的表面有無數筋脈和蕪雜的藤蔓，吊掛著許許多多奇異的「水果」，待定睛一看，艾曼紐發現原來全是硬梆梆勃起的男性器官。她發出一聲多半是表示欣賞的驚歎。馬里奧解釋道：

「有些是所謂『還願供品』，有些則是獻上的祭祀品，爲的是求陽剛之氣或求個子孫滿堂。那些雞巴的粗細，要看信徒的財力、或求告是否緊迫。我得提示您：咱們現在是在一座寺廟裡。」

這麼一說，艾曼紐又覺自己的穿著太不成體統。

「假如那個僧侶看到我是這副模樣……」

「這廟堂正是供奉生殖之神的，我覺得您這樣打扮並非不得體啊！」馬里奧笑嘻嘻地說。「凡是同崇奉生殖相關的東西，在這裡都是合法、並且甚至是提倡的呢。」

「這就是所謂的『令加魔』❷囉？」艾曼紐詢問。此時她的好奇心勝過她的羞慚心理。

「不太確切。『令加魔』是印度教教規，有關的圖像都是工藝化了的，主要表現爲插在地裡豎立的柱子；一般必須是信徒的眼光才能看透它的含意。在這兒，您不是親眼看到了嗎，那物體的形狀已無須借助想像力。這是天然物體的複製品，而基本上不是什麼藝術品：最多也就相當於巴黎聖緒爾斯比修道會附近宗教藝術商店裡的藝術品吧。」

掛在樹枝上的男性器官小至香蕉那麼大小，大到反坦克火箭筒那麼大；但不論大小，細部都做得十分眞實。全都是用磨光漆亮的木質做成。小小的朱紅點子表示著尿道口。包皮則以在龜頭下方明顯的皺褶來體現。器官勃起之後微呈拱形，就連這也做得維妙維肖。

有好幾株樹上都掛著這種東西。在這男性器官的「果園」裡，東一處、西一處插著蠟燭：大部份並未點燃，但卻到處燃著香柱，同在佛像前或家裡祖宗牌位前供奉的差不多。那香氣沁人心脾，處處皆可聞到。夜色中，那燃著了的香頭顯示出一個小小的紅點子。

艾曼紐頗爲不安地發現，有幾柱香在晃動。夜色是如此清朗，她不用費很大力氣便知是有人用手秉持著這些香柱。不是一個，而是四、五、六個，其實至少是十個人在場。他們踮著腳蹲在地上，就像剛進來時遇見的第一個人一樣。其中一個站起了身來。她看見這人漸漸走了過來。在幾步之外他又蹲了下來。他的眼風表現出持久而平靜的興趣。幾乎是在頃刻之間，兩個、接著是四個人也參加進來，在第一人身旁蹲下。新來者當中的一名看上去很年輕，幾乎還是個孩子。另外那幾個年紀大些，其中有一個幾乎已是老人了。誰也不開口說話。他們仍然十指合攏秉持著香柱。

「這倒是一個討人喜歡的花園，」馬里奧開玩笑道。「咱們向他們表演什麼呢？」

他摘下一根比較小的器官。

「我不知道我是不是在褻瀆神明，」他又說。「這應該是一種大膽的褻瀆。可是，他們並無不滿之意嘛。」

他將那木棍兒遞給了艾曼紐。

「摸一摸也很舒服呢，是嗎？」

她果眞摸了一摸。

「假如這玩意兒是眞的，您會怎樣用手去侍候它呢？您不妨做給他們看看呀。」

艾曼紐不聲不響地照辦了，心情甚至是輕鬆的。因爲她一度害怕馬里奧要她將這棍子塞入自己體內；她對那玩意兒的粗糙、骯髒很反感。

她的手指撫摸著那傢伙，似乎眞要叫它快活快活。幹了，她自己反倒在這模擬表演中發作起來。不一會兒，她幾乎爲不能用嘴唇吮吸而深感婉惜：那玩意兒上的灰塵實在太多啦！

她感覺到那幾個男人的目光已變得火辣辣的。他們面部的表情似乎有些緊張。馬里奧做了個動作。幾乎同時，她看到馬里奧翹起的雞巴，比那根木棍兒更粗、更紅。

「現在該用眞傢伙來代替幻覺啦，」馬里奧說。「希望您的手對這皮肉像對木頭一樣溫柔呢。」

艾曼紐將那崇拜物放進了一個樹洞，——她不敢扔在地上——百依百順地緊緊抓住了馬里奧的陽具。他則轉過身來面對那幾個男人，好讓他們看個明明白白。

時間似乎停頓了。誰也不發出任何聲音。艾曼紐想起了在前面客廳裡馬里奧向她講解的「人道主義」原則，她全心全意在將它們付諸實施。她無法分清，眼下在她掌心裡的跳動，是馬里奧的抽搐、還是她自己的心潮在起伏。她還記起了馬里奧的訓誡：要沒完沒了地搞！她自己又努力達到了令那東西「持久挺立」的效果。後來，馬里奧低語道：

「搞出來吧！」

同時，他又轉身向掛著那麼多陽具的大樹。這時，一道長得出奇、濃得出奇的精液，越過夜色，猛射向木頭做的雞巴，射得它們直搖晃、在藤蔓末端直打轉兒。

「現在該讓咱們的看客們嚐嚐滋味啦，」馬里奧立即說道。「您最喜歡哪一個？」

艾曼紐嚇得說不出話來。不，不行。她不能去摸這些男人，也不願讓這些男人來摸她……。

「那童男不是很可愛嗎？」馬里奧道。「要是我呢，可就有些偏愛他呢。不過今晚我把他讓給妳啦。」

他也不多聽聽艾曼紐的意見，便向那男孩做了個手勢，對他嘀咕了一句什麼。孩子悠悠地、頗爲自負地站起身來，走到他們面前，一點也不害怕：他甚至表現得還相當傲慢。

馬里奧又說了點兒什麼，於是孩子脫下了短褲。他脫得精光之後就更優美了：艾曼紐在心慌意亂之中得到些許慰藉。一根充滿童男氣息的雞巴，橫立在她身前。

「吸罷，然後喝下去！」馬里奧平平淡淡地命令道。

艾曼紐並不想逃脫。何況，她現在早已心煩意亂、手足無措，舉止本身對她已無關緊要。她只是想：既有如今，還不如跟來時路上那個長雞巴的裸體男人幹……。

她跪在了那長滿青草的軟草地上，將那陽具放在十指間，抹下那一半遮著龜頭的包皮。於是龜頭立刻脹大起來。艾曼紐將它放在嘴唇間，似乎先要品品味兒。他保持了一段時間，同時將手在陰莖上滑動起來。接著，好像突然下了決心，將那雞巴一直塞入她嘴巴的頂頂裡頭，以致她的嘴唇都觸到了赤裸的肚皮、鼻子伸進了稀稀疏疏的陰毛當中。她停留了片刻，然後很用功地，既不想作弊、又不圖快，開始將嘴巴上上下下反複移動起來。

但這樣的考驗在她有如受刑般痛苦。在這次口交的開頭，她喉頭泛起一種作嘔之感，不得不拚命克制。這倒並不是由於她覺得同一個小男孩搞這種作愛的事有失身份；如果馬里奧讓她在巴黎某個女友的上等客廳裡，同一個渾身香水味兒的金黃頭髮的男孩去幹，她還高興得不得了呢。何況，她第一回差點兒欺騙自己的丈夫，就是同一位女友的小弟弟：那是在她從巴黎動身之前，那小傢伙一點兒也不害羞，向她提出了要求！他倆差不了一分鐘就可完事了，卻受到打擾，艾曼紐不僅思想上已同意，而且在肉體上已充分表現……。後來就再也沒出現過此種機會：眼下她在想，綜觀全貌，她自己的本性就是不在乎什麼羞恥不羞恥的。巴黎的那小男孩已觸及她往前伸去的濕漉漉的穴，並且開始入了起來。自那以後，她在想像中同那孩子性交了何止十次！但同眼下這個小像伙情況就大不一樣啦。這孩子一點也不能刺激她。正好相反，他令她十分害怕。一開頭，她想到他也許不乾不淨，就想退縮：幸好她現在放心啦，因爲事後輕鬆地想起，暹邏人每天要仔仔細細地淨身好幾回呢。但無論怎麼樣，這次的體驗不能使她產生任何快樂。她同意幹，完全是遷就馬里奧；她的感官和愛好都不能接受啊……。

不過她幾乎是強烈地告訴她自己：至少應當幹好自己的活計！一種自豪感，使她決意要幹得令這孩子終生難忘。她的丈夫不是曾對她說過：世上沒有一個女人，像她這麼善於用嘴巴來作愛的！

漸漸地，她自己也在自己的遊戲中發作起來，忘記了這根陰莖倒底是誰的。看到它那麼強壯、那麼有力，心裡著實愛它。她讓那熱呼呼的龜頭在她喉頭搜索，尋找它最情願的快活之終點。自己下體的陰唇、穴蕊，全都又脹又熱起來；後來，她終於閉上兩眼，讓快活的感受占據了自己。當撫弄達到目標時，精液射在她舌上，那美味同丈夫的一樣。滋味有些差別，但她很喜歡。在那根雞巴從她嘴裡縮回去之前，她用指尖輕輕摸自己的穴蕊兒，躺倒在馬里奧的懷抱裡盡情享受性慾的高峯。馬里奧頭一回親吻了她的唇。

「我不是答應過對您作『零售處理』嗎？」馬里奧在他倆重新跨回那破牆時說。

「您感到滿意嗎？」

她很滿意，不過她並沒有擺脫窘迫之感。她默默無語。他若有所思地品評道：

「一個女人，從盡可能多的源頭，喝下盡可能多的精液，是很重要的啊。」

他的聲音忽然變得熾烈起來：

「您應當做到這一切，因爲您很漂亮，」他好像在催促她。

「不能做到既貌美又誠實嗎？」她歎息道。

「也可以的，當然囉；但自己會吃虧的。不利用自己貌美的力量，去得到那麼多醜女人一輩子可望而不可及的一切，這難道能夠原諒麼？」

「您好像認爲，女人個個都一心一意夢想著淫慾之樂！」

「難道還有別的大好事兒嗎？」

沒有人偷走她的裙子。她又將它穿上，對原先的方便頗覺婉惜。他倆又選擇了一個同她認識的不同的方向。她擔心不要又長途跋涉起來。就在她要埋怨的當口兒，他倆走入了一條名副其實的街道。

「要是能找到三輪車，咱們就坐三輪車。」馬里奧說。

艾曼紐從未用過這種已屬少見的交通工具。能試一試也不壞。有這麼一個慢吞吞的車子，在晴朗的夜空下慢慢往前走，比坐出租汽車在每個拐彎處冒生命危險，要誘人得多。他倆順路步行了幾百米，就碰見了一輛空著的車子。它的車伕（在暹邏語中也叫「三輪」，跟車名一樣，馬里奧解釋道。）正坐在地上，一副沈思的樣子。他一發現他們，便用手指一指，邀請他們去坐那蓋著仿皮紅漆布的車座。

馬里奧囉嗦了一陣子，大概是商定了跑這一趟的車價，然後做手勢叫艾曼紐就坐。他本人坐在她的身旁。雖然他倆的身材都十分苗條，但還是擠得相互緊挨著。馬里奧用手臂勾著女伴的肩膀，她很開心地依偎著他。在就坐時，她將裙子撩到了大腿上端，因爲他說過他喜歡這兩條腿。三輪車啓動了。突然，她起了一個念頭，她自己也覺得異想天開、而且有些癡狂。她從來還沒有主動做過這樣的事，何況是在大街上！但她一定要做。她鼓起了全副的勇氣。

她稍稍向旁邊側了側身，正好對著馬里奧。她用一隻手——她努力使它變得堅定——解開一個鈕扣。然後她順勢往下解開了所有的扣子。她將手探入褲襠，一把抓住了那軟綿綿的陽具。這時她才吸了一口氣。

「這太好啦，艾曼紐！」馬里奧說。「我眞爲您驕傲！」

「是嗎？」

「不錯。您的做法說明您已有資格進入色情主義王國！因爲一般是男人主動、女人聽從擺佈。一個女人在男人最想不到的時候主動進攻，這便是最有價值的色情態啦。眞棒呀！」

她從手心裡感覺到：馬里奧不光是口頭上贊同。

「記住在其他情況下也要運用這方式，」他繼續說，「那您會受益的。毫無疑問，根據規律，這也得服從新奇定律。」

「這怎麼說？」她問。

她已開始溫存地撫摸馬里奧。

「如果您是某位男士的正式情婦，您在他面前脫下衣服，即使他沒請您這樣做，那又有什麼新鮮的呢？色情主義又從何談起呢？但假如貴國大使在午餐時向您介紹了一位路過的外交官，請您帶他去參觀臥佛寺；您呢，爲了在這次參觀市容之後恢復疲勞，便請他到您的小客廳飲茶。這時，您在最好的白綢面沙發上落坐，一邊很自然地擺動頭髮，一邊隨意脫去您貼身的胸衣，這自發的舉動定會在您客人的記憶裡留下不可磨滅的印象。在此公臨終之際，他腦中最後閃過的將是您的形象。這形象將縈繞於他的心靈，給他以最後的慰藉。有了這開頭，您面前自然會出現一整套的辦法可資運用。或者您可以將您的主動暫時局限於此，便赤裸著乳房一板正經地給他斟茶，也別忘了問他平常是放一塊還是兩塊白糖。很有可能他在此時想不起幾塊。而且就是根據這個細節，您可以弄清今後怎麼辦最合適。如果他慌亂到了說成八塊、十四塊，或者一公尺，那您就別指望下一步由他來走。您就擱上兩塊，同時向他湊近。然後您就像對我幹的那麼幹，再問他喜歡哪種做法。是在用茶之前、還是之後快活，哪種方式更好？是用您的嘴、手指還是陰道？從這時起，其他種種就無關緊要了。氣氛已創造出來。像您喜歡說的那樣，『傑作』已上了軌道。如果情況正好相反，您的男客表面上還挺冷靜，那您就讓他自己去做適合的事兒，即是說：向您身上撲過來，像騷勁十足的牧神那樣行事（那是您的挑逗在他身上發作了）——這祇會對您有利。下一回，您可以變變花樣，不光是脫掉您的上裝，而是來個赤條精光，但時時刻刻還要像個社交界的女性、不要流露任何失控的激情。您用左手提著裙子，用您那舞女式修長的玉腿跨過了裙邊，非常得體地將裙子放在一個墩坐上，並且將三角褲（假如您穿了）扯下、把它放在蘭花瓶裡的可靠處；這時您便可坐回到那旅行家的左側，微微靠在沙發墊上，露出好伙伴的莞爾一笑。假如您的男客由於吃驚而手足無措，那麼，爲了使他感到自如，您就告訴他：頭一天您怎樣被兩個持刀黑人強姦了，以及後來您覺得多麼快活。您可以仔仔細細描繪強暴者的陽具，以及他們對您的肉體如何亂來。要是他仍然無動於衷，您就當著他的面手淫起來。末了，在第三回試驗中，在接待另一位貴賓時，您不必脫光衣服，而在舉起茶壺、以及問過他要幾片方糖之後，您就單刀直入地問他：『喝完茶後，您願意咱們作愛嗎？我的丈夫在一小時之內是不會回家的。』如果那傢伙出您意料地故意迴避，藉口說從前受過傷啦、在守舊的教母臨終時許過願啦、什麼漢摩拉比法典❸規定在日落之前不許享樂啦，那您也一本正經、毫無怨言地宣稱：『您說得對，我怎麼糊塗啦？我自己在結婚時也答應過要忠實；既然我從未欺騙過丈夫，我最好今天也不破這個規矩。』那笨蛋很可能不甘心失掉一顆明珠。假如他改變主意，您就百般刁難。假如他想對您施行強暴，您就叫警察來，叫他被判上這一類中最重的刑罰。沒有任何一個法官會相信他的胡說八道，其實那才是眞話。」

艾曼紐非常高興地看到馬里奧的雞巴在她的精心操作下變得粗壯起來。不過她仍然相當刻薄地對他道：

「教授先生，您建議我說的那些話，如果我沒記錯，恰恰就是在不到一個鐘頭之前我對您說的那些。旣然您連喊帶罵地把我頂撞回來，我可要把您扭送給碰上的隨便哪個警察了。」

馬里奧好好先生似地微微一笑，便說：

「我挺喜歡您這隻手，您不必改變方式。親愛的，您並不傻，就別假裝過了頭。您很清楚：我向您描述的事，跟咱倆的關係可有天壤之別。」

艾曼紐卻看不出有什麼差別，除了眼前少了一壺茶。不過，她並沒有進行爭論的興緻，也無力爭論：她摸弄人家的結果是自己的感官也熱乎起來；就連三輪車在崎嶇的不平的路上走得不服貼，也使她倍感快樂。

「這三輪車伕還不知道自己錯過了多好看的一場戲！」馬里奧品評道。

他打了個呼哨。那車伕立刻轉過頭來：他的眼神從一位乘客打量到另外那一位，於是他笑逐顏開、樂不可支了。

「咱們叫他好高興哩。」艾曼紐說。

「咱們找到了一個伙伴。」馬里奧道。「這也是不足爲奇的，因爲他是個美男子。好像有一個國際性的美男美女共濟會。某些事情只允許美人兒來做。蒙代爾朗在寫給皮埃爾・布拉色的信裡，有一次很正確地指出：『頑皮絕非庸俗；假正經才是眞庸俗呢。』」

「古特林說得比蒙代爾朗還要早，」艾曼紐引證道，她對自己的知識淵博頗爲自得：「『眞正的羞恥感，正在於要棄飾不美好的東西。』」

「那麼您爲您的乳房感到羞恥嗎？」

「哦，不呀。」

她用不撫摸馬里奧的那隻手，將毛衣拉到裙子外面，想從頭上脫下來。馬里奧幫了一把。她不得不暫時放了一放那翹著的陽具，不過這祇是一刹那的事。

「現在我很想碰上什麼人！」馬里奧道。

「這三輪車伕做見證人不是已經夠了嗎？」艾曼紐情不自禁地辯解著。

「他不是見證人，而是參與者。」

馬里奧又喊了他一聲，那暹邏人從坐墊上轉過頭來。他似乎很受這位女客的大半裸體所打動，三輪車竟跳動起來。於是三人都哈哈大笑起來。艾曼紐覺得有些醉意。要說是喝了那麼點兒香檳到此時發作，未免隔時太久。

馬里奧如願以償了。一輛轎車超到他們前頭，剎了車。艾曼紐以爲它就這麼停下，心怦怦跳。那汽車卻重新開動了。無法弄清裡面坐的是什麼人。

「也許是您的某位男友呢？」馬里奧毫不留情地揶揄她。

她一時語塞，沒能答上什麼話兒。她現在寧願想著摸弄得他舒舒服服。另外一輛三輪車，上面擠著兩名美國水兵，向著他們迎面駛來。水兵一見此狀，便興高彩烈地發出得意的喊聲。馬里奧和艾曼紐對之充耳不聞、視而不見。對方卻一個勁兒做手勢，想讓這兩部車子都停下。但兩位車伕並不理會，都以均勻的力量踩著踏板前進。

「您想怎樣快活？」艾曼紐問。「在我手裡、口裡還是穴裡？」

他不立即作答，她呢，卻彎下上身，將那物放在嘴裡間，接著深深地塞入口中，祇聽得他唸唸有詞：

我告訴妳要幹到底：

啊，我受不了啦，救命！

啊，受不了啦，老天爺！當你的小嘴撤了回去，
直弄得我剩下一口氣，
還要向我份外表心意！

在好奇心驅使下，她中止了正進行的「作業」，她挺了挺身子，問：

「這首風流小詩是您寫的？」

「根本不是，」馬里奧駁道。「那是從『牧羊欄裡頭一天』摘錄下來的，是您十六世紀的同胞雷米．貝洛寫的。」

「好哇！」她大笑了。

她還沒來得及恢復原有姿勢，即已來到馬里奧花園的鐵門前。

馬里奧「逃」出了女伴的掌心，跳下了三輪，趕快整了整裝。艾曼紐也下了車，但不覺得有必要重新穿上毛衣，而是連同毛衣和背包在手裡搖晃著玩兒。月光下，她的乳房顯示出極優美的曲線。

馬里奧拉開了鐵門。三輪車伕也下了車，看上去沒怎麼動情，而是等候著：看來是等著拿工錢。馬里奧卻出人意料地跳上了車墊，以致那車伕都不及打一個手勢：那三輪車已駛進花園，因爲馬里奧使勁踏了腳蹬兒。那邏邏人同艾曼紐面對面

站著。他們兩人同時爆發出了笑聲。這小伙子善意地看待那男乘客的玩笑。說實在的，他眼下更專心於欣賞艾曼紐的曲線，而不看重收回錢財。倒是她奮起追逐那騎車逃走的人兒。她在樹幹做的門階前抓住了他，一臉開心的樣子。他已站在那裡，手扶著車把。

「您眞是發瘋啦！」艾曼紐嗔怒地責備著。

「我也喜歡您的豐乳呢！」馬里奧宣稱，好像這是深思熟慮後的決斷。

「這是我交了好運啊！」

她得意的程度超過口頭承認。那三輪車伕也非常開心而又不急不忙地跟上了他倆。馬里奧對他侃侃而談：眞是整整一套演說辭，有抑揚頓挫、有若干靜場、有修辭效果。艾曼紐在猜測他說了些什麼。那暹邏人的表情沒有任何反應，不足以支撐任何假設。突然，他答起話來，同時盯住了艾曼紐。馬里奧繼續他的演說。那小伙子連連點頭。

「達成協議嘍，要找的角兒已經找到啦！」馬里奧道。「眞是，何必要捨近求遠呢！」

「什麼？您的意思是……」

「不錯呀。您不認爲他很值得我給以厚愛嗎？」

這一回，艾曼紐覺得自己快要掉下眼淚來了。馬里奧一路上的善意，使她忘記了在這以前他的一再頂撞。她多多少少自覺地期待一回到他家中，他便會將她摟在懷裡。假如他願意，她準備在這兒度過這整整一夜，甚至不想考慮回家的事。他本可以隨意擺佈她。然而！他什麼都不要！他唯一放在心上的事，是爲她找個男人上牀！艾曼紐以充滿淚水的目光瞧著這男人：她已看不清他的形象。他眞的那麼俊美麼？她記起那臉型似乎像個拳擊手……

「親愛的！別又在事先折騰自己啦！」馬里奧快快活活地說，像慣常那樣打斷了艾曼紐的陰暗的想法。「您會看到的，我有一種誘人的想法。您會又一次感激我哩。快進來吧。」

他打開屋門，摟著她的腰將她拉了進去。她雖依了他，卻不住地嘟噥著。她對馬里奧的種種想法加點子已經厭倦。不過她也很高興，又回到了這光明與陰影參差交錯的客廳，又看見這紅皮革的半榻，聞到了水面上飄來的調料氣味。看不出現在水面上還有許多小船。時間已經很晚……或者是還很早！她突然覺得渴睡了。多長的一個夜晚啊！

馬里奧取過一些大玻璃杯，只見一些晶體方塊在綠色燒酒中沈浮。

「薄荷酒加胡椒麵兒，滲上方冰塊，」他宣佈道，「這將給我心愛的女人重振雌威！」

他心愛的女人？艾曼紐微微露出了一絲苦笑。那三輪車伕站在屋子正中，多少有些不自在。他顯然是帶著窘態接過了馬里奧遞過的飲料。三人都靜靜地喝著飲料。她口渴得要命，所以舉杯一飲而盡。馬里奧說得對：她覺得自己復又生機勃勃了。他突然挨近她坐下，用手臂摟住她，把嘴唇輕輕放在她的左乳上。

「我會入您的！」他說，一邊等著看效果。

艾曼紐目瞪口呆，不知作何表示。何況她不信這話。

「不過我將通過這漂亮的牧童入進去，」馬里奧繼續道。「我說『通過』，是這個詞兒的本義。也就是說，我要穿過他，來達到您的肉體。我將占有您，像您從未經歷過的那樣，也與我占有任何女人的做法不同。您屬於我的程度，超過任何活物之屬於另一個活物。您願意嗎？」

艾曼紐不明白他的意思、或不願明白。但她一點兒也沒想自己應當、或能夠逃脫。不論馬里奧要求她做什麼，那總是好事，她願意接受。她心裡害怕的，反倒是馬里奧不提要求。她說：

「您愛怎麼處置我，就怎麼處置吧。」

他又吻了她的雙唇。現在，她覺得渾身充滿幸福。她急盼著他的「處置」。

「您的第一位情夫，您今夜就會有啦！」他得意洋洋地說。

她感到慚愧的是自己騙了馬里奧，沒有向他承認在飛機裡的風流事兒。但這是否重要呢？也可以這樣說吧。因爲現在是她頭一回完全同意，也是她清醒地、有意地、有所預謀地要做一名通姦著。這個男人確實是她的第一個情夫。

「是將要有的許多情夫中的第一個？」他詢問著，目的是確保她已領會給她上的課。

「是呀！」艾曼紐說。

如此徹底地放任，這是何其美妙啊！委身給一個男人的女子，不可能知道另一種女子邁出了怎樣的一步：她竟在同一次之中，將自己給了好幾個、給了無數的男人！從來還沒有一個女人像她這樣，成爲聞所未聞的通姦女人！誰能實現這樣的奇蹟：第一次欺騙丈夫就是跟所有要她的男人一道來欺騙！

「您不抵抗了吧？」馬里奧反覆問。

她搖搖頭表示不抵抗。她想:假如他命令我今夜同十個男人幹,我也會照辦的。

他只要求她同三輪車伕性交。她扯下了裙子,靠在半榻厚厚的背墊上,很喜歡那軟綿綿的勁兒。她將兩條腿大大張開,腳後跟頂著地毯,用雙手摟住那漢子的腰;那漢子便小心翼翼往她身體裡戳。當這小伙子完全戳入之後,一直在一邊吻著艾曼紐的馬里奧站起身來,在三輪車伕背後立著。他用兩手抓牢車伕的腰部,艾曼紐則可以感到這兩隻手正好與她的雙手相觸。

她聽見他發出了快活的呻吟。某些時候,差不多是快活的喊叫。

「現在我已經戳入您體內啦,」馬里奧說。「刺透您的這把寶刀,比普通男人的要銳利兩倍!您感覺到了嗎?」

「感覺到啦,我快活得很啊!」艾曼紐說。

那邋遢漢子堅硬的雞巴從她的穴裡抽出四分之三,然後毫不留情地殺回來,加快速度反復幹著。她不想知道馬里奧是否允許那男人享受:她自己立刻「慘呼」起來;她的身子在晶亮的皮榻上激烈抽動著。兩個男人的呻吟同她的叫喊匯到了一處。他們的混合喊聲劃破了夜空。遠處的狗以不停的吠叫來與他們呼應。但他們卻一點兒也不在意。他們現在進入了另一個天地。一種內在的和諧，似乎在指揮這「三位一體」，正像鐘錶的機件一樣。他們形成了高度的一致，一點縫隙兒也沒有，比一男一女還更完美。暹邏男人的雙手擠壓著艾曼紐的乳房，她快活得發出了嚎啕之聲，同時把腰挺成了弓形，讓他在穴裡插得更深；她一邊喘著粗氣，覺得已經快活得受不了啦，便祈求他們將她的身子撕裂——一點也不要留情，在她的肚皮裡尋得最大的快活！

馬里奧覺得那車伕力大無邊，但自己卻不太行啦。他將指甲摳進伙伴肉裡，好像是向他發出信號。兩個男人幾乎同時射精，那車伕射入她肉體深處，而馬里奧則是在另一次衝殺中洩入。艾曼紐叫喊得比任何時候都更歡快，感覺到全身都浸透了精液，那辣辣的滋味兒似乎正湧向她的喉頭。她的聲音滑過黑色的水面，沒有人能說出這叫喊是向著誰的：

「我愛上啦！愛上啦！愛上啦！」

註釋：

❶原文是拉丁文，引自賀拉斯：「詩學」。

❷梵語中「令加」（linga）爲「陽性」。「令加魔」即男性崇拜，或男性生殖器崇拜。

❸哈姆拉比，巴比倫王國創始人。「法典」爲碑文，本世紀初發現。

金楓出版社

世界性文學名著大系
小說篇・法文卷1

艾曼紐/Emmanuelle

總編輯/陳慶浩
作者/艾曼紐・阿爾桑(Emmauelle Arsan)
譯者/易丁

發行人/周安托
印行/金楓出版有限公司
地址/台北市羅斯福路三段65號5F
電話/(02)3621780-1
傳眞/(02)3635473
郵撥帳號/10647120
登記證/行政院新聞局局版台業字第3561號

總經銷/學欣文化事業有限公司
地址/新店市民權路130巷6號
電話/(02)2187229
傳眞/(02)2187021
郵撥/1580676-5
初版一刷/1994年7月
法律顧問/董安丹
國際書號/ISBN:957-763-002-2

定價/新台幣280元

本書根據巴黎10/18叢書本1967年版譯出